走·近·巴·金
纪念巴金诞辰 120 周年

讲真话的书

1982—1985

巴金 著

四川人民出版社

1985年，巴金为《巴金译文选集》而忙碌

目　录

| 一九八二年 |

《怀念集》序
　　——随想录七十四　/003

小端端
　　——随想录七十五　/005

怀念马大哥
　　——随想录七十六　/009

《巴金选集》（十卷本）后记　/017

《巴金论创作》序　/022

《随想录》日译本序
　　——随想录七十七　/025

《小　街》
　　——随想录七十八　/027

三论讲真话
　　——随想录七十九　/031

《靳以选集》序
　　——随想录八十　/036

讲真话的书 (1982—1985)

怀念满涛同志
　　——随想录八十一　/039

说真话之四
　　——随想录八十二　/043

未来（说真话之五）
　　——随想录八十三　/046

解剖自己
　　——随想录八十四　/049

西　湖
　　——随想录八十五　/053

思　路
　　——随想录八十六　/056

"人言可畏"
　　——随想录八十七　/060

上海文艺出版社三十年
　　——随想录八十八　/063

三访巴黎
　　——随想录八十九　/068

知识分子
　　——随想录九十　/073

《真话集》后记　/077

目录

"干　扰"
　　——随想录九十一　/079

再说现代文学馆
　　——随想录九十二　/083

答井上靖先生　/086

修改教科书的事件
　　——随想录九十三　/090

一篇序文
　　——随想录九十四　/093

《写给彦兄》附记　/098

一封回信
　　——随想录九十五　/099

一九八三年

愿化泥土
　　——随想录九十六　/105

病　中（一）
　　——随想录九十七　/108

汉字改革
　　——随想录九十八　/112

病　中（二）

　　——随想录九十九　/115

"掏一把出来"

　　——随想录一〇〇　/119

病　中（三）

　　——随想录一〇一　/121

我的哥哥李尧林

　　——随想录一〇二　/124

怀念一位教育家

　　——随想录一〇三　/133

"保持自己的本来面目"　/137

谈版权

　　——随想录一〇五　/141

又到西湖

　　——随想录一〇六　/144

为《新文学大系》作序

　　——随想录一〇七　/146

我的"仓库"

　　——随想录一〇八　/149

关于《复活》

　　——随想录一一六　/152

目 录

我的名字
　　——随想录一一〇 /156

怀念均正兄
　　——随想录一〇九 /159

病　中（四）
　　——随想录一一三 /165

| 一九八四年 |

我的日记
　　——随想录一一一 /171

我的噩梦
　　——随想录一一四 /174

"深刻的教育"
　　——随想录一一五 /176

再忆萧珊
　　——随想录一二〇 /178

病　中（五）
　　——随想录一一七 /181

我的老家
　　——随想录一一八 /185

005

讲真话的书 (1982—1985)

买卖婚姻
　　——随想录一一九 /190

《茅盾谈话录》
　　——随想录一二〇 /193

我敬爱老舍同志 /196

《病中集》后记 /200

《愿化泥土》前记 /203

《老舍之死》代序
　　（复苏叔阳同志的一封信） /204

核时代的文学——我们为什么写作
　　——在第四十七届国际笔会大会上的发言 /205

访日归来
　　——随想录一二一 /211

给丁玲同志的信 /217

幸　福
　　——随想录一二二 /220

为旧作新版写序
　　——随想录一二三 /224

人道主义
　　——随想录一二四 /228

"紧箍咒"
　　——随想录一二五 /231

目录

一九八五年

"创作自由"
　　——随想录一二六　/239

"再认识托尔斯泰"?
　　——随想录一二七　/243

洛蒂先生摄影集《中国》序　/248

再说端端
　　——随想录一二八　/251

"寻找理想"
　　——随想录一二九　/256

"从心所欲"
　　——随想录一三〇　/262

卖真货
　　——随想录一三一　/267

再说知识分子
　　——随想录一三二　/271

再说"创作自由"
　　——随想录一三三　/274

一九八二年

《怀念集》序
——随想录七十四

　　病中闲不惯，编辑了一本《怀念集》，还为这小书写了如下的序言：我把过去写的怀旧的文章集在一起，编成这本怀念的书，从头到尾重读一遍，仿佛在自己一生的收支簿上作了一个小结。不用说账上还有遗漏，但是我也看得出来：我负债太多。这么一大笔友情的债，像一个沉重的包袱压住我的肩头。在向前进的时候我反复思考（我不能不思考），我面前出现两条路：或者还清欠债，或者宣告破产。

　　我当然挑选前一条路，我编印《怀念集》就是为了还债，不是为了"赖账"。其实要"赖账"，现在也容易找到借口。有人不是在宣传忘记过去吗？这样的"号召"有理由，但可惜我不是一个没有感情、没有思想的木偶。"四人帮"迫害我不止十年，想使我"脱胎换骨"变成木偶，我几乎上了圈套，甚至可以说我已经在由人变木的路上走完百分之七八十的路程。然而我那一点点感情和思想始终不曾冻僵、变硬，我还保留了那么一点点我自己的东西。我所谓的"自己的东西"，就是我在这本怀念的书中记录下来的——我的经历、我的回忆、我的感激、我的自责、我的爱憎、我的复杂的思想感情以及我的曲折的人生道路。这些都是忘不了、赖不掉的，它们不断地折磨我的心灵。人怎么能忘记自己的过去呢？你难道是从天上掉下来的？你难道真是永远正确的？你难道一生不曾负过债？难道欠下的债就不想偿还？最好还是先来个"小结"吧。

讲真话的书 （1982—1985）

在这本书里我也记下了"四人帮"的罪行，我有不少的朋友是给"四人帮"或者他们的爪牙迫害致死的，而且有的人死得非常悲惨。他们死了，而我活下来。我活着并不是为了忘掉他们，而是为了让更多的人记住他们，为了让他们活下去。我活着不是为了"捞一把"补偿"十年浩劫"中的损失，我愿意把我这剩余的心血和精力，把我晚年的全部爱和恨献给我的社会主义祖国和勤劳、善良的人民。

我不讲假话，我不讲空话。这本书是为那许多位我所敬爱的人和对我十分亲近的死者而写的。我不能用污泥浊水玷污对他们的纪念。虽然我不相信神和鬼，但是我经常觉得有许多双眼睛望着我，不放松我的一言一行。我不能不对那些敬爱的死者负责，《怀念集》里的每一篇文章都是我的无法背弃的誓言。

我不是白白地编写这本怀念的书，敬爱的死者都是我学习的榜样。说真话，我一直在向前看，也一直在向前进。对一个七十八岁的老人来说，我知道我的前面就立着"死亡"，可是我绝不悲观，也绝不害怕。我不想违背自然规律，然而我也要学习前人，严格要求自己。只有这样我才有权利怀念敬爱的死者。

一月十三日

小端端
——随想录七十五

一

我们家庭年纪最小的成员是我的小外孙女,她的名字叫端端。端端现在七岁半,念小学二年级。她生活在成人中间,又缺少小朋友,因此讲话常常"大人腔"。她说她是我们家最忙、最辛苦的人,"比外公更辛苦"。她的话可能有道理。在我们家连她算在内大小八口中,她每天上学离家最早。下午放学回家,她马上摆好小书桌做功课,常常做到吃晚饭的时候。有时为了应付第二天的考试,她吃过晚饭还要温课,而考试的成绩也不一定很好。

我觉得孩子的功课负担不应当这样重,偶尔对孩子的父母谈起我的看法,他们说可能是孩子贪玩不用心听讲,理解力差,做功课又做得慢,而且常常做错了又重做。他们的话也许不错,有时端端的妈妈陪孩子复习数学,总要因为孩子"头脑迟钝"不断地大声训斥。我在隔壁房里听见叫声,不能不替孩子担心。

我知道自己没有发言权,因为我对儿童教育毫无研究。但是我回顾了自己的童年,回想起过去的一些事情,总觉得灌输和责骂并不是好办法。为什么不使用"启发"和"诱导",多给孩子一点思索的时间,鼓励他们

讲真话的书　(1982—1985)

多用脑筋？我想起来了：我做孩子的时候，人们教育我的方法就是责骂和灌输；我学习的方法也就是"死记"和"硬背"（诵）。七十年过去了，我们今天要求于端端的似乎仍然是死记和硬背，用的方法也还是灌输和责骂。只是课本的内容不同罢了，岂但不同，而且大不相同！可是学生功课负担之重，成绩要求之严格，却超过从前。端端的父母经常警告孩子：考试得分在九十分以下就不算及格。我在旁听见也胆战心惊。我上学时候最怕考试，走进考场万分紧张，从"死记"和"硬背"得来的东西一下子忘得精光。我记得在高中考化学我只得三十分，是全班最末一名，因此第二次考试前我大开夜车死记硬背，终于得到一百分，否则我还毕不了业。后来虽然毕了业，可是我对化学这门课还是一无所知。我年轻时候记性很好，读两三遍就能背诵，但是半年以后便逐渐忘记。我到了中年才明白强记是没有用的。

几十年来我常常想，考核学习成绩的办法总得有所改变吧。没有人解答我这个问题。到了一九六八年我自己又给带进考场考核学习毛泽东思想的成绩。这是"革命群众"在考"反动权威"，不用说我的成绩不好，闹了笑话。但是出乎我的意外，我爱人萧珊也被"勒令"参加考试，明明是要看她出丑。她紧张起来，一个题目也答不出来，交了白卷。她气得连中饭也不吃。

我在楼梯口遇见她，她不说一句话，一张苍白色的脸，眼睛里露出怨恨和绝望的表情，我至今不曾忘记。

我还隐约记得（我的记忆力已经大大地衰退了）亚·赫尔岑在西欧亡命的时期中梦见在大学考试，醒来感到轻松。我不如他，我在六十几岁还给赶进考场，甚至到了八十高龄也还有人找我"就题作文"。那么我对考试的畏惧只有到死方休了。

我常常同朋友们谈起端端，也谈起学校考试和孩子们的功课负担。对考试各人有不同的看法。但是我们一致认为，减轻孩子们精神上的负担是一件必须做的事情。朋友们在一起交流经验，大家都替孩子们叫苦，有的说：学习上有了进步，身体却搞坏了；有的说：孩子给功课压得透不过气来，思想上毫无生气；有的说：我们不需要培养出唯唯诺诺的听话的子弟……意见很多，各人心里有数。大家都愿意看见孩子"活泼些"。大家都认为需要改革，都希望改革，也没有人反对改革。可是始终不见改革。几年过去了，还要等待什么呢？从上到下，我们整个国家、整个社会都把孩子们当作花朵，都把希望寄托在孩子们的身上，那么为什么这样一个重要问题都不能得到解决，必须一天天地拖下去呢？"拖"是目前我们这个社会的一个大毛病。我不知道我是不是可以这样说，不过我的确是这样想的。

二

也还是端端的事情。端端有一天上午在学校考数学，交了卷，九点钟和同学们走出学校。她不回家，却到一个同学家里去玩了两个小时，到十一点才回来。她的姑婆给她开门，问她为什么回家这样迟。她答说在学校搞大扫除。她的姑婆已经到学校去过，知道了她离校的时间，因此她的谎话就给揭穿了。孩子受到责备哭了起来，承认了错误。她父亲要她写一篇"检查"，她推不掉，就写了出来。

孩子的"检查"很短，但有一句话我现在还记得："我深深体会到说谎是不好的事。"这是她自己写出来的。又是"大人腔"！大家看了都笑起来。我也大笑过。端端当然不明白我们发笑的原因，她也不会理解"深深体会到"这几个字的意义。但是我就能够理解吗？我笑过后却感到一阵空虚，有一种想哭的感觉。"十年浩劫"中（甚至在这之前）我不知写过、说过多少次"我深深体会到"。现在回想起来，我何尝有一个时期苦思冥想，或者去"深深地体会"？我那许多篇检查不是也和七岁半孩子的检查一样，只是为了应付过关吗？固然我每次都过了关，才能够活到现在，可是失去了的宝贵时间究竟有没有给夺回了呢？

讲真话的书 （1982—1985）

　　空话、大话终归是空话、大话，即使普及到七八岁孩子的嘴上，也解决不了问题。难道我们还没有吃够讲空话、大话的苦头，一定要让孩子们重演我们的悲剧？

　　我唯一的希望是：孩子们一定要比我们这一代幸福。

一月二十日

怀念马大哥
——随想录七十六

罗淑（世弥）逝世后十一年，她的丈夫马宗融也离开了人世。他是按照回族的习惯，举行公葬仪式，埋在回民公墓的。宗融死于一九四九年四月上旬，正是上海解放的前夕，大家都有不少的事情，没有人拉住我写悼念文章。他的两个孩子住在我们家里，有时我同他们谈过话，静下来我的眼前便会出现那位长兄似的友人的高大身影，我忍受不了这分别，我又不能向他的孩子诉说我的痛苦，为了平静我的感情的波涛，我对自己说："写吧，写下你心里的话，你会觉得好受些。"我过去的怀念文章大都是怀着这种心情写成的。但是这一次我却静不下心来，一直没有写，新的繁忙的工作占去了我的大部分时间，事情多了起来，人就顾不得怀旧了。这样地一拖就是几年，甚至几十年。三十三年了！这中间我常有一种负债的感觉，仿佛欠了"马大哥"一笔债。我想还债，但是越拖下去，我越是缺乏拿笔的勇气，因为时间越久，印象越淡，记忆也越模糊，下笔就不那么容易。尽管欠债的感觉还常来折磨我，我已经决定搁笔不写了。

现在是深夜十一点一刻钟，又是今年第一个寒冷的夜，我坐在书桌前手僵脚冻。四周没有一点声音。我不想动，也不想睡，我愿意就这样地坐下去。但是我的脑子动得厉害，它几十年前前后后来回地跑。我分明听见好些熟人讲话的声音，久别了的亡友在我的眼前一一重现。为什么？为什么？……难道我真的走到了生命的尽头，就要参加他们的行列？难道我真

讲真话的书　(1982—1985)

的不能再做任何事情必须撒手而去？不，不！我想起来了。在我不少悼念的文章里都有类似这样的话：我不单是埋葬死者，我也是在埋葬我自己的一部分。我不会在亡友的墓前说假话，我背后已经筑起了一座高坟，为了准备给自己这一生作总结，我在挖这座坟，挖出自己的过去，也挖出了亲友们的遗物。

我又一次看见了马宗融大哥，看见他那非常和蔼的笑容。他说："你好吗？这些年。"他在我背后的沙发上坐下来，接下去又说："我们替你担心啊！"多么亲切的声音。我站起来唤一声"马大哥！"我回过头去，眼前只有一屋子的书刊和信件，连沙发上也凌乱地堆着新书和报纸，房里再没有其他的人，我的想象走得太远了。怎么办呢？关在自己的屋子里，对着四壁的旧书，没有炉火，没有暖气，我不能更甚地薄待自己了，索性放松一点，让我的想象自由地奔跑一会儿吧，反正它（或者它们）冲不出这间屋子。于是我拿起笔写出我"拖"了三十多年的怀念。

我第一次看见马大哥，是在一九二九年春夏之际的一个晚上。当时我已熟悉他的名字，在杂志上读过他翻译的法国短篇小说，也听见几个朋友谈到他的为人：他大方好客，爱书如命，脾气大，爱打不平。我意外地在索非家遇见他，交谈了几句话，我们就成了朋友。他约我到离索非家（我也住在那里）不远的上海大戏院去看德国影片《浮士德》。看完电影他又请我喝咖啡。在咖啡店里，他吐露了他心里的秘密：他正在追求一位朋友的妹妹，一个就要在师范学校毕业的姑娘。她哥哥有意成全他们，他却猜不透姑娘的心思，好些时候没有得到成都的消息，一天前她突然来信托他打听在法国工作的哥哥的近况，而且是一封充满希望的信！他无法掩饰他的兴奋，谈起来就没完没了，不给我插嘴的机会。我要告辞，他说还早，拉住我的膀子要我坐下。他谈了又谈，我们一直坐到客人走光、咖啡店准备"打烊"的时候，他似乎还没有把话说尽。我们真可以说是一见如故，关于我他就只读过我翻译的一本《面包略取》（克鲁泡特金原著）和刚刚在《小说月报》上连载的《灭亡》。

不久听说他回四川去了。我并不盼望他写信来，他是出了名的"写信的懒人"。不过我却在等待好消息，我料想他会得到幸福。等待是不会久的，九月下旬一个傍晚他果然带着那位姑娘到宝光里来了。姑娘相貌端正，举止大方，讲话不多，却常带笑容，她就是七年后的《生人妻》的作者罗淑。分别几月他显得斯文了，客气了，拘束了。他要到里昂中法大学工作，姑娘去法国找寻哥哥，他们明天就上船出发，因此不能在这里多谈。我和朋友索非送他们到门口，我同他握手分别，因为旁边有一位姑娘，我们倒显得生疏了。

我不曾收到一封从法国寄来的信，我也差不多忘记了马大哥。我照常过着我那四海为家的生活，带着一支自来水笔到处跑，跑累了便回上海休息。一九三四年初我从北平回上海，又见到了马大哥，这次是他们一家人，他和那位姑娘结了婚，生了女儿。我认识了罗淑，在他们夫妇的身边还看见当时只会讲法国话的小姑娘。

一九三五年下半年文化生活出版社成立后，我在上海定居下来。那个时候他们夫妇住在拉都路（襄阳路）敦和里，我住在狄思威路（溧阳路）麦加里，相隔不近，我们却常有机会见面。我和两三个熟人一个月里总要去他们家过几个夜晚，畅谈文学、生活和我们的理想。马大哥为了一家人的生活，正在给中法文化基金委员会翻译一本法文哲学著作，晚上是他工作的时间，他经常煮一壶咖啡拿上三楼，关在那里一直工作到深夜。有时知道我去，他也破例下楼高兴地参加我们的漫谈，谈人谈事，谈过去也谈未来，当然更多地谈现在。海阔天空，东南西北，宇宙苍蝇，无所不谈，但是讲的全是心里的话，真可以说大家都掏出了自己的心，也没有人担心会给别人听见出去"打小报告"。我和马大哥一家之间的友谊就是这样一种友谊。

这样的生活一直继续到一九三六年第四季度他们一家离开上海的时候。这中间发生过一件事情。我有一个朋友曾经在厦门工会工作，因电灯公司罢工事件坐过牢，后来又到东北参加"义勇军"活动。有时他来上海找不到我，就到开明书店去看索非。他也是索非的友人，最近一次经过上

讲真话的书　(1982—1985)

海他还放了一口箱子在索非家中。这件事我并不知道。一九三五年冬季在上海发生了日本水兵中山秀雄给人杀害的事件，接着日本海军陆战队按户搜查一部分虹口区的中国居民。索非的住处也在日本势力范围内，他们夫妇非常担心，太太忽然想起了朋友存放的箱子，说是上次朋友开箱时好像露出了"义勇军"的什么公文。于是他们开箱查看，果然箱内除公文外还有一支手枪和一百粒子弹。没有别的办法，我马上带着箱子坐上人力车，从日本海军陆战队布岗警戒下的虹口来到当时的"法租界"。马大哥给我开了门。他们夫妇起初感到突然，还以为我出了什么事。但是我一开口，他们就明白了一切。箱子在他们家楼上一直存放到他们动身去广西的时候。

在旧社会并没有所谓"铁饭碗"。他拿到半年的聘书去桂林，不知道半年后还能不能在广西大学待下去，也只能作短期的打算。他让我搬到敦和里替他们看家，到暑假他们果然践约归来。他们做好了计划：罗淑留在上海生小孩，马大哥继续去桂林教书，过一段时期他们全家搬去，定居桂林。他们把敦和里的房子让给朋友，另外租了地段比较安静的新居。马大哥按预定计划动身，罗淑定期到医院检查，一切似乎进行得顺利。但是一九三七年"八一三"的枪声打乱了他们的安排，马大哥由湖南改去四川，罗淑带着女儿离开上海去同他会合。第二年二月他们的儿子在成都诞生，可是不到二十天母亲就患产褥热死在医院里面。三月初我从兄弟的来信中知道这个不幸的消息，好像在做梦，我不愿意相信一个美满的家庭会这么容易地给死亡摧毁。我想起几个月中间他们夫妇几次给我寄信发电报催我早回四川，他们关心我在上海的安全。我想起分别前罗淑有一次讲过的话："这个时候我一定要赶到老马身边，帮助他。他像个大孩子，又像是一团火。"他们结婚后就只有这短时期的分离。她在兵荒马乱中冒着敌机轰炸的危险赶到他面前，没有想到等待她的是死亡，他们重聚的时间竟然这么短。我失去了一位敬爱的朋友，但是我不能不想到罗淑的病逝对马大哥是多么大的一个打击。过去的理想破灭了，计划也成了泡影。《生人妻》的作者留下一大堆残稿，善良而能干的妻子留下一个待教育的女孩和一个吃奶的婴儿，对于过惯书斋生活的马大哥我真不敢想象他的悲痛。我写了信去。信不会有多大用处。谁能扑灭那一团火呢？

不久我离开上海去广州，在轰炸中过日子，也在轰炸中跑了不少地方。两年多以后我到了重庆，在沙坪坝住下来。我去北碚复旦大学看望朋友，在马大哥的家里我们谈到夜深，恨不得把将近三年的事情一晚上谈光。他似乎老了许多，也不像过去那样爱书了，但还是那么热情，那么健谈，讲话没有保留，没有顾忌，他很可能跟我畅谈一个通宵，倘使没有他第二位夫人的劝阻。夫人是罗淑在广西结识的朋友，她是为了照顾罗淑留下的孩子才同宗融结婚的。对那个孩子她的确是一位好母亲，可是我看出来在马大哥的生活里她代替不了罗淑。一谈起罗淑他就眼泪汪汪。

他一家住在学校附近，自己租的农家房屋。当时在大后方知识分子的厄运已经开始。马大哥不是知名学者，著作很少，平时讲话坦率，爱发表议论，得罪过人，因此路越走越窄，生活也不宽裕。他的心情很不舒畅。然而他仍旧常带笑容，并不把困难放在心上，虽然发脾气的时候多了起来。朋友们关心他，有时也议论他，但是大家都喜欢他。他真像一团火，他的到来就仿佛添了一股热流，冷静的气氛也变成了热烈。他同教授们相处并不十分融洽，但在文艺界中却有不少知心朋友。他住在黄桷树，心却在重庆的友人中间，朋友们欢聚总少不了他，替别人办事他最热心。他进城后活动起来常常忘记了家。老舍同志知道他的毛病，经常提醒他，催促他早回家去。

他朋友多，对人真诚，在他的身上我看出了交友之道。我始终记得一九四一年发生的一件事情：他有一位朋友思想进步，同学生接近，也很受欢迎，但是由于校外势力的压迫和内部的排挤给学校解聘，准备去别处就业。朋友动身前学生开会欢送，马大哥在会上毫无顾忌地讲了自己心里的话。在这之前另一位同他相熟的教授到他家串门，谈起被解聘的朋友，教授讲了不少坏话。他越听越不耐烦，终于发了脾气骂起来："你诬蔑我的朋友就是诬蔑我！我不要听！你出去！出去！"他把教授赶走了。他为

讲真话的书 (1982—1985)

了朋友不怕得罪任何人。没有想到六年以后在上海他也让这个学校（学校已经搬回上海了）解了聘，只好带着全家渡海，去台北。我听见他的一位同事谈起解聘的原因：上海学生开展反饥饿运动的时候，他们学校当局竟然纵容当地军警开进校园逮捕同学。马大哥对这种做法十分不满，在校务会议上站出来慷慨直言，拍案怒斥。这是他的本色，他常说，为了维护真理，顾不得个人的安危！

我第一次回到四川，一九四一年初去过成都探亲，不久他也来成都为罗淑扫墓。我们一起到墓地，只有在这里他显得很忧伤，平日他和友人见面总是有说有笑。一丛矮树编成的短篱围着长条的墓地，十分安静，墓前有石碑，墓旁种花种树，我仿佛来到分别了四年的友人的家。我的心平静，觉得死者只是在内屋休息，我们在廊下等待。我小声劝慰马大哥："真是个好地方。世弥在这里安息多么好。"他摇摇头苦恼地说："我忘记不了她啊！"他拍拍我的肩头，他的手掌还是那么有力。我向他建议将来在这里种一些名花，放些石桌石凳，以后朋友们来扫墓，在小园中坐坐谈谈，仿佛死者就在我们中间。他连声说好。我也把我的想法同别的朋友谈过，准备等抗战胜利后实现这个计划。当时谁也不是存心讲空话，可是抗战胜利后的局面压得人透不过气来，我没有能再到成都，马大哥也被迫远去台北。解放后我两次去成都，都不曾找到罗淑的墓地；今年她的儿子也去那里寻找，才知道已经片瓦无存了。

在台北他住了一年半光景，来过几封信要我去。他在那边生活安定，功课不多。但是他不习惯那种沉闷的空气。新的朋友不多；他关心上海的斗争，又不能回去参加；一肚皮的愤懑无处倾吐，经常借酒消愁。台大中文系主任、友人许寿裳（鲁迅的好友）在自己家中半夜被人杀害后，他精神上的苦闷更大，他去看了所谓凶手的"处决"回来，悲愤更深，经常同一位好友（乔大壮教授）一边喝酒一边议论，酒越喝越多，身体越来越差。他病倒后还吵着要回上海，我去信劝他留在台湾治病，但是他说他"愿意死在上海"。靠了朋友们的帮忙，他终于回来了。如他的女儿所说:"他带着我和十岁的弟弟,躺在担架上,让人抬上了民生公司最后一班由基隆返沪的货船。当时的上海正是兵荒马乱,我们只能住在北京路'大教联'的一个联络站内。"①

复旦大学的朋友们负责照料他。孩子们同他住在一起。我去看他,他躺在床上,一身浮肿,但仍然满脸笑容。他伸出大手来抓我的手,声音不高地说:"我看到你了。你不怪我吧,没有听你的话就回来了。"我说了半句:"你回来就好了。"我好不容易忍住了眼泪,没有想到他会病成这样。火在逐渐熄灭,躺在我面前的不是一个"大孩子",是一位和善的老人。当时我的心情也很复杂,我看这次的旅行不利于他的病,但是留在台北他就能安心治病吗?

这以后我经常去看他,然而对他的医疗我却毫无办法,也不曾尽过力。他一直躺着,我和萧珊去看他,他还是有说有笑。我暗中为他担心,可是想不到他的结局来得这么快。关于他的最后,他女儿这样地写着:

"父亲得不到适当的医治和护理,在上海解放前一个多月就恨恨地去世了。弥留之际,因为夜里戒严,连送医院急救都做不到,昏暗的灯光下,只有两个孤儿束手无策地看着父亲咽气。"②

那天深夜我接到住在联络站里的复旦友人的电话,告诉我"马大哥去世了"。我天亮后才赶到联络站。孩子们小声地哭着,死者静静地睡在床上,大家在等候殡仪馆的车子,只有寥寥几个朋友向遗体告别。

但是在殡仪馆开吊的时候,到灵前致敬的人却有不少,好客的死者不会感到寂寞。他身边毫无积蓄,从台北只带回几箱图书。有人建议为子女募集教育费,已经草拟了启事并印了出来,但不久战争逼近上海,也就没有人再提这件事情。仪式完毕后遗体由回教协会安葬在回民公墓。孩子们起初不同意,经过说服,一切都顺利解决。我也参加了公葬仪式,我后

---

① 见马小弥著《难以忘却的记忆》(载一九八一年二月十日香港《新晚报》)。
② 见马小弥著《难以忘却的记忆》(载一九八一年二月十日香港《新晚报》)。

来也去过公墓，公墓在徐家汇，地方不大。两个孩子健康地成长起来，图书全部捐赠给了学校。一九七二年他的儿子有事情到上海，再去扫父亲的墓，可是找不到墓地在什么地方。

关于马宗融大哥我还可以讲许多事情，但是对于读者，我看也没有多讲的必要了。我们有一个习惯：写纪念文章总喜欢歌功颂德，仿佛人一死就成为圣人，私人的感情常常遮住作者的眼睛。还有人把文章作为应酬的礼品，或者炫耀文学的技巧，信笔书写，可以无中生有，逢凶化吉，夸死者，也夸自己。因此许多理应"盖棺论定"的人和事都不能"盖棺论定"，社会上还流传着种种的小道新闻。

然而关于马宗融大哥，大概可以盖棺论定了吧。三十三年来在多次的运动中未见有人出来揭发他，也不曾为他开过一次批判会。他虽然死亡，但死后并未成为圣人，也不见一篇歌颂他的文章。人们似乎忘记了他。但是我怎么能忘记他呢？他是对我最好的一位朋友，他相信我，要是听见人讲我的坏话，他也会跟人打架。我不想在这里多谈个人的感情。我从来不把他当作圣人。他活着时我常常批评他做得太少，不曾把自己的才智贡献出来。他只留下一本薄薄的散文集《拾荒》和用文言写的《法国革命史》（也是薄薄的一本）；还有两本翻译小说：屠格涅夫的《春潮》和米尔博的《仓库里的男子》，字数都不多。我知道他的缺点很多，但是他有一个长处，这长处可以掩盖一切的缺点。他说过：为了维护真理顾不得个人的安危。他自己是这样做到了的。我看见中国知识分子的正气在他的身上闪闪发光，可是我不曾学到他的长处，也没有认真地学过。过去有个时期我习惯把长官的话当作真理，又有一个时期我诚心奉行"明哲保身"的古训，今天回想起来，真是愧对亡友。这才是我的欠债中最大的一笔。

现在是还债的时候了。我怎么还得清呢？他真应当替我担心啊。我明白了。那一团火并没有熄灭，火还在燃烧，而且要永远燃烧。

一月二十九日写完

《巴金选集》（十卷本）后记

一

我没有上过大学，也不曾学过文学艺术，为了消遣，我从小就喜欢看小说，凡是借得到的书，不管什么流派，不管内容如何，我都看完。数目的确不少。后来在烦闷无聊的时候，在寂寞痛苦的时候，我就求助于纸笔，写起小说来。有些杂志愿意发表我的作品，有些书店愿意出版我的小说，有些读者愿意购买我写的书，就这样鼓励我走上了文学的道路，让我戴上了"作家"这顶帽子。

不管好坏，从一九二七年算起，我整整写了四十五年，并不是我算错，"十年浩劫"中我就没有写过一篇文章。在这历史上少有的黑暗年代里，我自己编选的《巴金文集》被认为是"十四卷邪书"受到严厉批判。在批判会上我和批判者一样，否定了这些"大毒草"。会后我回顾过去，写"思想汇报"，又因为自己写了这许多"邪书"感到悔恨，我真愿意把它们全部烧掉！……

所以在"四人帮"垮台、我得到"第二次的解放"以后，就公开地说："我不会让《文集》再版。"我并不曾违背诺言，有几年的事实做证。那么我是不是就承认我写的全是"毒草"呢？不，不是。过去我否定过自己，有一个时期我的否定是真诚的，有一个时期是半真半假的。今天

讲真话的书 (1982—1985)

我仍然承认我有种种缺点和错误,但是我的小说绝不是"邪书"或"毒草"。我不再编印文集,我却编了一部十卷本的选集。我严肃地进行这次的编辑工作,我把它当作我的"后事"之一,我要按照自己的意思做好它。

照自己的意思,也就是说,保留我的真面目,让后世的读者知道我是一个什么样的人。我在给自己下结论,这十卷选集就是我的结论。这里面有我几十年的脚印,我走过的并不是柏油马路,道路泥泞,因此脚印特别深。

有这部选集在,万一再有什么运动,它便是罪证,我绝对抵赖不了。我也不想抵赖。

二

不是说客气话,对文学艺术我本是外行。然而我写了几百万字的文学作品,也是事实。这种矛盾的现象在文学界是常见的,而且像我这样的"闯入者"为数也不会少。对自己的作品我当然有发言权。关于创作的甘苦,我也有几十年的经验。我写作绝非不动脑筋。我写得多,想得也不会少。别人用他们制造的尺来量我的作品,难道我自己就没有一种尺度吗?!

过去我在写作前后常常进行探索。前年我编写《探索集》,也曾发表过五篇关于探索的随想。去年我又说,我不同意那种说法:批评也是爱护。从三十年代起我就同批评家打交道,我就在考虑创作和评论的关系。在写小说之前我就熟悉小说家陀思妥耶夫斯基和评论家别林斯基的事情。别林斯基读完诗人涅克拉索夫转来的《穷人》的原稿十分激动,要求涅克拉索夫尽快地把作者带到他家里去。第二天陀思妥耶夫斯基见到了别林斯基,这个青年作者后来在《作家日记》中这样写着:

一九八二年

　　他渐渐地兴奋起来，眼睛发亮，热烈地讲起来了："可是您自己明白您所写的什么吗！您是一个十分敏感的艺术家，才能够写出这样的作品。然而您完全明白您所描写的可怕的真实吗？像您这样的年轻人是不可能完全懂的。您那个小公务员是那样卑屈，他甚至不敢相信自己处境悲惨。他认为哪怕一点点抱怨都是胆大妄为。他不承认像他这样的人有'痛苦的权利'。然而这是一个悲剧！您一下子就懂得了事物的真相！我们批评家说明一切事物的道理，而你们艺术家凭想象竟然接触到一个人灵魂的深处。这是艺术的奥妙，艺术家的魔术！您有才华！好好地珍惜它，您一定会成为大作家。"

　　这是从一本意大利人介绍陀思妥耶夫斯基生平的书中摘录下来的。书里面引用的大都是陀思妥耶夫斯基自己的话，回忆、日记和书信，中间也有少数几篇他的夫人和朋友写的回忆。编辑者把它们集在一起编成一本一百三十六页的书[①]，反映了小说家六十年艰辛的生活。他的经历的确不平凡：给绑上了法场，临刑前才被特赦，在西伯利亚做了四年的苦工，过着长期贫困的生活，一直到死都不放松手中的笔。想到他，我的眼前就出现一个景象：在暴风雪的袭击之下，在泥泞的道路上，一个瘦弱的人昂着头不停脚地前进。生活亏待了他，可是他始终热爱生活。

　　他仅次于托尔斯泰，成为十九世纪全世界两个最大的作家之一，可是他的生平比作品更牢牢地拴住了我的心，正如意大利编者所说"加强了对生活的信心"。他不是让衙门、让沙皇的宠幸培养出来的，倒是艰苦的生活、接连的灾难培养了他。《穷人》的作者和批评家接触的机会不多。别林斯基当时已经患病，过两三年就离开了人世，接着年轻小说家也被捕入狱。陀思妥耶夫斯基后来那些重要著作都和别林斯基的期望相反。给我

[①] 见尼可拉·莫斯卡尔德里编《陀思妥耶夫斯基的生平》，一九三六年米兰版。

讲真话的书　(1982—1985)

留下印象最深的是被称为"可怕的和残酷的批评家"的别林斯基对《穷人》的作者讲的那段话，他是以平等的态度对待作家、对待青年作者的。三十四岁的批评家并没有叫二十四岁的青年作者跟着他走，他只是劝陀思妥耶夫斯基不要糟蹋自己的才华。

从这里我们也可以看出：作家和批评家，两种人，两种职业，两种分工……如此而已。作家不想改造批评家，批评家也改造不了作家。最好的办法是：友好合作，共同前进。本来嘛，作家和批评家都是文艺工作者，同样为人民、为读者服务；不同的是作家反映生活、塑造人物，而批评家却取材于作家和作品，他们借用别人来说明自己的主张。批评家论述作家和作品，不会用作家用的尺度来衡量，用的是他们用惯了的尺度。

几十年来我不曾遇见一位别林斯基，也没有人用过我的尺度来批评我的作品。不了解我的生活经验，不明白我的创作甘苦，怎么能够"爱护"我？！批评家有权批评每一个作家或者每一部作品，这是他的职责，他的工作，他得对人民负责，对读者负责。但是绝不能说他的批评就是爱护。我不相信作家必须在批评家的朱笔下受到磨炼。我也不相信批评家是一种代表读者的"长官"，是美是丑，由他说了算数。有人说"作品需要批评"。读者不是阿斗，他们会出来讲话。作家也有权为自己的作品辩护，要是巧辩，那也只会揭露他自己。

三

这两年我一直在探索文学艺术的作用，我发表过一些意见。四个多月前在瑞士苏黎世我参观了现代艺术博物馆。我看了不少绘画和雕塑，其中有一部分我听了讲解员的解说以后仍然不懂。即使是一幅名画，我看来看去，想来想去，始终毫无所得。回到旅馆，坐在窗前躺椅上反复思索，我想可能是自己修养不够，文化水平低，知识缺乏，理解力差。我偶尔也读过一两篇西方现代文学作品，我不了解作者的用意。有人告诉我要靠读者自己动脑筋去想，可是我一直想不出来。

我并不为这些感到苦恼。我苦苦思索的是这一件事情，是这一个问题：文学艺术的作用、目的究竟是什么？难道我是在沙滩上建造象牙的楼台，用美丽的辞藻装饰自己？难道我们有权用个人的才智和艺术的技巧玩弄读者、考读者、让读者猜谜？

难道我们在纸上写字只是为了表现自己？文学艺术究竟是不是只供少数人享受的娱乐品、消遣品或者"益智图"？究竟是不是让人顺着台阶往上爬的敲门砖？

岂止两年！我一生都在想这样的问题。通过创作实践，我越来越理解高尔基的一句名言：

"一般人都承认文学的目的是要使人变得更好。"我用不着再说什么了。

二月十五日

《巴金论创作》序

　　上海文艺出版社编印《作家论创作》丛书，希望得到我的一部稿子。我虽然常说自己不懂文学艺术，但在几十年的创作实践中，我经常发表有关创作的议论，有时甚至信口开河，夸夸其谈。那些长短文章倘使给搜集起来，也可以编成一大本。但是里面有多少发光的东西，我自己也说不出。我更不能保证它们句句正确。同样的话说得太多，便成了老生常谈，而且有时候议论前后矛盾，自己会跟自己打架。这说明我一直在探索，在追求，也在改变。我不想替自己掩盖。我也不想编这么一本集子给自己背上一个包袱。（一九六二年上海第二次文代会上那篇发言《作家的勇气和责任心》不是把我整整压了十四年吗？！）何况我身体不好，写字困难，也没有精力做这种编辑工作，我决定放弃它。我正在考虑，正在推迟，正在拖延，出版社看出了我的弱点，就把编辑工作委托给我的女儿小林和她的堂妹国烷，她们很快地把编好的集子送到了我的手边。出版社只要求我写几百字的前言、后记。

　　我翻看了小林她们编选的集子，感到轻松。我写文章从来不够客观，议论创作总是畅谈自己的经验。由别人来整理我那些言论，即使是我的女儿和侄女吧，也可以减少一点它们的片面性。

　　对文学艺术我当然有我的看法。我的思想有时也会有改变，但有一点是很明确的，我始终认为文学艺术不是只供少数人享受的奢侈品，它属于全体读者（和观众）。任何人都有权走上文学的道路，但是每个作家都有不同的感受和经验。我并不轻视这些自己的东西。我不断地把它们带到创作实践中去接受考验。我活着，不是为了自己。我写作，也不是为了自己。若干年前我决定继续走文学道路的时候，我曾在我心灵的祭坛前立下这样的誓言：要做一个在寒天送炭、在痛苦中送安慰的人。年轻的心把人间万事都看得十分容易。只有在数十年后带着遍体伤痕回顾过去，我才怀疑自己两手空空究竟有什么东西分给别人。我并没有好好地利用我这一生。现在要从零做起已经不可能了。但是笔还捏在我的手里，红灯还亮在我的前面，我还有未尽的职责，我还有未偿还的欠债，我没有权利撒手而去，我仍然要向着红灯前进。

红灯是什么？不就是高尔基的《草原故事》中勇士丹柯那颗燃烧的心？！我永远不会忘记高尔基的名言：

> 一般人都承认文学的目的是要使人变得更好。

还有老托尔斯泰写给罗曼·罗兰的一句话：

> 凡是使人类联合的东西都是善的、美的，凡是使人类分离的东西都是恶的、丑的。

我忽然想起了六十年前的事情。我还不满十九岁，同长我一岁的三哥乘木船从成都去重庆，转赴上海。在离家的第一天，夜幕下降，江面一片黑，船缓缓地前进，只听见有节奏的橹声，不知道船在什么地方停泊。在寂寞难堪、想念亲人的时候，我看见远方一盏红灯闪闪发光，我不知道灯在哪里，但是它牵引着我的心，仿佛有人在前面指路。我想着，等着……我想好了一首小诗。后来我写出它，投寄上海商务印书馆的《妇女杂志》，发表在那里：

讲真话的书 *(1982—1985)*

> 天暮了，
> 在这渺渺的河中，
> 我们的小舟究竟归向何处？
> 远远的红灯啊，请挨近一些儿吧。

诗不是好诗，但说明了我当时的心情。今天翻看自己论创作的集子，我又有了这样一种心情。我的生命之船将停靠在什么地方呢？……我不能想着、等着了！我真想向着红灯奔去。

二月十八日

《随想录》日译本序
——随想录七十七

  日本东京筑摩书房要出版《随想录》的日文译本，主持人柏原先生和译者来信征求意见，并要我为日译本写一短序。我感谢他们把我的著作介绍给日本的读者。我回信说，还有一位刈间先生也在翻译这两本小书，我也同意了。至于写序的事，我说身体不好，写字困难，不写什么了。

  我讲的是真实情况。但是回信寄出以后，傍晚在院子里散步，我想起了这两三年的生活和著作，特别是那两本引起了强烈反应的《随想录》，我的心也不平静。我担心日本的读者不一定理解我的用意，觉得我应该向他们讲几句话，用我自己的话说，就是掏出自己的心。我说过我要写五本《随想录》，我有自己的想法：我意外地"闯进"文坛，探索了五十多年，在结束文学生活之前，我应当记下我对艺术和人生的一些看法，我个人的独特的看法。通过了几十年的创作实践，经历了多少次的大小失败，我总算懂得一点创作的甘苦吧，我也有权向读者谈谈它们。日本的读者也知道我们经历了十年的"浩劫"，但是这"浩劫"究竟是怎么一回事，他们可能也讲不清楚。我以为不是身历其境，不曾身受其害，不肯深挖自己灵魂，不愿暴露自己丑态，就不能理解这所谓"十年浩劫"。两年前我在东京同木下顺二先生对谈，我说我们吃够了苦头，可是别的国家的朋友免掉了灾难，"十年浩劫"是和全人类有关的大事。我们的惨痛的经验可以帮助人们了解极"左"的空话会把人引到什么地方去。我又说，古今中外的作家中，谁有过这种可怕而又可笑、古怪而又惨痛的经历呢？我们没有一个人逃掉，大家死里逃生、受尽磨炼，我们有权利、也有责任写下我们的经验，不仅是为我们自己，也是为了别人，为了下一代，更重要的是不让这种"浩劫"再一次发生。我对日本作家说我们历尽艰辛，也可以引以为骄傲。去年九月在巴黎一位法国汉学家对我说："你们遭逢了那样的不幸，却能够坚持下来活到今天，值得尊敬。"我说："我出尽了丑，想起来自己也感到可笑又可悲。"他严肃地坚持说："还是值得尊敬。"我听说那个时候在巴黎也有人搞起"五月风暴"。

他的声音还在我的耳边。我要求的并不是"尊敬"。我希望的是心的平静。只有把想说的话全说出来，只有把堆积在心上的污泥完全挖掉，只有把那十几年走的道路看得清清楚楚、讲得明明白白，我才会得到心的平静。

我经常思考那位汉学家的谈话，我感觉到在十年的惨痛生活中我并不是一无所得，我的心灵中多了一样东西。它是什么，连我自己也说不明白。但是它在发光，它在沸腾，它在成长。我也要挖出它来，才能结束我的《随想录》。

是的，我还要续写《随想录》。我是从解剖自己、批判自己做起的。我写作，也就是在挖掘，挖掘自己的灵魂。必须挖得更深，才能理解更多，看得更加清楚。但是越往深挖，就越痛，也越困难。写下去并不是容易的事。不管怎样，我要努力写，努力挖，我相信我的努力不会是白费的。前些时候有人批评《随想录》"忽略了文学技巧"。我不想替我的小书辩护，不过我要声明：我也不是空手"闯进"文坛的，对一个作家来说，更重要的是艺术的良心。《随想录》便可以给我的话做证。

二月二十日

《小 街》
——随想录七十八

近来在家养病,星期天下午看电视节目,没有人来打扰,我安静地看完了影片《小街》。

早就听说有这么一部影片,有人说好,有人说不好。我两三年没有进过上海的影剧院,只是在家看电视,而且只能"有啥看啥"。这次总算看到了《小街》。

影片不是十全十美,它甚至使我感到十分难受。然而它又是那么真实,使我看后很难忘记。"青年司机"和"黑五类"的女儿的身影一直在我眼前"徘徊"。

我不是在这里评论影片,我只想谈谈自己看过《小街》后的思想活动以及影片给我引起的一些联想。

在影片的最后有几种不同"结尾"的设想,我不管这些,我只说有两句话(不仅这两句,还有些和这类似的话)打动我的心。说打动了心也许不恰当,更可能是一种启发。我打一个比方:我的思路给堵住了,想前进,却动不了,仿佛面前有一道锁住的门,现在找到了开门的钥匙。像钥匙一样的两句话就是:

夏司机说的:"经历了十年悲剧之后,我们应该感到,今天的生活比以往任何时候都更加有意义了……"俞姑娘说的:"十年的动乱卷走了我们这一代人的青春,但它卷不走我们心中比青春更美好的东西。"我

讲真话的书　(1982—1985)

有这样一种感觉："啊，我抓住了！"我在探索中所追求的正是这个。"四人帮"垮台以后我探索了几年。一九七八年我说：还需要大反封建；一九七九年我的内伤还在出血；一九八〇年我告诉日本朋友：我们做了反面教员，让别国人民免遭灾难。去年我离开法国的前夕，在巴黎和几位汉学家聚谈，有人提到我在"浩劫"中活下来的事。对我们看作很寻常的事情，他们却严肃地对待，我不能不思考。我回到旅馆想了好些时候。第二天到了瑞士苏黎世，在一家清静的旅舍一间舒适的客房里休息，我坐在窗前椅上苦思。我明确地感觉到我的心灵中多了一样东西，这是在十年动乱之前所没有的。一九八〇年我在东京说，经过了生死考验的大关，我感觉到骄傲。其实这有什么可骄傲的呢？第一次侥幸活下来，第二次也会死去，倘使我不珍惜这一段时间利用它多做一点好事。在东京我还不知道有这个在心灵中新生出来的东西，但是到了半年以前我不但感觉到它的存在，我还好像看见它在发光，它在沸腾……还有什么，我就说不清楚了。

我继续探索、思考。我需要更深地挖掘我的心灵。但是不知怎样我无法前进，仿佛我走进了影片中的小街，不停地敲着两扇黑漆的旧木门，一直没有应声。我一连敲了几个月，但我并不是白白在敲打。我从门缝里逐渐看到院子里的情景。

现在有了应声，而且门缓缓地开了，虽然只开了一个缝，但是我可以把头伸进里面，我瞥见了我正在寻找的东西。

这不是让人猜谜。我在讲自己的探索和它的一点收获。我仿佛在一条小街上，挨门挨户地寻问，想弄清十年的压迫和折磨给我留下多少东西。

我终于明白：除了满身伤痕，除了惨痛教训，我多了一颗同情的心，我更爱受难的同胞，更爱善良的人民。我并不想夺回十年失去的时间，我却愿意把今后的岁月完全贡献出去。这才是我的真实思想，只有做到这样我的心才会得到安宁。

我提到心的安宁，因为在过去一段时期中我受够人们的折磨，那以后又是回忆折磨着我。我忘不了含恨死去的亲人，我忘不了一起受苦的朋友，我忘不了遭受摧残的才华和生命，我忘不了在侮辱和迫害中卑屈生活的人们，我忘不了那些惨痛的经历，那些可怕的见闻。……但是这一切的回忆都只能使我感到我和同胞们的血肉相连的关系。甚至在大马路上贴出对我的"大批判专栏"、熟人在路上遇见不敢相认的时候，我仍然感觉到人间的温暖，我的心上还燃烧着对同胞的爱。我的记忆里保留着多少发亮的东西，是泪珠，是火花，还是使心灵颤动的情景？我还记得在机关的"牛棚"里我和一位朋友分吃一块面包，因为食堂不把晚饭饭菜卖给我们。有一天下午我们受到无理批判和粗暴申斥之后，我对朋友说："保重身体啊。"他拍拍我的胳膊说："你也要保重啊！"我感到两个人的心，许多人的心互相靠近，贴在一起。除了给揪到机关和学校批斗不让回家，在"五七"干校劳动和学习一共不到三年之外，我每晚从"牛棚"回家，走过门外竹篱，心里十分激动，仿佛一根绳子拉着我的心进了家门。这样的对亲人的感情我以前从未感觉到。……

前些年我朦胧地感觉到的东西现在看得比较清楚了。它应该是爱，是火，是希望，是一切积极的东西吧。许多许多人活下来坚持下去，就是靠了这个。许多许多人没有活到今天，但是他们把爱、把火、把希望留给了我们，而且通过我们留给后代。我不止一次地站在死者的灵前默默地祝告说："放心吧，我们有责任让你活下去。"所以我理解影片中夏司机的感情。影片中人物不多，都没有名字，有的（包括男女主角在内）只有姓。故事也很简单。一个青年司机认识了一个少年，他帮助少年采集草药给"靠边"受审的母亲治病。不久司机发现少年是个姑娘，她因为"跟妈妈划不清界限"让人剪去了头发。司机决定买假发送给她。他花钱买不到，就拿走演员的假辫子，虽然他留下了钱，但是让人抓住，给打得半死。靠了一位老工人和一位老医生的好意他才活了下来，虽然他的视力大受损害。他摸索着再走到那条小街，但是他称为"弟弟"的姑娘的家门紧紧关闭，别人告诉他："人早走了……门上还贴着封条。"从此他再也找不到她。他到处打听她的消息。他写成电影剧本，设想了种种的"结尾"。他

讲真话的书 （1982—1985）

始终不曾停止探索和追求。有可能她第二次在他的生活里出现，也有可能她已经永远消失。在那十年中间，这样的人和这样的事，我见得太多了。看完《小街》，我觉得又一次接触到那些熟人的心灵深处。我又回顾过去那段黑暗时期的生活，我觉得眼前明亮，影片像一双医生的手使我的眼睛睁得更大了。

去年在巴黎我回答法国记者说，我不喜欢"伤痕文学"这种说法。"十年浩劫"造成的遍地创伤，我不能否认。揭露伤痕，应当是为了治好它。讳言伤痛，让伤疤在暗中溃烂，只是害了自己。但也有人看见伤疤出血就惊惶失措，或则夸大宣传，或则不准声张。这些人都忘记了一件更重要的事情：人们应当怎样对待那些伤痕。这半年来我反复思考的正是这个。

我也有数不清的内伤，正是它们损害了我的健康，但也正是它们使我感觉到自己和同胞、和人民不可分离的共同的命运。

现在我找到更恰当的说明了。感谢影片的导演和剧作者把我引进了小街，让我在小楼上遇见双目伤残的青年司机，听到他那么坚决的声音："如果对未来不抱有什么希望，我的眼睛宁可瞎掉。"他始终不放弃他的寻问，他的探索，他的追求。这决心，这希望从什么地方来？他自己告诉了我们：要"把自己微薄的心愿赠给自己的同类"。这也就是俞姑娘所说的"心中比青春更美好的东西"，十年动乱所卷不走、反倒加强了的东西。

我也有这样一个微薄的心愿。

三月二日

三论讲真话
——随想录七十九

我昨天读完了谌容的中篇小说《真真假假》①。我读到其中某两三段,一个人哈哈地笑了一阵子,这是近十几年来少有的事。《真真假假》是一篇严肃的作品。小说中反映了一次历时三天的学习、批判会。可笑的地方就在人们的发言中:这次会上的发言和别人转述的以前什么会上的发言。

笑过之后,我又感到不好受,好像撞在什么木头上,伤了自己。是啊,我联系到自己的身上,联系到自己的经历了。关于学习、批判会,我没有作过调查研究,但是我也有三十多年的经验。我说不出我头几年参加的会是什么样的内容,总不是表态,不是整人,也不是自己挨整吧。不过以后参加的许多大会小会中整人被整的事就在所难免了。但有一点是可以确定的:表态,说空话,说假话。起初听别人说,后来自己跟着别人说,再后是自己同别人一起说。起初自己还怀疑这可能是假话,那可能是误传,这样说可能不符合事实,等等,等等。起初我听见别人说假话,自己还不满意,不肯发言表态。但是一个会接一个会地开下去,我终于感觉到必须甩掉"独立思考"这个包袱,才能"轻装前进",因为我已经在不知不觉中给改造过来了。于是叫我表态就表态。先讲空话,然后讲假话,

---

① 见《收获》双月刊一九八二年第一期。

讲真话的书 *(1982—1985)*

反正大家讲一样话,反正可以照抄报纸,照抄文件。开了几十年的会,到今天我还是怕开会,我有一种感觉,有一种想法,从来不曾对人讲过,在会议的中间,在会场里,我总觉得时光带着叹息在门外跑过,我拉不住时光,却只听见那些没完没了的空话、假话,我心里多烦。我只讲自己的经历,我浪费了多少有用的时间。不止我一个,当时同我在一起的有多少人啊!

"大家都在浪费时间",这种说法可能有人不同意。这个人可能在会上夸夸其谈、大开无轨电车,也可能照领导的意思、看当时的风向发表言论。每次学习都能做到"要啥有啥",取得预期的效果。大家都"受到深刻的教育,在认识上提高了一步",有人说学习批判会是"无上的法宝"。而根据我的经验,我的收获却是"竹篮打水一场空",我只是在混时间。但是我学会了说空话,说假话。有时我也会为自己的假话红脸,不过我不用为它担心,因为我同时知道谁也不会相信这些假话。至于空话,大家都把它当作护身符,在日常生活里用它揩揩桌子、擦擦门窗。人们想,把屋子打扫干净,就不怕"运动"的大神进来检查卫生。

大家对运动也有看法,不少的人吃够了运动的苦头。喜欢运动的人可能还有,但也不会太多。根据我的回忆,运动总是从学习与批判开始的。运动的规模越大,学习会上越是杀气腾腾。所以我不但害怕运动,也害怕学习和批判(指的是批判别人)。和那样的会比起来,小说里的会倒显得轻松多了。

我还记得一九六五年第四季度我从河内回来,出国三个多月,对国内的某些情况已经有点生疏,不久给找去参加《评新编历史剧〈海瑞罢官〉》的学习会,感到莫名其妙。为什么姚文元一篇文章要大家长期学习呢?我每个星期六下午去文艺会堂学习一次,出席人多,有人抢先发言,轮不到我开口。过了两三个星期,我就看出来,我们都在网里,不过网相当大,我们在网中还有活动余地,是不是要一网打尽,当时还不能肯定。自己有时也在打主意从网里逃出去,但更多的时间里我却这样地安慰自己:"听天安命吧,即使是孙悟空,也逃不出如来佛的手掌心。"

回想起那些日子,那些学习会,我今天还感到不寒而栗。我明明觉得罩在我四周的网越收越小、越紧,一个星期比一个星期厉害。一方面想到即将来临的灾难,一方面又存着幸免的心思,外表装得十分平静,好像自己没有问题,实际上内心空虚,甚至惶恐。背着人时我坐立不安,后悔不该写出那么多的作品,唯恐连累家里的人。我终于在会上主动地检查了一九六二年在上海二次文代会上的发言的错误。我还说我愿意烧掉我的全部作品。这样讲过之后比较安心了,以为自己承认了错误,或者可以"过关"。谁知这次真是一网打尽,在劫难逃。姚文元抡起他所谓的"金棍子"打下来。我出席了亚非作家紧急会议,送走外宾后,参加作家协会的学习会,几张大字报就定了我的罪,没有什么根据就抄了我的家。随便什么人都可以到我家里来对我训话。可笑的是我竟相信自己犯了滔天大罪,而且恭恭顺顺地当众自报罪行;可笑的是我也认为人权是资产阶级的东西,我们"牛鬼蛇神"没有资格享受它。但当时度日如年,哪有笑的心思?在那段时间里,我常常失眠、做怪梦、游地狱;在"牛棚"里走路不敢抬头,整天忍气吞声,痛骂自己。

十年中间情况有一些变化,我的生活状况也有变化。一反一复,时松时紧。但学习、批判会却是不会少的。还有所谓"游斗",好些人享受过这种特殊待遇,我也是其中之一。当时只要得到我们单位的同意,别的单位都可以把我带去开会批斗。我起初很害怕给揪到新的单位去,颈项下面挂着牌子接受批判,我不愿意在生人面前出洋相。但是开了一次会,我听见的全是空话和假话,我的胆子自然而然地大了起来,我明白连讲话的人也不相信他们自己的话,何况听众?以后我也就不害怕了。用开会的形式推广空话、假话,不可能把什么人搞臭,只是扩大空话、假话的市场,鼓励人们互相欺骗。好像有个西方的什么宣传家说过:假话讲了多少次就成了真话。根据我国古代的传说,"曾参杀人",听见第三个人来报信,连他母亲也相信了谣言。有人随意编造谎言,流传出去,后来传到自己耳

讲真话的书 （1982—1985）

边，他居然信以为真。

我不想多提十年的"浩劫"，但是在那段黑暗的时期中我们染上了不少的坏习惯，"不讲真话"就是其中之一。在当时谁敢说这是"坏习惯"？！人们理直气壮地打着"维护真理"的招牌贩卖谎言。我经常有这样的感觉：在街上，在单位里，在会场内，人们全戴着假面具，我也一样。

到"四人帮"下台以后，我实在憋不住了，在《随想录》中我大喊："人只有讲真话，才能够认真地活下去。"我喊过了，我写过了两篇论"说真话"的文章。朋友们都鼓励我"说真话"。只有在这之后我才看出来：说真话并不容易，不说假话更加困难。我常常为此感到苦恼。有位朋友是有名的杂文家，他来信说：

"对于自己过去信以为真的假话，我是不愿认账的，我劝你也不必为此折磨自己。至于有些违心之论，自己写时也很难过……我在回想，只怪我自己当时没有勇气，应当自劾。……今后谁能保证自己不再写这类文章呢？……我却不敢开支票。"

我没有得到同意就引用他信里的话，应当请求原谅。但是我要说像他那样坦率地解剖自己，很值得我学习。我也一样，"当时没有勇气"，是不是今后就会有勇气呢？他坦白地说："不敢开支票。"难道我就开得出支票吗？难道说了这样的老实话，就可以不折磨自己吗？我办不到，我想他也办不到。

任何事情都有始有终。混也好，拖也好，挨也好，总有结束的时候；说空话也好，说假话也好，也总有收场的一天。那么就由自己做起吧。折磨就折磨嘛，对自己要求严格点，总不会有害处。我想起了吴天湘的一幅手迹。吴天湘是谌容小说中某个外国文学研究室的主任、一个改正的右派，他是唯一的在会上讲真话的人。他在发言的前夕，在一张宣纸上为自己写下两句座右铭：

一九八二年

　　愿听逆耳之言
　　不作违心之论

　　这是极普通的老话。拿它们作为我们奋斗的目标，会不会要求过高呢？我相信那位写杂文的老友会回答我："不高，不高。"

　　《真真假假》是《人到中年》作者的另一部好作品。她有说真话的勇气。在小说中我看到好些熟人，也看到了我自己。读完小说，我不能不掩卷深思。但是我思考的不是作品，不是文学，而是生活。我在想我们的过去、现在和未来。我想来想去，总离不开上面那两句座右铭。

　　难道我就开得出支票？我真想和杂文家打一次赌。

三月十二日

《靳以选集》序
——随想录八十

洁思编辑她父亲的多卷本选集，要我为这个集子写序，我没有答应。作为靳以的老友，看见他的多卷本集子终于编成，即将问世，我是高兴的。能在这方面尽一点力，那也是我的本分。我不想写序，只是因为我不曾具备写序的条件。要是严肃地对待工作，我认为对写序的要求应当严格，更严格。柯灵同志为《李健吾剧作选》写的序文是一个榜样。我指的是他的写作态度。他在医院中养病，为了写这篇序文托人到处借书，花了两个多月的工夫，几乎把健吾的话剧创作全读了。

我很想学习柯灵。倘使在十年以前，我还有可能将《靳以选集》中的作品全部重读一遍，但是现在我已经没有时间和精力了，过去保留的印象又逐渐模糊，我不能信口开河，也不便宽待自己，所以我两次婉辞，因为我写不出像柯灵写的那样的序文。

时间跑得意外的快。我的健康也以同样的速度坏下去。但是洁思的编辑工作完成了，她似乎因为没有人为《选集》写序感到苦恼，也可能因为我不肯答应感到失望。我鼓励洁思自己动笔写一篇编者的序言。她熟读了《选集》中的每篇作品，一定有许多话要说，她又是她父亲最疼爱的孩子，把她的真挚、朴素的感情写出来，就能打动读者的心，可是她谦虚，不肯写。而我，我知道她一家人为了靳以的多卷集的出版奋斗了二十多年，我也不愿意看见这个集子冷冷清清的同读者见面。沉默使我痛苦，即使我手里只有一管毫无技巧的笔，即使我写字相当困难，我也要一字一字地写下我此时此地的思想感情。

我和靳以是从两条不同的道路接近文学的，他是大学生，我没有上过大学。我发表作品比他早一两年。我认识他的时候，商务印书馆的《小说月报》某一期上同时发表了我们两人的短篇小说，后来我去北平，住到文学季刊社，和他（还有振铎）一起编辑《文学季刊》，他同我就相熟了。我常常想起一九三四年上半年在北平的生活，当时我们都住在三座门大街十四号北屋，每人一个小房间，中间有一间大的办公室，靳以和我坐在一张大写字台的两面，我们看校样，看稿件，也写信，写文章。他的写作态度十分认真。他不像我拿起笔就写，他总是想好了以后才动笔，他有时也对我讲述小说的故事情节，讲得非常动人。他并不花费功夫斟酌字句，我很少见他停笔苦思。他的作品我读过不少，但时间久了，记忆力衰退，即使是从前喜爱的篇章也逐渐消失在遗忘中，只有像《别人的故事》《生存》一类的短篇长久地印在我的心上。我想起他，眼前就出现他伏案写作的形象。我不知道我的印象对不对，我认为他是一个人道主义的艺术家，有一颗富于同情的心。

将来会有人研究他创作的道路。他的作品可以帮助我们更多地了解旧中国。它们会得到越来越多的新的读者。作品放在面前，读者们会做出自己的判断，用不着我在这里饶舌。我只说我想说的话。我在北平的那个时期和靳以到上海编辑《文季月刊》与《文丛》的时期，我们在一起真是无话不谈，而且谈得投机。以后我们从内地回到上海，一直到一九五九年十月他最后一次住进医院都是这样。当然，我们之间也有过分歧，但是难得发生争执。他对我的作品不一定全满意，不过也少发表尖锐的批评。我对他的《青的花》一类的作品也有意见，但后来我多知道一些他的事情，多了解他过去的创伤，我就无话可说了。他走上文学道路是付出了高昂代价的，在当时写小说并不受人尊重，他的初恋遭到失败，就因为他不肯放弃文学的事业。

讲真话的书 （1982—1985）

他不仅终生坚持写作，而且从一九三四年开始又搞起了文学期刊的编辑工作，从《文学季刊》、《文季月刊》、《文丛》、《改进文艺》、《小说月报》（与周而复同志合编）一直到《收获》（中间还有些日报的文学副刊），他付出了多少辛勤的劳动。最后在医院病室里他还在审阅《收获》的稿件。我们两人对文稿的看法不一定相同，但是多年来我看见他勤勤恳恳、认真负责地埋头工作，把一本一本的期刊送到读者面前，我深受感动。我做编辑工作就远不如他，我做得很草率，他是我所见过的一位最好的编辑，要是他能活着编选自己的集子，那有多好！不过洁思理解她父亲，她做这工作也很认真负责，而且注入了深的感情，她不会使她父亲的读者失望。

靳以刚刚活了五十岁。最后十年他写得不多。他很谦虚，在五十年代他就否定了自己过去的作品。我还记得有一次，不是一九五五年就是五六年，我们在北京开会，同住一个房间，晚上我拿出《寒夜》横排本校样在灯下校改，他看见了就批评我："你为什么还要重印这种书？"我当时还不够谦虚，因此也只是笑笑，仍旧埋头看校样。后来《寒夜》还是照常出版。但是，两三年四五年以后我自己也感到后悔，终于彻底否定了它。

否定肯定，一反一复，作家的思想也在变化。靳以离开我们二十三年，我无法知道他现在对自己作品的看法，但是我可以说出我今天的意见。作家有权否定自己的作品，读者也有权肯定作家自己否定的作品，因为作品发表以后就不再属于作家个人。优秀的文学作品都是人民的精神财富。凡是忠实地反映了当时社会生活的作品，凡是鼓励人积极地对待生活的或者给人以高尚情操的，或者使人感觉到自己和同胞间的密切联系的作品，凡是使人热爱祖国和人民、热爱真理和正义的作品都会长久存在下去。靳以的作品，至少他的一部分作品，也不会是例外。

三月二十二日

怀念满涛同志
——随想录八十一

有一位朋友（他是搞文艺评论的）读了我的《探索集》，写信来说："我觉得你律己似嫌过于严格，当时有当时的历史条件，有些事不是个人可以负责的。"

他的话里还有可以商量的地方。首先，我对自己并无严格要求，倘使要求严格，我早就活不下去了，因此我总是事后拿悔恨折磨自己。说到责任的问题，我想要是我们能够丢开"明哲保身"的古训，用认真负责的态度待人处世，那么有些事可能就不会发生，有些事就可能改换一个面目。……

我想起了一件事，一个人。这个人就是张满涛同志。我和满涛同志并无私交。关于他的事情我知道很少。一九四〇年我在上海写《秋》，兼管文化生活出版社的编辑工作，在我编的一种丛书里收了一部满涛的译稿，就是契诃夫的四幕剧《樱桃园》，它是李健吾兄介绍来的。我只知译者懂俄语，喜欢契诃夫，所以译得好。一直到解放以后我才看见满涛同志，见面的次数不多，大都是在学习会上，偶尔也在戏园里，见面后我们只是点头握手，至多也不过寒暄几句。

一九五五年发表的关于胡风问题的第二批材料中出现了给满涛信里的几句话，讲到什么"组织原则"我也搞不清楚，但不免为他担心。不过出乎我的意外，他好像并未吃到多少苦头，过一个时期又出头露面，仍然是

讲真话的书 （1982—1985）

市政协委员，他译的书也还在出版。他喜欢看川剧，川剧团来上海演出，我总有机会在剧场里遇见他。

于是来了所谓的"十年浩劫"。我后来给朋友写信说："十年只是一瞬间。"其实那十年的岁月真长啊。这之间我听到不少关于熟人们的小道消息。我也曾想到满涛，后来我听说他在干校做翻译工作，再后又听说他身体不好，同时我看到了他和别人一起译成的小说。人们说他工作积极。

一九七五年秋天作协上海分会给"四人帮"的爪牙彻底砸烂，我被"分配"到上海人民出版社专搞翻译的编译室，不管我本人是否愿意，而且仍旧是"控制使用"，这正是对我这个不承认"人权"的人的惩罚。我借口身体不好，一个星期只去两个半天参加政治学习。头一次去参加传达什么文件的全体会议，走进弄堂不久看见了满涛，他也发现了我，很高兴，就到我身边来，表示欢迎，边走边谈，有说有笑，而且学着讲四川话，对我很亲切。这样的遇见或谈话我们之间有过几次。我初到编译室，很少熟人，满涛的笑语的确给我带来一些温暖。我听人说，他身体不好，有一次昏倒在人行道上；又听说他工作积极，总是争取多做。我便劝他注意身体。他笑笑，说"不要紧"。

又过了一些时候，时间我记不准确了，大约是一九七六年七八月吧，总之是在"四人帮"活动猖獗的时候，一天上午我在编译室四楼学习，开始时学习组长讲了几件事情，其中的一件是关于满涛的。据说满涛原来给定为"胡风分子"，应当接受监督劳动，当时由于疏忽没有照办，但是二十年来他表现很好，因此也就不必监督劳动了。不过据某某机关说这顶"反革命"帽子是张春桥领导的十人小组给戴上的，不能变动，应当拿他当反革命分子看待，剥夺他的政治权利。这真是一个晴天霹雳！我一下子发愣了。哪里会有这种道理？二十年很好的表现换来一顶"反革命"的帽子，就只因为当初给张春桥领导的小组定成"胡风分子"。我又想：满涛怎么受得了？！然而没有人出来发表意见。我那时还是一个不戴帽的"反革命"，虽然已经有自己的看法，但是在学习会上心惊肉跳、坐立不安，只想如何保全自己，不敢讲一句真话。而且我知道我们的学习组长的想法不会跟我的相差多远，即使是他，他也不敢公开怀疑某某机关的解释。

这以后我就没有再看见满涛，只有一次学习结束我下楼，在楼梯口遇见他，我想打个招呼，他埋着头走开了。我实在不明白为什么忽然要宣布他是"反革命分子"，又无法向人打听。后来我无意间听人说，这里的负责人看见满涛态度好、工作积极，想给他摘掉"胡风分子"的帽子，就打了报告到上级和某某机关去请示，万万想不到会得到那样的答复。这可能是一种误会吧。但是这里的负责人却不敢再打报告上去说明原意，或者要求宽大。于是大家将错就错，让满涛一夜之间平白无故地给剥夺了一切政治权利。

我不声不响，又似怪非怪。我当时正在翻译亚·赫尔岑的《回忆录》，书中就有与这类似的记载，可见"四人帮"干的是沙皇干惯了的事情，但是包括我在内没有一个人敢出来发表不同的意见，讲一讲道理，好像大家都丧失了理智。

然而事情并没有结束。不久毛主席逝世了，我们都到出版社的大礼堂去参加了吊唁活动。过两三天在我们的学习会上，组长宣布室里要开批判满涛翻案的小型会议，每个学习小组派两个代表参加。关于翻案的解释，据说我们出去参加吊唁活动的时候，满涛给叫到编译室来由留守的工宣队老师傅监督并训话，满涛当时就说他"不是反革命分子，不会乱说乱动"。这便构成了他的所谓翻案的罪行。这样荒唐的逻辑，这样奇怪的法律，我太熟悉了！造反派使我有了够多的经验，我当然不会再相信他们。但是我仍然一声不响，埋着头装出若无其事的样子，实际上暗暗地用全力按捺住心中的不平，唯恐暴露了自己，引火烧身。我只是小心地保护自己，一点也未尽到作为一个作家、作为一个普通人所应尽的职责。幸而下一个月"四人帮"就给粉碎了，否则谁知道以后会发生什么样的事情。

总之满涛给保全下来了。他在身心两方面都受到大的损害。有一个时期人们甚至忘记给被冤屈者雪冤，为受害者治伤。但是这一切并不曾减

讲真话的书 （1982—1985）

少满涛的工作的积极性。用"积极性"这样的字眼并不能恰当地说明他的心愿和心情。人多么愿意多做自己想做而又能做的事情！果戈理、别林斯基……在等待他。他已经浪费了多少宝贵的时间啊。他本来可以翻译很多的书。但是留给他的时间太少了。就只有短短的两年！他死于一九七八年十二月。我到龙华公墓参加了他的追悼会，见到不少的熟人。这追悼会也就是平反会，死者的冤屈终于得到昭雪。在灵堂内外我没有讲一句话。肃立在灵前默哀的时候，我仿佛重见满涛同志笑脸相迎的情景。望着他的遗像，我感到惭愧。我想人都是要死的，人的最大不幸就是活着不能多做自己想做的工作。满涛同志遭遇不幸的时候，我没有支持他，没有出来说一句公道话，只是冷眼旁观，对他的不幸我不能说个人毫无责任。

三月二十五日

说真话之四
——随想录八十二

关于说真话，各人有各人的想法。有人说现在的确有要求讲真话的必要，也有人认为现在并不存在说真话的问题。我虽然几次大声疾呼，但我的意见不过是一家之言，我也只是以说真话为自己晚年奋斗的目标。

说真话不应当是艰难的事情。我所谓真话不是指真理，也不是指正确的话。自己想什么就讲什么，自己怎么想就怎么说——这就是说真话。你有什么想法，有什么意见，讲出来让大家了解你。倘使意见相同，那就在一起做进一步的研究；倘使意见不同，就进行认真讨论，探求一个是非。这样做有什么不好！

可能有不少的人已经这样做了，也可能有更多的人做不到这样。我只能讲我自己。在我知道话有真假之分的时候，我就开始对私塾老师、对父母不说真话。对父母我讲假话不多，因为他们不大管我，更难得打我。我父亲从未打过我，所以我常说他们对我是"无为而治"。他们对我亲切、关心而且信任。我至今还记得一件事情。有一年春节前不久，我和几个堂兄弟要求私塾老师提前两天放年假，老师对我父亲讲了。父亲告诉母亲，母亲就说："老四不会在里头。"我刚刚走进房间，听见这句话连忙转身溜走了。母亲去世时我不满十岁，这是十岁以前的事。几十年来我经常想起它，这是对我最好的教育，比板子、鞭子强得多：不能辜负别人的信任。在"十年浩劫"中我感到最痛苦的就是自己辜负了读者们的信任。

讲真话的书 （1982—1985）

对私塾老师我很少讲真话。因为一、他们经常用板子打学生；二、他们只要听他们爱听的话。你要听什么，我们就讲什么。编造假话容易讨老师喜欢，讨好老师容易得到表扬。对不懂事的孩子来说，这样混日子比较轻松愉快。我不断地探索讲假话的根源，根据个人的经验，假话就是从板子下面出来的。

近年来我在荧光屏上看到一些古装的地方戏，剧中常有县官审案，"大刑伺候"，不招就打，甚至使用酷刑。关于这个我也有个人的见闻。我六七岁时我父亲在广元县做县官，他在二堂审案，我有空就跑去"旁听"。我不站在显著的地方，他也不来干涉。他和戏里的官差不多，"犯人"不肯承认罪行，就喊"打"。有时一打"犯人"就招；有时打下去"犯人"大叫"冤枉"。板子分宽窄两种，称为"大板子"和"小板子"。此外父亲还用过一种刑罚，叫作"跪抬盒"，让"犯人"跪在抬盒里，膝下放一盘铁链，两手给拉直伸进两个平时放抬杆的洞里。这刑罚比打小板子厉害，"犯人"跪不到多久就杀猪似的叫起来。我不曾见父亲审过大案，因此他用刑不多。父亲就只做过两年县官，但这两年的经验使我终生厌恶体刑，不仅对体刑，对任何形式的压迫，都感到厌恶。古语说，屈打成招，酷刑之下有冤屈，那么压迫下面哪里会有真话？

奇怪的是有些人总喜欢相信压力，甚至迷信压力会产生真言，甚至不断地用压力去寻求真话。的确有这样的人，而且为数不少。我在"十年浩劫"中遇到的所谓造反派，大部分都是这样。他们的办法可比清朝官僚高明多了。所以回顾我这一生，在这十年中我讲假话最多。讲假话是我自己的羞耻，即使是在说谎成为风气的时候我自己也有错误，但是逼着人讲假话的造反派应该负的责任更大。我脑子里至今深深印着几张造反派的面孔，那个时期我看见它们就感到"生理上的厌恶"（我当时对我爱人萧珊讲过几次），今天回想起来还要发恶心。我不明白在他们身上怎样会有那么多的封建官僚气味？！他们装模作样、虚张声势，唯恐学得不像，其实他们早已青出于蓝！封建官僚还只是用压力、用体刑求真言，而他们却是

一九八二年

用压力、用体刑推广假话。造反派用起刑来的确有所谓"造反精神"。不过我得讲一句公道话，那十年中间并没有人对我用过体刑，我不曾挨过一记耳光，或者让人踢过一脚，只是别人受刑受辱的事我看得太多，事后常常想起旁听县官审案的往事。但我早已不是六七岁小孩，而且每天给逼着讲假话，不断地受侮辱受折磨，哪里还能从容思索，"忆苦思甜"？！

在那样的日子里我早已把真话丢到脑后，我想的只是自己要活下去，更要让家里的人活下去，于是下了决心，厚起脸皮大讲假话。有时我狠狠地在心里说：你们吞下去吧，你们要多少假话我就给你们多少。有时我受到了良心的责备，为自己的言行感到羞耻。有时我又因为避免了家破人亡的惨剧而原谅自己。结果萧珊还是受尽迫害忍辱死去。想委曲求全的人不会得到什么报酬，自己种的苦果只好留给自己吃。我不能欺骗我的下一代。我一边生活一边思考，逐渐看清了自己走的道路，也逐渐认清了造反派的真实面目。去奉贤文化系统"五七"干校劳动的前夕，我在走廊上旧书堆中找到一本居·堪皮（G. Campi）的汇注本《神曲》的《地狱篇》，好像发现了一件宝贝。书太厚了，我用一个薄薄的小练习本抄写了第一曲带在身边。在地里劳动的时候，在会场受批斗的时候，我默诵但丁的诗句，我以为自己是在地狱里受考验。但丁的诗给了我很大的勇气。读读《地狱篇》，想想造反派，我觉得日子好过多了。

我一本一本地抄下去，还不曾抄完第九曲就离开了干校，因为萧珊在家中病危。……

"四人帮"终于下台了。他们垮得这样快，我没有想到。这是一个很好的教训。沙上建筑的楼台不会牢固，建筑在谎言上面的权势也不会长久。爱听假话和爱说假话的人都受到了惩罚，我也没有逃掉。

四月二日

未来（说真话之五）
——随想录八十三

　　客人来访，闲谈中我说明自己的主张："鼓舞人前进的是希望，而不是失望。"客人就说："那么我们是不是把一切不愉快的事情都深深埋葬，多谈谈美满的未来？！"

　　于是我们畅谈美满的未来，谈了一个晚上。客人告辞，我回到寝室，一进门便看见壁炉架上萧珊的照片，她的骨灰盒在床前五斗柜上面。它们告诉我曾经发生过的那些不愉快的事情。

　　萧珊逝世整整十年了。说实话，我想到她的时候并不多，但要我忘记我在《怀念萧珊》中讲过的那些事，恐怕也难办到。有人以为做一两次报告，做一点思想工作，就可以使人忘记一些事情，我不大相信。我记得南宋诗人陆游的几首诗，《钗头凤》的故事知道的人很多，诗人在四十年以后"犹吊遗踪一泫然"，而且想起了四十三年前的往事，还要"断肠"。那么我偶尔怀念亡妻写短文说断肠之情，也是可以理解的吧。我不是在散布失望的情绪，我的文章不是"伤痕文学"。也没有人说陆游的诗是"伤痕文学"。陆游不但有伤痕，而且他的伤痕一直在流血，他有一些好诗就是用这血写成的。七百多年以后，我在法国一位学哲学的中国同学那里读了这些诗①，过了五十几年还没有忘记，不用翻书就可以默写出来。我默念这些诗，诗人的痛苦和悲伤打动我的心，我难过，我同情，我思索，但是我从未感到绝望或者失望。人们的幸福生活给破坏了，就应当保卫它。看见人们受苦，就会感到助人为乐。生活的安排不合理，就要改变它。看够了人间的苦难，我更加热爱生活，热爱光明。从伤痕里滴下来的血一直是给我点燃希望的火种。通过我长期的生活经验和创作实践，我认为即使不写满园春色的美景，也能鼓舞人心；反过来说，纵然成天大做一切都好的美梦，也产生不了良好的效果。

据我看，最好是讲真话。有病治病；无病就不要吃药。要谈未来，当然可以。谈美满的未来，也可以。把未来设想得十分美满，谁也干涉不了，因为每个人都有未来，而且都可以为自己的未来做各种的努力。未来就像一件有可塑性的东西，可以由自己努力把它塑成不同的形状。当然这也不那么容易。不过努力总会产生效果，好的方面的努力就有可能产生好的效果，产生希望的是努力，是向上、向前的努力，而不是豪言壮语。

客人不同意我这种"说法"。他说："多讲些豪言壮语有什么不好？至少可以鼓舞士气嘛。"

我听过数不清的豪言壮语，我看过数不清的万紫千红的图画。初听初看时我感到精神振奋，可是多了，久了，我也就无动于衷了。我看，别人也是如此。谁也不稀罕不兑现的支票。我不久前编自己的选集，翻看了大部分的旧作，使我感到惊奇的是从一九五〇到一九六六年十六年中间，我也写了那么多的豪言壮语，我也绘了那么多的美丽图画，可是它们却迎来十年的"浩劫"，弄得我遍体鳞伤。我更加惊奇的是大家都在豪言壮语和万紫千红中生活过来，怎么那么多的人一夜之间就由人变为兽，抓住自己

---

① 当时（一九二七——一九二八）我和哲学家住在沙多-吉里拉·封丹中学食堂楼上两间邻接的屋子里，他每晚朗读陆游的诗。我听见他"吟诵"，遇到自己喜欢的诗，就记了在心里。

的同胞"食肉寝皮"。我不明白，但是我想把问题弄清楚。最近遇见几位朋友，谈起来他们都显得惊惶不安，承认"心有余悸"。不能怪他们，给蛇咬伤的人看见绳子会心惊肉跳。难道我就没有恐惧？我在《随想录》中不断地提出问题，发表意见，正因为我有恐惧。不用说大家都不愿意看见十年的悲剧再次上演，但是不弄清楚它的来龙去脉，不把它的来路堵死，单靠念念咒语，签发支票，谁也保证不了已经发生过的事不再发生。难道对于我们的未来中可能存在的这个阴影就可以撒手不管？我既然害怕见到第二次的兽性大发作，那么为什么要把自己的恐惧埋葬在心底？为什么不敢把心里话老实地讲出来？

埋葬！忘记！有一个短时期我的确想忘记十年的悲剧，但是偏偏忘记不了，即使求神念咒，也不管用。于是我又念起陆游的诗。像陆游那样朝夕盼望"王师北定中原"的爱国大诗人，对于奉母命离婚的"凡人小事"一辈子也不曾忘记，那么对于长达十年使几亿人受害的大灾难，谁又能够轻易忘记呢？

不忘记"浩劫"，不是为了折磨别人，而是为了保护自己，为了保护我们的下一代。保护下一代，人人有责任。保护自己呢，我经不起更大的折腾了。过去我常想保护自己，却不理解"保护"的意义。保护自己并非所谓明哲保身、见风转舵。保护自己应当是严格要求自己，面对现实，认真思考。不要把真话隐藏起来，随风向变来变去，变得连自己的面目也认不清楚，我这个惨痛的教训是够大的了。

十年的灾难，给我留下一身的伤痕。不管我如何衰老，这创伤至今还像一根鞭子鞭策我带着分明的爱憎奔赴未来。纵然是年近八旬的老人，我也还有未来，而且我还有雄心壮志塑造自己的未来。望梅止渴、画饼充饥的年代早已过去，人们要听的是真话。我是一个什么样的人？是不是想说真话，是不是敢说真话？无论如何，我不能躲避读者们的炯炯目光。

四月十四日

解剖自己
——随想录八十四

"随想"第七十一则发表好久了，后来北京的报纸又刊载了一次。几天前一位朋友来看我，坐下来闲谈了一会，他忽然想起我那篇短文，说他那次批斗我是出于不得已，发言稿是三个人在一起讨论写成的，另外二人不肯讲，逼着他上台；又说他当时看见我流泪也很难过。这位朋友是书生气很重的老实人，我在干校劳动的时候，经常听见造反派在背后议论他，模仿他带外国语法的讲话。他在大学里是一位诗人，到欧洲念书后回来，写一些评论文章。在"文化大革命"中他的地位很尴尬，我有时看见他"靠边"，有时他又得到"解放"或者"半解放"，有时我又听说他要给"结合进领导班子"。总之变动很快，叫人搞不清楚。现在事情早已过去，他变得不多，在我眼前他还是那个带书生气的老好人。

他的这些话是我完全不曾料到的。我记起来了：我在那一则"随想"里提过一九六七年十月在上海杂技场里召开的批斗大会，但也只有短短的一句话，并没有描述大会的经过情形，更不曾讲出谁登台发言，谁带头高呼口号。而且不但在过去，就是现在坐在朋友的对面，我也想不起他批判我的事情，一点印象也没有。我就老实地告诉他：用不着为这种事抱歉。我还说，我当时虽然非常狼狈，讲话吞吞吐吐，但是我并没有流过眼泪。

他比我年轻，记忆力也比我好，很可能他不相信我的说法，因此他继续解释了一番。我理解他的心情。为了使他安心，我讲了不少的话，尽

讲真话的书 (1982—1985)

可能多多回忆当时的情况，我到杂技场参加批斗会的次数不少，其中两次是以我为主的，一次是第一次全市性的批斗大会，另一次是电视大会，各个有关单位同时收看，一些"靠边"的对象给罚站在每架电视机的两旁。那位朋友究竟在哪一次会上发言，我至今说不出来，这说明我当时就不曾把他的话记在心上。我是一个"身经百斗"的"牛鬼"，谁都有权揪住我批斗，我也无法将每次会、每个人的"训话"一一记牢。但是那两次大会我还不曾轻易忘记，因为对我来说它们都是头一次，我毫无经验，十分紧张。

　　杂技场的舞台是圆形的，人站在那里挨斗，好像四面八方高举的拳头都对着你，你找不到一个藏身的地方，相当可怕。每次我给揪出场之前，主持人宣布大会开始，场内奏起了《东方红》乐曲。这乐曲是我听惯了的，而且是我喜欢的。可是在那些时候我听见它就浑身战栗，乐曲奏完，我总是让几名大汉拖进会场，一连几年都是如此。初次挨斗我既紧张又很小心，带着圆珠笔和笔记本上台，虽然低头弯腰，但是不曾忘记记下每人发言的要点，准备"接受批判改正错误"。那次大会的一位主持人看见我有时停笔不写，他就训话："你为什么不记下去？！"于是我又拿笔续记。我这样摘录批判发言不止一次，可是不到一年，造反派搜查"牛棚"，没收了这些笔记本，还根据它们在某一次会上批斗我准备"反攻倒算"，那时我已经被提升为"无产阶级专政的死敌"了。我第一次接受全市"革命群众"批斗的时候，两个参加我的专案组的复旦大学学生把我从江湾（当时我给揪到复旦大学去了）押赴斗场，进场前其中一个再三警告我：不准在台上替自己辩护，而且对强加给我的任何罪名都必须承认。我本来就很紧张，现在又背上这样一个包袱，只想做出好的表现，又怕承认了罪名将来洗刷不清。埋着头给拖进斗场，我头昏眼花、思想混乱，一片"打倒巴金"的喊声叫人胆战心惊。我站在那里，心想这两三个小时的确很难过去，但我下定决心要重新做人，按照批判我的论点改造自己。

　　两次杂技场的大会在我的心上打下了深的烙印。电视大会召开时，为了造舆论、造声势，从作家协会上海分会到杂技场，沿途贴了不少很大的大字标语，我看见那么多的"打倒"字样，我的心凉了。要不是为了萧珊，为了孩子们，这一次我恐怕不容易支持下去。在那两次会上我都是一直站着受批，我还记得电视大会上批判结束，主持人命令把我押下去时，我一下子提不起脚来，造反派却骂我"装假"。以后参加批斗会，只要台上有板凳，我就争取坐下，我已经渐渐地习惯了，也取得一点经验了。我开始明白我所期待的那种"改造"是并不存在的。

朋友的一番话鼓舞我做了一次长途旅行，我从一个批斗会走到另一个，走完了数不清的不同的会场，我没有看见一张相熟的面孔。不是说没有一位熟人登台发言，我想说那些发言并未给我带来损害，我当时就不曾把它们放在心上，事后也就忘记得一干二净。

回顾过去，我觉得自己这样做也合情合理。我的肚皮究竟有多大？哪里容得下许许多多芝麻大的个人恩怨！在那个时期我不曾登台批判别人，只是因为我没有得到机会，倘使我能够上台亮相，我会看作莫大的幸运。我常常这样想，也常常这样说，万一在"早请示、晚汇报"搞得最起劲的时期，我得到了解放和重用，那么我也会做出不少的蠢事，甚至不少的坏事。当时大家都以"紧跟"为荣，我因为没有"效忠"的资格，参加运动不久就被勒令靠边站，才容易保持了个人的清白。使我感到可怕的是那个时候自己的精神状态和思想情况，没有掉进深渊，确实是万幸。清夜扪心自问，还有点毛骨悚然。

解剖自己的习惯是我多次接受批斗的收获。了解了自己就容易了解别人。要求别人不应当比要求自己更严。听着打着红旗传下来的"一句顶一万句"的"最高指示"，谁能保持清醒的头脑？谁又能经得起考验？做一位事后诸葛亮已经迟了。但幸运的是我找回了失去多年的"独立思考"。有了它我不会再走过去走的老路，也不会再忍受那些年忍受过的一切。十年的噩梦醒了，它带走了说不尽、数不清的个人恩怨，它告诉我们过去的事绝不能再来。

讲真话的书 （1982—1985）

"该忘记的就忘掉吧，不要拿那些小事折磨自己了，我们的未来还是在自己的手里。"我紧握着客人的手，把他送到门外。

四月二十四日病中在杭州

西　湖
　　——随想录八十五

　　一年过去了。我又来到西湖，还是在四月。这次我住在另一家旅馆里，也还是一间带阳台的屋子，不过阳台小一些。房间面对西湖，不用开窗，便看见山、水、花、树。白堤不见了，代替它的是苏堤。我住在六楼，阳台下香樟高耸，幽静的花园外苏堤斜卧在缎子一样的湖面上。还看见湖中的阮公墩、湖心亭，和湖上玩具似的小船。

　　我经常在窗前静坐，也常在阳台上散步或者望湖。我是来休息的。我的身体好比一只弓，弓弦一直拉得太紧，为了不让弦断，就得让它松一下。我已经没有精力"游山玩水"了，我只好关上房门看山看水，让疲劳的身心得到休息。

　　我每天几次靠着栏杆朝苏堤望去，好像又在堤上从容闲步。六十年代头几年我来杭州，住在花港招待所，每逢晴明的早晨都要来回走过苏堤。苏堤曾经给我留下深的印象，五十年前我度过一个难忘的月夜，后来发表了一篇关于苏堤的小说。有时早饭后我和女儿、女婿到苏堤上消磨一段时间。更多的时候我站在栏杆前，我的眼光慢慢地在绿树掩映的苏堤上来回移动。忽然起了一阵风，樟树的香气吹到我的脸上，我再看前面明净的湖水，我觉得心上的尘埃仿佛也给吹走了似的。

　　要是早晨雾大，站在阳台上，不但不见湖水，连苏堤也消失在浓雾中，茂密的绿树外只有白茫茫的一片。

讲真话的书 （1982—1985）

很多人喜欢西湖。但是对于美丽的风景，各人有各人的看法。全国也有不少令人难忘的名胜古迹，我却偏爱西湖。我一九三〇年十月第一次游西湖，可是十岁前我就知道一些关于西湖的事情[①]。在幼小的脑子里有一些神化了的人和事同西湖的风景连在一起。岳王坟就占着最高的地位。我读过的第一部小说就是《说岳全传》。我忘不了死者的亲友偷偷扫墓的情景。后来我又在四川作家觉奴的长篇小说《松岗小史》中读到主人公在西湖岳王墓前纵身捉知了的文字，仿佛身历其境。再过了十几年我第一次站在伟大死者的墓前，我觉得来到了十分熟悉的地方，连那些石像、铁像都是我看惯了的。以后我每次来西湖，都要到这座坟前徘徊一阵。有一天下午我在附近山上找着了牛皋的墓，仿佛遇到多年未见的老朋友，于是小说中"气死金兀术"的老将军、舞台上撕毁圣旨的老英雄各种感人的形象一齐涌上我的心头。人物、历史、风景和我的感情融合在一起，活起来了，活在我的心里，而且一直活下去。我偏爱西湖，原因就在这里。岳飞、牛皋、于谦、张煌言、秋瑾……我看到的不是坟，不是鬼的化身。西湖是和这样的人、这样的精神结合在一起的，它不仅美丽，而且光辉。

五十二年来我到西湖不知多少次。我第一次来时，是一个作家，今天我还是作家，可见我的变化不大。西湖的变化似乎也不太大，少了些坟，少了些庙，多了些高楼……人民的精神面貌是有过大的变化的。我很想写一部西湖变化史，可惜我没有精力做这工作。但记下点滴的回忆还是可以的。说出来会有人感到不可理解吧，我对西湖的坟墓特别有兴趣。其实并不是对所有的墓，只是对那几位我所崇敬的伟大的爱国者的遗迹有感情，有说不尽的敬爱之情，我经常到这些坟前寻求鼓舞和信心。

有一个时期我到处寻找秋瑾的"风雨亭"。她是我们民族中一位了

[①] 我们家原籍浙江嘉兴（我的高祖李介庵去四川），在嘉兴过去有一所李家祠堂，在四川老一辈的人同嘉兴的家族有过一些联系。一九二三年我到过嘉兴两次，住在一位伯祖父的家里，他年过八十，还做私塾老师，在家中授课。

不起的女英雄，即使人们忘记了她，她也会通过鲁迅小说中的形象流传万代。三十年代我写短篇《苏堤》时，小说中还提到"秋瑾墓"，后来连"秋风秋雨愁煞人"的风雨亭也不见了，换上了一座矮小的墓碑，以后墓和碑又都消失了，我对着一片草坪深思苦想，等待着奇迹。现在奇迹出现了，孤山脚下立起了巾帼英雄的塑像，她的遗骨就埋在像旁，她终于在这里定居了。我在平凡的面貌上看到无穷的毅力，她挂着宝剑沉静地望着湖水，她的确给湖山增添了光彩。

有一个时期我寻找过于谦的墓，却找到一个放酱缸的地方。当时正在岳王庙内长期举办"花鸟虫鱼"的展览，大殿上陈列着最引人注目的展品——绿毛龟。我和一位来西湖养病的朋友谈起，我们对这种做法有意见，又想起了三百多年前张煌言的诗句。苍水先生抗清失败被捕后给押送杭州，在杭州就义。他写了两首《入武林》。其中一首的前四句是：

　　　国亡家破欲何之　西子湖头有我师
　　　日月双悬于氏墓　乾坤半壁岳家祠

我同朋友合作，借用了三、四两句，将它们改成"油盐酱醋于氏墓，花鸟虫鱼岳家祠"。我们看见的就是这样。

又过了若干年之后，今天我第若干次来到西湖，"于氏墓"的情况我不清楚，"岳家祠"给人捣毁之后又重新修建起来，不仅坟前石像还是旧日模样，连堂堂大宰相也依然长跪在铁栏杆内。大殿内、岳坟前瞻仰的人络绎不绝，如同到了闹市。

看来，岳王坟是要同西子湖长存下去的了。

　　　　　　　　　　　　　　　　　　　四月二十八日

思　路
——随想录八十六

一

人到了行路、写字都感到困难的年龄才懂得"老"的意义。我现在也说不清楚什么时候开始感觉到身上的一切都在老化。我很后悔以前不曾注意这个问题，总以为"精神一到，何事不成"！忽然发觉自己手脚不灵便、动作迟缓，而且越来越困难，平时不注意，临时想不通，就认为"老化"是突然发生的。

根据我的经验，要是不多动脑筋思考，那么突然发生、突然变化的事情就太多了！可是仔细想想，连千变万化的思想也是沿着一条"思路"前进的，不管它们是飞、是跳、是走。我见过一种人：他们每天换一个立场，每天发一样言论，好像很奇怪，其实我注意观察、认真分析，就发现他们的种种变化也有一条道路。变化快的原因在于有外来的推动力量，例如风，风一吹风车就不能不动。我并不想讽刺别人，有一个时期我自己也是如此，所以我读到堂吉诃德先生跟风车作战的小说时，另有一种感觉。我不能不承认这个令人感到不愉快的事实：自己在衰老的路上奔跑。其实这是每个人的必经之路，到最后松开手，眼睛一闭，就得到舒适的安眠，把地位让给别人。肉体的衰老常常伴随着思想的衰老、精神的衰老。动作迟钝、思想僵化，这样密切配合，可以帮助人顺利地甚至愉快地度过晚年。我发现自己的思想和精神状态同衰老的身体不能适应，更谈不上"密切配合"，因此产生了矛盾。我不能消除矛盾，却反而促成自己跟自己不休止地斗争。我明知这斗争会逼使自己提前接近死亡，但是我没有别的路可走。几十年来我一直顺着一条思路往前进。我幼稚，但是真诚；我犯过错误，但是我没有欺骗自己。后来我甘心做了风车，随着风转动，甚至不敢拿起自己的笔。倘使那十年中间我能够像我的妻子萧珊那样撒手而去，那么事情就简单多了。然而我偏偏不死，思想离开了风车，又走上自己的轨道，又顺着思路走去，于是产生了这几年中发表的各种文章，引起了各样的议论。这些文章的读者和评论者不会想到它们都是一个老人每天两三百字地用发僵的手拼凑起来的。我称它们为真话，说它们是"善言"，并非自我吹嘘，虚名对我已经没有用处。说实话，我深爱在我四周勤奋地生活、工作的人们，我深爱在我身后将在中国生活、工作的年轻的一代、两代以至于无数代……那么写一点报告情况的"内参"（内部参考）留给他们吧。

我的这种解释当然也有人不同意，他们说："你为什么不来个主动的配合，使你的思想、精神同身体相适应？写字困难就索性不写，行动不便就索性不动。少消耗，多享受，安安静静地度过余年，岂不更好？！"

这番话似乎很有道理，我愿意试一试。然而我一动脑筋思考，思想顺着思路缓缓前进，自己也无法使它们中途停下。我想起来了，在那不寻常的十年中间，我也曾随意摆弄自己的思想使它们适应种种的环境，当时好像很有成效，可是时间一长，才发现思想仍然在原地，你控制不了它们，它们又顺着老路向前了。那许多次"勒令"，那许多次批斗都不曾改变它们。这使我更加相信：

人是要动脑筋思考的，思想的活动是顺着思路前进的。你可以引导别人的思想进入另外的一条路，但是你不能把别人的思想改变成见风转动的风车。那十年中间我自己也宣传了多少"歪理"啊！什么是歪理？没有思

讲真话的书 (1982—1985)

路的思想就是歪理。

"四人帮"垮台以后我同一位外宾谈话，他不能理解为什么"四个人"会有那样大的"能量"，我吞吞吐吐始终讲不清楚。他为了礼貌，也不往下追问。我回答外国朋友的问题，在这里总要碰到难关，几次受窘之后终于悟出了道理，脱离了思路，我的想法就不容易说服人了。

二

十天前我瞻仰了岳王坟。看到长跪在铁栏杆内的秦太师，我又想起了风波亭的冤狱。从十几岁读《说岳全传》时起我就有一个需要解答的问题：秦桧怎么有那样大的权力？我想了几十年，年轻的心是不怕鬼神的。我在思路上遇着了种种的障碍，但是顺着思路前进，我终于得到了解答。现在这样的解答已经是人所共知的了。我这次在杭州看到介绍西湖风景的电视片，解说人介绍岳庙提到风波狱的罪人时，在秦桧的前面加了宋高宗的名字。这就是正确的回答。

这一次我在廊上见到了刻着明代诗人兼画家文徵明的《满江红》词的石碑，碑立在很显著的地方，是诗人亲笔书写的。我一眼就看到最后的一句："笑区区一桧亦何能，逢其欲。"这个解答非常明确，四百五十二年前的诗人会有这样的胆识，的确了不起！但我看这也是很自然、很寻常的事情，顺着思路思考，越过了种种的障碍，当然会得到应有的结论。我读书不多，文徵明的词我还是在我曾祖李璠的《醉墨山房诗话》中第一次读到的，那也是六十多年前的事了。书还在我的手边，不曾让人抄走、毁掉，我把最后一则诗话抄录在下面：

予在成都时，有以岳少保所书"忠孝节义"四大字求售者，价需三百金，亦不能定其真伪，然笔法遒劲，亦非俗手所能。又尝见王所作《满江红》词，悲壮激烈，凛凛有生气，其词曰（原词略）。明文徵明和之曰：

拂拭残碑，敕飞字依稀堪读。

慨当时倚飞何重，后来何酷！

果是功成身合死，可怜事去言难说（赎）。

最无事，堪恨更堪怜，风波狱。

岂不惜（念），中原蹙？

岂不念（惜），徽钦辱？

但徽钦既返，此身何属？

千古休谈（夸）南渡错，当时只（自）怕中原复。

笑区区一桧亦何能，逢其欲！

诛心之论，痛快淋漓，使高宗读之，亦当汗下。

我只知道李璠活了五十五岁，一八七八年葬在成都郊外，已经过了一百零四年了，诗话写成的时间当然还要早一些。诗话中并无惊人之处，但我今天读起来仍然感到亲切。我曾祖不过是一百多年前一个封建小官僚，可是在大家叩头高呼"臣罪当诛""天王圣明"的时候，他却理解，而且赞赏文徵明的"诛心之论"，这很不简单！他怎么能做到这样呢？我的解释是：用自己的脑子思考，越过种种的障碍，顺着自己的思路前进，很自然地得到了应有的结论。

五月六日

"人言可畏"
——随想录八十七

一年来我几次在家里接待来访的外国朋友,谈到我国文学界的现状。我说,这几年发展快,成绩不小,出现了许多好作品,涌现了一批有才华、有见识、有胆量的中青年作家,其中女作家为数不少。

外国朋友同意我的看法。最近来的一位瑞典诗人告诉我,他会见了几位女作家,还读过中篇小说《人到中年》。

我说的是真话,我真是这样想的。评论一篇小说,各人有各人的尺度。我说一篇作品写得好,因为它真实地反映了我们时代的生活,因为它打动了我的心,使我更深切地感觉到我和同胞们的血肉相连的关系,使我更加热爱我们这个多灾多难的国家和善良、勤劳的人民。我读了好的作品,总觉得身上多了一股暖流和一种力量,渴望为别人多做一点事情。好的作品用作者的纯真的心,把人们引向崇高的理想。所以我谈起那些作品和作者,总是流露出感激之情。

一年来我在家养病,偶尔也出外开会,会见过几位有成就的女作家。论成就当然有大有小,而我所谓的成就不过是指她们的作品在我身上产生了感激之情。她们不是几个人一起来找我的,有的还是我意外地遇见的,交谈起来她们都提出一个问题:"你过去做作家是不是也遇到这样多的阻力,这样多的困难?"问话人不是在做"作家生活的调查",也不是在为作家深入生活搜集资料,她们是用痛苦的语调发问的。我觉得她们好像在用尽力气要冲出层层的包围圈似的。我知道事情比我想象的更严重，但是我想也不会有什么大不了的事情，我只是简单地安慰她们说："不要紧，我挨了一辈子的骂，还是活到现在。"我就这样地分别回答了两个人。我当时还认为自己答得对，可是过了不多久，我静下来多想一想，就明白我把事情看得太简单了。于是我的眼前出现了沉静的、布满哀愁的女性的面颜。我记起来了，一位作家两次找我谈话，我约定了时间，可是我的房里坐满了不速之客，她什么话也没有讲。我后来才知道她处在困境中，想从我这里得到一点鼓励和支持，我却用几句空话把她打发走了。

我责备自己，我没有给需要帮助的人以助力，没有做任何努力支持她摆脱困境。我太天真了，我以为像她这样一个有才华、有见识、有成就的作家一定会得到社会的爱护。可是几个月中各种各样的流言一次一次地传到我的耳里，像粗糙的石块摩擦着我的神经，我才理解那几位女作家提过的问题。那么多的吱吱喳喳！那么多的哗里哗啦！连我这个关心文学事业的人都受不了，何况那几位当事人？！

三十年代我只能靠个人奋斗和朋友关心活下去的日子里，一位有才华、有成就的电影女明星因为"人言可畏"自杀了。但是在个人奋斗受到普遍批判的今天，怎么还有那么多的"人言"？而"人言"又是那么"可畏"？

文明社会应当爱惜它的人才，应当爱护它的作家。如果没有丰富的文化积累，如果拿不出优秀的现代文艺作品，单靠大量的出土文物，也不能说明我们的精神文明。建设社会主义的精神文明必须跟一切带封建性的东西划清界限。那么对那些无头无根的"人言"，即使它们来势很猛，也可以采取蔑视的态度，置之不理吧。五六十年来我就是这样应付过去的。甚至在"四人帮"垮台以后，我还成为"人言"的箭靶，起先说我结婚大宴宾客，宣传了将近两年，最近又说我"病危"，害得一位老友到了上海还要先打听我家里有无"异状"。我总是要"病危"的，不过现在还不是时候，我手边还有未完的工作。

我感到遗憾的是我不能说服那位女作家，使她接受我的劝告。她带着

讲真话的书 (1982—1985)

沉重的精神负担去南方疗养,听说又在那里病倒了。我不熟悉她的情况,我还错怪她不够坚强。最近,读了她的小说《方舟》,我对她的处境才有了较深的理解。有人说:"我们的社会竟然是这样的吗?"可是我所生活于其中的复杂的社会里的确有很多封建性的东西,我可以举出许多事实来说明小说结尾的一句话:"做一个女人,真难!"

但是这种情况绝不会长期存在下去。《方舟》作者所期待的真正的男女平等一定会成为现实。我祝愿她早日恢复健康,拿出更大的勇气,为读者写出更好的作品。

五月十六日

上海文艺出版社三十年
——随想录八十八

不久前一位在上海文艺出版社主持工作的朋友来看我。他知道我有病，坐下就说明来意：希望我为出版社成立三十年讲几句话。我道歉说，我行动不便，少出门，不能到会祝贺。他便说你写三五百字鼓励鼓励吧。交谈起来我才想起文艺出版社最初还是由几家小出版社合并起来组成的，那些小出版社中有两家同我有关系，那就是文化生活出版社和平明出版社，有一个时期我还是这两家出版社的总编辑（我为平明出版社工作的时间短，还不到两年），虽然没有拿过工资、印过"名片"，但实际上我却做了十几年编辑和校对的工作，所以朋友一提到这件事，我就明白他的意思：这里面也有你十几年的甘苦和心血，你总得讲两句。

他的话像榔头一样打中了我的要害，我本来决定不写什么，但是想到了自己过去的工作就有点坐立不安，不能沉默下去了。那么想到什么就写点什么吧。

我想先从自己谈起。现在再没有人"勒令"我写"思想汇报"和"检查交代"了。可是每次回忆自己过去的所作所为，我总想写一点"检讨"之类的东西。倘使拿我要求别人的标准来要求自己，我每样工作都做得很不够。我当初搞出版工作，也是如此。我没有计划，更没有所谓雄心壮志。朋友们试办出版社，约我参加工作，我认为自己可以做点事情，就答应下来。那时文艺书销路差，翻译小说更少人看，一本书的印数很少，不

讲真话的书 （1982—1985）

过一两千册，花不了多少成本。朋友们积了一笔钱，虽然不多，但几本书的印刷费总够支付，其余的则靠个人的义务劳动，出版社就这样地办了起来。从几本书到几十本书、几百本书，出版社遭遇了大大小小的灾难，一位有才华的散文家甚至为它遭到日本宪兵队的毒手，献出了生命。我在文化生活出版社工作了十四年，写稿、看稿、编辑、校对，甚至补书，不是为了报酬，是因为人活着需要多做工作，需要发散、消耗自己的精力。我一生始终保持着这样一个信念：生命的意义在于付出、在于给与，而不是在于接受，也不是在于争取。所以做补书的工作我也感到乐趣，能够拿几本新出的书送给朋友，献给读者，我认为是莫大的快乐。

但是这样的解释并不能掩盖我工作中的缺点，我当时年轻胆大，把任何工作都看得十分简单，对编辑、出版的事也是这样看待。不用设想，不用考虑，拿到什么稿子就出什么书。不管会与不会，只要有工作就做。当时做事情劲头大，印一本书好像并不费事。我还记得为了改正《草原故事》（高尔基原著）中的错字，我到华文印刷所去找排字工人求他当场改好。那个年轻工人因为下班后同女朋友有约会，显得很不耐烦，但是我缠住他不放，又讲了不少好话，终于达到了目的。

我这一生发排过不少的书稿，我自己的译著大部分都是我批了格式后发排的。我做这个工作从来粗心草率。抗战初期我看见茅盾同志批改过的稿件，才感到做一个责任编辑应当付出更多的精力和心血。近几年偶尔见到别人发排的书稿，我不禁大吃一惊，那样整齐，那样清楚，那样干净！我见过一些西方作家的手稿，有人甚至把校样也改得一塌糊涂，我自己也有过这样的事情。我惭愧地想：倘使我晚生几十年，不但搞不了编辑的工作，恐怕连作家也当不成。我见过不少鲁迅、茅盾的手稿，它们都是优美的艺术品。而我的手稿，甚至今天寄出去的手稿，还是歪歪斜斜，字字出格，连小学生的课卷也比不上。我承认作为十全十美的作家我太不够资格，不仅拿出手稿展览我感到脸红，遇到有人找上门来要求题字，我更感到痛悔，悔恨当初不曾练就一笔好字，没有想到自己有一天会变成"社会名流"。

话题扯得太远了，还是简单化好些。工作做得仔细，稿子抄得工整，有什么不好？！不过从著作人的立场看来，出版一本书花费的时间似乎长了一些。一本不到十万字的书稿，我送到一家大出版社快一年半了，还不知道它什么时候可以跟读者见面。这些年同某些出版社打交道，我有一种不应有的感觉，对方好像是衙门。在这方面我有敏感，总觉得不知从什么时候起出现了出版官。前些时候一个在出版社工作的亲戚告诉我，有人夸奖他们是"出版家，不是出版商"。他似乎欣赏这种说法，我就半开玩笑地说："你不要做出版官啊！"我念念不忘"出版官"，这说明我和某些出版社的关系中，有什么使我感到不平等的因素。

我过去搞出版工作，编丛书，就依靠两种人：作者和读者。得罪了作家我拿不到稿子；读者不买我编的书，我就无法编下去。我并不怕失业，因为这是义务劳动。不过能不能把一项工作做好，有关一个人的信用。我生活在"个人奋斗"的时代，不能不无休止地奋斗，而搞好和作家和读者的关系也就是我的奋斗的项目之一，因此我常常开玩笑说："作家和读者都是我的衣食父母。"我口里这么说，心里也这么想，工作的时候我一直记住这两种人。尽管我所服务的那个出版社并不能提供优厚的条件，可是我仍然得到各方面的支持，不少有成就的作家送来他们的手稿，新出现的青年作家也让我编选他们的作品。我从未感到缺稿的恐慌。

那个时候出版社少有人关心。即使是成名的作家，也找不到按月领工资的机会。尽管在学识上，在能力上我都有缺点，但是我有一种不错的想法：编者和作者站在平等的地位，编辑同作家应当成为密切合作的朋友。我不能说我已经办到了，但是我经常意识到我和作家们走向同一个目标。我们工作，只是为了替我们国家、我们民族做一点文化积累的事情。这不是自我吹嘘，十几年中间经过我的手送到印刷局去的几百种书稿中，至少有一部分真实地反映了当时我国人民的生活。它们作为一个时代的记录，作为一个民族发展文化、追求理想的奋斗的文献，是要存在下去的，是谁

讲真话的书 （1982—1985）

也抹杀不了的。这说明即使像我这样不够格的编辑，只要去掉私心，也可以做出好事。那么即使终生默默无闻，坚守着编辑的岗位认真地工作，有一天也会看到个人生命的开花结果。我并不因为自己在这方面花费了不少时间感到后悔，我觉得惭愧的倒是我不曾把工作做好，我负责编辑、看过校样的书稿印出来后错字不少，越是后期出的书，错字越多。对作者和对读者我都感到歉意。

过去的事已经过去了。回过头去，倘使能够从头再走一遍几十年的生活道路，我也愿意，而且一定要认真地、踏实地举步向前。几十年的经验使我懂得多想到别人，少想到自己，便可以少犯错误。我本来可以做一个较好的编辑，但是现在已经迟了。

然而我对文艺编辑出版的工作还是有感情的。我羡慕今天还在这个岗位上勤奋工作的同志，他们生活在新的时代，他们有很好的工作条件，他们有机会接近作者和读者，他们编辑出版的书受到广泛的欢迎，一版就是几万、几十万册。寒风吹得木屋颤摇、在一盏煤油灯下看校样的日子永远不会再来了！丢掉全部书物仓皇逃命的日子永远不会再来了！他们不可能懂得我过去的甘苦，也不需要懂得我过去的甘苦。我那个时代早已结束了。

现在是高速度的时代。三十年不过一瞬间。一家出版社度过三十年并不难，只是在一切都在飞奔的时代中再要顺利地度过三十年就不太容易了。现在不是多听好话的时候。"建设社会主义精神文明"和"振兴中华"的两面大旗在我们头上迎风飘扬。但是真正鼓舞人们奋勇前进的并不是标语口号，而是充实的、具体的内容。没有过去的文化积累，没有新的文化积累，没有出色的学术著作，没有优秀的文艺作品，所谓精神文明只是一句空话。要提供和"社会主义精神文明"相适应的充实的内容，出版工作者也有一部分的责任。我相信他们今后会满足人民群众更大的希望和更高的要求。

庆祝三十岁生日，总结三十年的工作经验，不用说是为了增加信心，做好工作。我写不出贺词，只好借用去年七月中说过的话表达自己的心情。

　　对编辑同志，对那些默默无闻、辛勤工作的人，除了表示极大的敬意外，我没有别的话可说了。

五月二十七日写完

三访巴黎
——随想录八十九

一九八一年九月十六日上午我到了巴黎戴高乐机场，民航班机提前半个小时着陆，我也提前离开机场，因此没有能见到专程来迎接我们的法中友协的一位负责人贝热隆先生。贝热隆先生是我们的老朋友，两年前我们到法国访问就受到他热情的接待，他为我们安排整个日程，陪着我们从巴黎到尼斯、去马赛、访里昂。我还记得有天下午我在巴黎凤凰书店同读者见面，为他们在我的作品上面签名，书是新近在巴黎发行的，也有一些来自北京，还有一些从香港运来。我见到不少年轻的面孔，似亲近，又像陌生。年轻人都讲着我熟悉的语言，虽然他们来自世界各地，有着不同的遭遇。我一下子就想起了二十年代的自己，我的心和他们的心贴近了，我轻快地写着自己的名字，仿佛他们是我的亲友。贝热隆先生是这家出售中国图书的书店店主，他了解我的心情，他为我的忙碌高兴，他还在旁边插话介绍我在法国访问的日程。这些年轻人大都是常来的顾客，他们一下子就把桌上一大堆新出的法译本《家》搬光了。这一个小时过得多么快！朋友们催我走，我的心却愿意留在读者们的中间。分别的时候那个在北京学过汉语的女店员紧紧握着我的手，激动地说："请再来！"我笑着回答："我一定来。"凤凰书店的名字从此印在我的心上。我万万想不到一年以后我会在法国报纸上看到凤凰书店被人破坏的消息：店面焚毁，店员受伤。剪报是尼斯的法国朋友寄来的。我立刻想到贝热隆先生，这对他该是多大的打击。我托人发去了慰问的电报。又过了一年多，一直到这次动身的前夕，我才知道书店已经恢复，由贝热隆先生继续负责。我多么想同贝热隆先生见面，并且在复兴的凤凰书店畅谈。这是我三访巴黎的一个心愿。希望终于成了现实。尽管那个上午意外地下起了雨，但是小小的书店里仍然有不少的读者。贝热隆先生发出爽朗的笑声在店门口迎接我们。看着他的笑脸，我抑制不住奔放的感情，很自然地扑了过去。我们紧紧地抱在一起。他无恙，我也活着，书店比两年前更兴旺，书也似乎多了些。我又听见贝热隆先生的响亮的声音，他不休止地谈论中法人民的友情。我在一本又一本的新书上写下自己的名字。我写字吃力，却并不感到疲劳。我又看见那些讲着我熟悉的语言的年轻人，也可以说我又见到了五十多年前的自己。我在书店里又待了一个小时，告别前我还和店员们在门前照了相。我感到遗憾的是那位在一年前受了伤的女店员到北京访问去了，我没有能同她握手表示慰问。但是在书店里我意外地见到车夫人，两年前在尼斯殷勤接待我们的女主人，她刚刚访问了中国回来就赶到书店来同我们相见，她还带了一本新出的我的短篇集《复仇》，薄薄的一本书，上面似乎还留着二十年代一个中国青年的面影。我好像做了一场大梦，我不再是那个在卢梭像前徘徊的孤寂的年轻学生了，我有了这么多的朋友，我感激地为她签了名，题了字。

　　第二天我和一位朋友去拜访马纪樵夫人，她是法中友协的另一位负责人，一九七九年我第二次访问巴黎曾受到她的亲切接待。她经常开着小车到旅馆来接我出去进行参观活动。这一次我没有看见她，问起来才知道她伤了脚在家休养，又听说她在写一本关于中国农村的书，她曾在我国北方农村做过几次调查。马夫人住在郊外的一所整洁的公寓里，他们夫妇在家中等待我们。夫人的伤已经好多了，她的情绪很高，宾主坐下互相问好之后我们又开始坦率交谈。我很想知道法国知识界的情况，主人谈了她的一些看法。正直、善良、真诚、坦率、喜欢独立思考……二十年代我见到的知识分子就是这样。今天，服装略有改变，谈吐稍有不同，但是精神面貌

讲真话的书 （1982—1985）

变化不大。我会见新朋友或者旧相识，谈起来，即使有分歧，他们甚或发表尖锐的意见，可是我看得出他们是怀着友情来接近我们的。有些人对政治兴趣不大，却希望多了解新中国，愿意同我们交朋友。法国人是好客的民族，二十年代中我就在巴黎遇见从世界各地来的流亡者。拜访马夫人的前一天，我们几个人在一家中国饭馆吃中饭。店主是从柬埔寨出来的华侨难民，他告诉我们法国人对外国侨民并不歧视。我三次访法，尽管中国的地位增高，尽管我的年纪增长，尽管我停留的时间很短，可是我仿佛回到了自己十分熟悉的地方。法国人还是那样友好，那样热情，那样真诚，那样坦率。我特别喜欢他们的坦率。我回国以后读到一位巴黎朋友发表的文章，是他自己寄给我的，谈到某一件事，我在巴黎答复记者说我不知道，而那位朋友却认为我一定知道，因此将我挖苦几句。他的坦率并不使我生气。朋友间只有讲真话才能加深相互了解，加深友情。有些人过分重视礼貌，在朋友面前有话不讲，只高兴听别人的好话，看别人的笑脸，这样交不上好朋友。别人不了解我并不等于反对我，事情终于会解释明白，有理可以走遍天下。他要是不能说服我，我绝不会认错。我并没有健忘症，我没有什么把柄让人抓住，因此读到挖苦的文章我并不红脸。

我这次到巴黎是来参加国际笔会的里昂大会。大会在里昂开幕，在巴黎闭幕，一共举行了五天。这是第四十五届的国际大会了，但在我看来它只是个开端。对国际笔会我个人有特殊的看法：它应当成为世界作家的讲坛，它应当成为保卫世界和平、发展国际文化的一种强大的精神力量。这是理想，这是目标，我以为它的前途是十分光明的。可能有人不同意我这个意见，反正这是长远的事情，今后还有不少讨论它的机会。

这次在法国，我们并未接受任何团体或者个人的邀请，开会以外的时间都可以由我们按照自己的愿望安排，出外访友也好，在住处会见客人也好，参观艺术宝藏也好，游览名胜古迹也好，到大树林中散步也好。巴黎不愧为世界文化名都，一代接一代的读者从不朽的文学名著中熟悉它的一切，热爱它的一切。法国人珍惜他们的过去，热爱他们的历史。以巴黎为例，他们把现在同过去结合得非常好。他们保存了旧的，建设了新的。法兰西始终是法兰西。即使先贤祠前广场上停满了轿车，我还可以到卢梭像前表示敬意。在协合广场上方尖碑前我还仿佛看见了两百年前断头机上带血的大刀。在短短的一两小时内我回顾了一个国家、一个民族两百年间的道路。我对人类进步的前途仍然充满信心。

以上只是我个人的感受，我个人的想法。这次在巴黎小住比较清闲，有时间观察，也有时间思考，还有时间同朋友们闲谈。我的确认真地想过了一番。在国内我常常听人说，我自己也这样想过：西方国家里物质丰富，精神空虚。三次访法，我都没有接触上层社会的机会，因此我并不特别感觉到"物质丰富"。同文化界人士往来较多，了解较深，用我的心跟他们的心相比，我也不觉得他们比我"精神空虚"，有一位华裔女汉学家一天忙到晚，我问她为什么要这样，她说她需要学习、需要工作，闲着反而不舒服。可是看她那样生活，我倒感到太紧张，受不了。从国外回来我常常想到我们一句俗话："在家千日好。"在我们这里"个人奋斗"经常受到批判，吃大锅饭混日子倒很容易，我也习惯了"混"的生活，我不愿意、也不可能从早到晚地拼命干下去了。然而我能说那样拼命干下去的人就是"精神空虚"吗？我在上海家中晚间常看电视节目消遣，在国外偶尔也看电视。初看西方节目，觉得节奏太快，不习惯。看多了，习惯了，回到国内又嫌我们的节目节奏太慢。我知道过一个时候我又会习惯于慢的节奏。但是我忘记不了一件事情，有一天我们在高速公路上行车返回巴黎。这是星期天的傍晚，出去休假的人纷纷赶回城来，轿车一辆接一辆排成一根长线。我们的车子挤在中间随大流飞奔。速度太快，我有点紧张，我想要是我们的车子忽然出毛病开不动了，会发生什么样的事情。坐在我身边的朋友仿佛猜到了我的思想，就带笑地谈起来。他说："有一回我开车回城里，车子比现在更多，我已经十分疲劳，但是欲罢不能。我像一个机器人在滚滚车流中向前飞奔。有一股巨大力量推动我，我停不下来。我要是停下，那么几十辆，几百辆车子都撞上来，怎么得了！我只好振作起来开车回家,好像害了一场病一样,第二天睡了一天。我们这个时代就是这样,大家都像在高速公路上行车,你得往前奔,不能停啊。别人不让你停啊!"

这位朋友还讲了一些话,我不在这里引用了。关于他的事我本来可以多讲几句,不过我看也用不着了。"物质丰富",那是上层社会的事,与他无缘。"精神空虚"呢,"精神空虚"的人是没有精力和勇气往前飞奔的!……

最后我接受了瑞士苏黎世市长先生的盛情邀请,九月三十日早晨告别了巴黎,在风景如画的苏黎世湖畔度过了难忘的一周的假期。

五月三十一日

知识分子
——随想录九十

去年底我为《寒夜》挪威文译本写了如下的序言:"我知道我的小说《寒夜》已经被译成挪威文,友人叶君健问我是否愿意为这个新译本写序,我当然愿意。

"《寒夜》脱稿于一九四六年的最后一天。一九六〇年冬天在成都校阅自己的《文集》时我把全书修改了一遍。一个多月前我新编自己的《选集》(十卷本),又一次读了全文,我仍然像三十五年前那样激动。我不能不想到自己过去常说的一句话:'我写文章如同在生活。'我仿佛又回到一九四五年的重庆了。

"我当时就住在主人公汪文宣居住的地方——民国路上一座破破烂烂的炸后修复的'大楼'。我四周的建筑物、街道、人同市声就和小说中的一样。那些年我经常兼做校对的工作,不过我靠稿费生活,比汪文宣的情况好一些。汪文宣的身上有我的影子,我写汪文宣的时候也放进了一些自己的东西。最近三四年来我几次对人说,要是我没有走上文学道路(我由于偶然的机会成了作家),我很可能得到汪文宣那样的结局。我的一个哥哥和几个朋友都死于肺结核病,我不少的熟人都过着相当悲惨的生活。在战时的重庆和其他所谓'大后方',知识分子的生活都是十分艰苦的。小说里的描写并没有一点夸张。我要写真实,而且也只能写真实。我心中充满悲愤,我不想为自己增添荣誉,我要为受难人鸣冤叫屈。我说,我要控

讲真话的书 (1982—1985)

诉。的确,对不合理的社会制度我提出了控诉(J'accuse)。我不是在鞭挞这个忠厚老实、逆来顺受的读书人,我是在控诉那个一天天烂下去的使善良人受苦的制度,那个'斯文扫地'的社会。写完了《寒夜》,我有一种轻松的感觉,我把蒋介石国民党的统治彻底地否定了。

"关于《寒夜》,过去有两种说法:一说是悲观绝望的书;一说是充满希望的书,我自己以前也拿不定主意,可以说是常常跟着评论家走。现在我头脑清醒多了。我要说它是一本充满希望的书,因为旧的灭亡,新的诞生;黑暗过去,黎明到来。究竟怎样,挪威的读者会做出自己的判断。……

"我很高兴挪威的读者通过我的小说接触到我国旧知识分子正直善良的心灵,了解他们过去艰苦的生活和所走过的艰难曲折的道路。互相了解是增进人民友谊的最好手段,倘使我的小说能够在这方面起一些作用,那我就十分满意了。(一九八一年十二月三十日)"

序言写到这里为止,想说的话本来很多,但在一篇序文里也没有说尽的必要,留点余地让读者自己想想也是好的。

那些年我不止一次地替知识分子讲话。在一九四三年写的《火》第三部里面,我就替大学教授打抱不平。小说里有这样一段话:"现在做个教授也实在太苦了,靠那点薪水养活一家人,连饭也吃不饱,哪里还有精神做学问?我们刚才碰见历史系的高君允提个篮子在买菜,脸黄肌瘦,加上一身破西装,真像上海的小瘪三。"昆明的大学生背后这样地议论他们的老师,这是当时的实际情况。学生看不起老师,因为他们会跑单帮,做生意,囤积居奇,赚大钱,老师都是些书呆子,不会做这种事。在那个社会知识无用,金钱万能,许多人做着发财的美梦,心地善良的人不容易得到温饱。钱可以赚来更多的钱,书却常常给人带来不幸。在《寒夜》中我写了四十年代前半期重庆的一些事情。当时即使是不大不小的文官,只要没有实权,靠正当收入过日子,也谈不到舒适。我有几个朋友在国民党的行政院当参事或者其他机关担任类似的职务或名义,几个人合租了一座危楼

（前院炸掉了，剩下后院一座楼房）。我住在郊外，有时进城过夜，就住在他们那里，楼房的底层也受到炸弹的损害，他们全住在楼上。我在那里吃过一顿饭，吃的平价米还是靠他们的"特权"买来的，售价低，可是稗子、沙子不少，吃起来难下咽。这些贩卖知识、给别人用来装饰门面的官僚不能跟握枪杆子的官相比，更不能跟掌握实权的大官相比，他们也只是勉强活下去，不会受冻挨饿罢了。

那几年在抗战的大后方，我见到的、感受到的就是这样：知识分子受苦，知识受到轻视。人越善良，越是受欺负，生活也越苦。人有见识，有是非观念，不肯随波逐流，会处处受歧视。爱说真话常常被认为喜欢发牢骚，更容易受排挤，遭冷落。在那样的社会里我能够活下去，因为（一）我拼命写作，（二）我到四十岁才结婚，没有家庭的拖累。结婚时我们不曾请一桌客，买一件家具，婚后只好在朋友家借住，在出版社吃饭。没有人讥笑我们寒碜，反正社会瞧不起我们，让我们自生自灭，好像它不需要我们一样。幸而我并不看轻自己，我坚持奋斗。我也不看轻知识，我不断地积累知识。我用知识做武器在旧社会进行斗争。有一段长时期汪文宣那样的命运像一团黑影一直在我的头上盘旋。我没有屈服。我写《寒夜》，也是在进行斗争，我为着自己的生存在挣扎。我并没有把握取得胜利，但是我知道要是松一口气放弃了斗争，我就会落进黑暗的深渊。说句心里话，写了这本小说，我首先挽救了自己。轻视文化、轻视知识的旧社会终于结束了，我却活到现在，见到了光明。在三十年代我也写过一些关于中国知识分子不幸遭遇的短篇，如《爱的十字架》《春雨》等。但是我还写过批判、鞭挞知识分子的小说如《知识阶级》《沉落》，就只这两篇，目标都是对准当时北平的准备做官的少数教授们。我写《沉落》，是在一九三四年十月，把稿子交给河清（即黄源，他帮助郑振铎和傅东华编辑《文学》月刊）后不久，我就到日本去了。我的一个好朋友读了我的小说很生气，从北平写长信来批评我。他严厉地责问我：写文章难道是为着泄气（发泄气愤）？！我把他的劝告原封退还，在横滨写了一篇散文答复他，散文的标题也是《沉落》。在文章里我说："所攻击的是一种倾向，一种风气：这风气，这倾向正是把我们民族推到深渊里去的努力之一。"但是我不曾说明，小说中的那位教授是有所指的，指一位当时北平知识界的"领袖人物"。我并未揭发他的"隐私"，小说中也没有什么"影射"的情节。我只是把他作为"一种倾向、一种风气"的代表人物来批判，进一番劝告。他本人当然听不进我这种劝告。我那位好友也不会被我说服。我记得我们还通过长信进行辩论，谁也不肯认输。不过这辩论并没有损害我们之间的友谊。后来我的小说给编进集子在读者中间继续流传，朋友对我也采取了宽大的态度。至于小说中的主人公，他继续"沉落"下去。不过几年他做了汉奸。再过几年，他被判刑坐牢。我曾经喜欢过他的散文，搜集了不少他的集子，其中一部分还保存在我的书橱里。但是对于我他只是黑暗深渊里的一个鬼魂。我常常想：人为什么要这样糟蹋自己？！但"沉落"下去的毕竟是极少数的人。

这"沉落"的路当然不会是中国知识分子的道路！经过了八年的全面抗战，我们可以说中国知识分子是经受得住这血和火的考验的。即使是可怜的小人物汪文宣吧，他受尽了那么难熬的痛苦，也不曾出卖灵魂。

关于中国知识分子，以后有机会我还想谈一谈，现在用不着多讲了。

中国人民永远忘不了闻一多教授。

六月五日

《真话集》后记

《随想录》第三集编成，收"随想"三十篇，我也给这一集起了一个名字：《真话集》。

近两年来我写了几篇提倡讲真话的文章，也曾引起不同的议论。有人怀疑"讲真话"是不是可能。有人认为我所谓"真话"不一定就是真话。又有人说，跟着上级讲，跟着大家讲，就是讲真话。还有人虽不明说，却有这样的看法：他在发牢骚，不用理它们，让它们自生自灭吧。我钦佩最后那种说法。让一切胡言乱语自生自灭的确是聪明的办法。我家里有一块草地，上面常有落叶，有时刮起大风，广玉兰的大片落叶仿佛要"飞满天"。风一停，落叶一片也看不见，都给人扫到土沟里去了。以后我到草地上散步也就忘记了有过落叶的事。我一向承认谦虚是美德。然而我绝不愿意看见我的文章成为落叶给扫进土沟里去。但是文章的命运也不能由我自己来决定。读者有读者的看法。倘使读者讨厌它们，那么不等大风起来，它们早已给扔进垃圾箱去了。

我也曾一再声明：我所谓"讲真话"不过是"把心交给读者"，讲自己心里的话，讲自己相信的话，讲自己思考过的话。我从未说，也不想说，我的"真话"就是"真理"。我也不认为我讲话、写文章经常"正确"。刚刚相反，七十几年中间我犯过多少错误，受到多少欺骗。别人欺骗过我，自己的感情也欺骗过我，不用说，我讲过假话。我做过不少美梦，也做过不少噩梦，我也有过不眠的长夜。在长长的人生道路上我留下

讲真话的书 (1982—1985)

了很多的脚印。

我的《文集》，我的《选集》都是我的脚印。我无法揩掉这些过去的痕迹，别人也不能将它们一下子涂掉。

我的生命并未结束，我还要继续向前。现在我的脑子反而比以前清楚，对过去走过的路也看得比较明白。是真是假，是对是错，文章俱在，无法逃罪，只好让后世的读者口诛笔伐了。但只要一息尚存，我还有感受，还能思考，还有是非观念，就要讲话。为了证明人还活着，我也要讲话。讲什么？还是讲真话。

真话毕竟是存在的，讲真话也并不难，我想起了安徒生的有名的童话《皇帝的新装》。大家都说："皇帝陛下的新衣真漂亮。"只有一个小孩子讲出真话来："他什么衣服也没有穿。"

早在一八三七年丹麦作家汉斯·安徒生就提倡讲真话了。

六月八日

"干　扰"
——随想录九十一

　　《随想录》第三集《真话集》已经编成,共收"随想"三十篇。我本来预定每年编印一集,字数不过八九万,似乎并不费力。可是一九八一年我只发表了十二则"随想",到今年六月才完成第九十则,放下笔已经筋疲力尽了。可以说今年发表的那些"随想"都是在病中写成的,都是我一笔一画地慢慢写出来的。半年来我写字越来越困难,有人劝我索性搁笔休息,我又怕久不拿笔就再也不会写字,所以坚持着每天写两三百字,虽然十分吃力,但要是能把心里的火吐出来,哪怕只是一些火星,我也会感到一阵轻松,这就是所谓"一吐为快"吧。

　　然而事情并不像我所想的那样简单。意外的"干扰"来了。在我的右背上忽然发现了囊肿,而且因感染发炎化脓,拖了一个月,终于让外科医生动了小手术,把脓挤干净,一切似乎都很顺利。可是晚上睡在床上,我不知道该怎样躺才好,向左面翻身不行,朝右边翻身也不好。我的床上铺着软垫,在它上面要翻个身不碰到伤口,实在不容易(对老人来说)。我刚刚翻过身躺下,以为照这个姿势可以安静地睡一阵子,没有想到一分钟才过去,我就觉得仿佛躺在针毡上面,又得朝原来方向翻回去。这样翻来翻去,关灯开灯,我疲劳不堪,有时索性下床,站在床前。心里越来越烦躁,一直无法安静下来。我想用全力保持心境的平静,但没有办法。工作、计划、人民、国家……都不能帮助我镇压心的烦躁和思想混乱。我这

讲真话的书 (1982—1985)

时才明白自己实在缺乏修养，而且自己平日追求的目标——言行一致现在也很难达到。在这短短的三四个钟头里，什么理想、什么志愿全消失了。我只有烦躁，只有恐惧。我忽然怀疑自己会不会发狂。我在挣扎，我不甘心跳进深渊去。那几个小时过去了，我很痛苦，也很疲劳，终于闭上眼睛昏睡了。

　　一连三夜都是这样，睡前服了两片"安定"也不起作用。早晨坐在椅子上打瞌睡。午睡时躺下几分钟就忍受不了，我只好起来在院子里散步消磨时间。我不愿意把这情况告诉我的妹妹和子女们，害怕他们替我担心。我一个人顺着自己的思路回忆那些不眠的长夜，我知道它们来自我十年中所受的人身侮辱和精神折磨，是"文化大革命"给我留下的后遗症。事情并没有结束，我还在忍受痛苦的磨炼，我还在进行生死的斗争。经过了痛苦难熬的三夜，我几乎感到支持不下去的时候，也许是我的心逐渐恢复了平静，也许是我的脑子因疲劳而变迟钝，我又能沉睡了。即使有时还做噩梦，可是我不再心烦。"危机"似乎过去了，我松了一口气，我得救了。大约过了两个星期又出现了无端的烦躁，不过只有两夜，而且每夜不到两小时。以后就没有再发生类似的情况。现在伤口也已经愈合。医生说等到秋凉再去医院动手术把囊肿取出，不会有麻烦。我也就忘记了那些难熬的不眠的夜。人原来就是这样健忘的。

　　在编辑《真话集》的时候，我重读了一年半中间写的三十则"随想"，忘记了的事情又给想起来了，因为从《"人言可畏"》起最后四篇短文都是在"危机"中间和"危机"前后写成的。它们使我记起当时的挣扎。特别是《"人言可畏"》，字数少，却在我的脑子里存放了好几个月，"危机"到来，自己在做拼死的斗争时，首先想起这笔心灵上的欠债。开始写它，我好像在写最后一篇文章，不仅偿还我对几位作家的欠债，也在偿还我对后代读者的欠债。讲出了真话，发狂的"危机"也过去了，因为我掏出了自己的心，卸下了精神上的负担。

　　我唠叨地讲自己的"危机"，只是说明作家的"思想复杂"。作家的脑子并不像机器那样,一开就动,一关就停,一切听你指挥。

　　细心的读者也可以看出《三访巴黎》和《知识分子》两篇并不是一口气写成的。两篇"随想"都是在去年底和今年一月动笔,我写了不到三分之一就因别的事情干扰把它们搁在一边,差一点连原稿也不知去向,幸而后来我想起了它们,过了几个月找出原稿续写下去,总算按计划写成了。

　　那么"干扰"从哪里来?可以说"干扰"来自四面八方。这些年我常有这样一种感觉:我像是一个旧社会里的吹鼓手,有什么红白喜事,都要拉我去吹吹打打。我不能按照自己的计划写作,我不能安安静静地看书,我得为各种人的各种计划服务,我得会见各种人,回答各种问题。我不能做自己想做的事,却不得不做自己不愿意做的事。我说不要当"社会名流",我只想做一个普通作家。可是别人总不肯放过我:逼我题字,虽然我不擅长书法,要我发表意见,即使我对某事毫无研究,一窍不通。经过了十年的"外调",今天还有人出题目找我写自己的经历,谈自己的过去,还有人想从我的身上抢救材料。在探索、追求、写作了五十几年之后,我仿佛还是一个不能自负文责的小学生。……

　　我的工作室在二楼,有时我刚刚在书桌前坐下,摊开稿纸,就听见门铃在响,接着给人叫了下去。几次受到干扰,未完的手稿也不知被我放到哪里去了,有的就石沉大海,只有这两篇不曾消失在遗忘里,终于给找出来加上新的内容同读者见面了。在我的长时期的写作生活中被"干扰"扼杀的作品太多了!所以听见门铃声,我常常胆战心惊,仿佛看见过去被浪费掉的时间在眼前飞奔而去。我只能责备自己。一个作家有权利为他自己的写作计划奋斗,因此也有权同"干扰"做斗争。

　　最近人们忽然对已故法国作家萨特感到了兴趣,我听见有人私下谈论他。一九五五年十月他同德·波伏娃访问上海,我在家里接待过他们。但是我当时很谨慎很拘束,讲话吞吞吐吐,记得只谈了些像用第一人称写小说一类的问题。一九七九年我访问法国,他双目失明在家养病,曾托法

讲真话的书 (1982—1985)

中友协设法联系，打算登门拜访，却没有得到机会。一九八一年我再去巴黎，他已经逝世。听说有几万人参加他的葬礼。关于他的著作，我只读过两部多幕剧，也谈不出什么。但是他有一件事给我留下很深的印象：他不赞成"把作家分成等级"。他说过类似这样的话："我们把文学变成了一种分成等级的东西，而你在这种文学中属于这样的级别。我否认这样做的可能性。"他的话的确值得我们深思。

在重视等级的社会里，人们喜欢到处划分级别。有级别，就有"干扰"。级别越高，待遇越好，"干扰"也越多。于是"干扰"也成了一种荣誉，人们为争取"干扰"而奋斗。看来萨特一口否认的"可能性"是毕竟存在的了。不是吗？

那么要发展我们的文学事业，怎么办？扩大级别吗？增加等级吗？不，恰恰相反，我看最好的办法只能是让作家们受到最少的"干扰"。

七月十四日

再说现代文学馆
——随想录九十二

中国新闻社记者谷苇来探病,闲谈中又提到中国现代文学馆。每次见面,我都向他谈文学馆的事,快两年了,他以为这个馆总该挂起招牌来了。没有想到我的答复仍然是:好像困难不少,首先是房子,至今还没有落实。文学馆的招牌早已由八十八岁老人叶圣陶同志写好,就是找不到地方挂出来。我们并没有雄心壮志,也不想在平地上建造现代化的高楼。我们只打算慢慢地来,从无到有,从小到大,量力而行,逐步发展。但搜集资料,需要有一个存放的地方;开展工作,需要有一个办公的地点。我们目前需要一所房子,我们手中有一笔赠款至少可以付三四年的房租,可是在偌大的北京城却找不到我们需要的房子。我们要求过,我们呼吁过。在北京有一个文学馆的筹备委员会,设在中国作协的防震棚里,筹委会的人也在为房子奔走。有一次说是找到了房子,在郊外什么庙什么寺,但是无处存放搜集来的资料。有一天我收到了北京的来信,说是房子已经解决,作协的人看过了同意接受,我白白高兴了两个星期,甚至一个月,后来才知道住在房子里的人不肯搬,我们也无法叫他们搬走,这就是说我们只好望梅止渴了。那么就等待吧。但是要等到什么时候呢?

一位朋友说:"你不用性急,不会久等的。我们不是在大声疾呼要建设社会主义的精神文明吗?这精神文明中包含的当然不只是:种树木、扫马路、文明服务、待人有礼、大公无私、助人为乐,等等,等等。我们

讲真话的书　(1982—1985)

长期的文化积累、文学遗产……特别是反映我们人民的生活习惯、思想感情和精神境界的文艺作品都应当包括在内。你们的文学馆当然不会给人忘记。"

"但愿如此。"我只能这样回答。不过能不能看到文学馆的成立，我也有自知之明。我说过："有了文学馆，可以给我国现代文学六十多年来的发展做一个总结，让大家看看我们这些搞文学工作的人究竟干了些什么事情。"其实没有文学馆，我们也可以做这样的总结。黑字印在白纸上，谁也涂抹不掉嘛。

这些年我常有一种感觉，或者一种想法：我们搞文学工作的人似乎不曾做过一件好事，只是白吃干饭，因此一有风吹草动，或者什么事情给搞坏了，就有些人给叫出来受批挨训，弄得人心惶惶，大家紧张，好像我们六十多年来的现代文学，除了少数几部作品，对革命、对人民没有一点贡献。

"难道事实真是这样吗？"但是我有个人的经验，我也熟悉同时代人的经历。在我们十几岁的时候，给我们点燃心灵的火炬、鼓舞不少年轻人走上革命道路的，不就是我们的现代文学作品吗？抗日战争初期大批青年不怕艰难困苦，甘冒生命危险，带着献身精神，奔赴革命圣地，他们不是也受到现代文学的影响吗？在乌烟瘴气的旧社会里，年轻人只有在现代文学作品中呼吸到新鲜空气，这些作品是他们精神的养料，安慰他们，鼓励他们，扩大了他们的视野，培养了他们斗争的勇气，启发他们，帮助他们树立为国为民的崇高理想，树立战胜旧势力的坚定信心。我们的现代文学好像是一所预备学校，把无数战士输送到革命战场，难道对新中国的诞生就没有丝毫的功劳？过去的事已经过去了。在摧残文化的十年梦魇中我们损失了多少有关现代文学的珍贵资料，那么把经历了"浩劫"后却给保留下来的东西搜集起来保存下去，也该是一件好事。去年在隆重纪念鲁迅先生诞辰百年的时候，我曾经这样想过：先生不见得会喜欢这种热闹的场面

一九八二年

吧。用现代文学馆来纪念先生也许更适当些。先生是我们现代文学运动的主帅,但他并不是"光杆司令"。倘使先生今天还健在,他会为文学馆的房子呼吁,他会帮助我们把文学馆早日建立起来。

八月十七日

答井上靖先生

　　井上先生，在迎接中日邦交正常化十周年纪念的时候，拜读了先生的来信，充满了友情的语言使我十分感动。虽然在病中写字困难，我也控制不住自己的感情，一字一字地写出我心里的话来。

　　您谈到我们几次见面的情况。我得承认，一九五七年的第一次会见，我已没有什么印象。但是一九六一年春三月我到府上拜谒的情景，还如在眼前。在那个寒冷的夜晚，您的庭院中积雪未化，我们在楼上您的书房里，畅谈中日两国人民间的文化交流。我捧着几册您的大作告辞出门，友情使我忘记了春寒，我多么高兴结识了这样一位朋友。这是我同您二十一年交谊的开始。

　　那个时候中日两国间没有邦交，我们访问贵国到处遇见阻力，仿佛在荆棘丛中行路，前进一步就有很大的困难。但是在泥泞的道路上，处处有援助的手伸向我们。在日本人民中间我们找到了共同的语言。一连三年我怀着求友的心东渡访问，我总是满载而归，我结交了许多真诚的朋友。我曾经和已故中岛健藏先生坦率地交谈，说中日友好事业的发展也是他用心血写成的"天鹅之歌"，我敬佩他挑选了这个值得献身的工作，同时我也表示愿意为它献出自己的力量。我还记得一九六三年我第三次访问结束，离开东京的前夕，代表团同接待工作人员举行联欢，席上大家交谈半个多月的活动和相处的情况，感情激动地谈起中日人民友谊的美好前景，不仅几位年轻的日本朋友淌了眼泪，连我、连比我年长的谢冰心女士，我们的眼睛也湿润了。我们都看得明白：只有让两国人民世世代代友好下去，才能保障子孙万代的幸福；反过来中日友谊遭到破坏，两国人民就会遭受大的灾难。

关于这个，我们两国人民都有难忘的惨痛经验。中日两国有二千多年的人民友谊，流传着许多动人的故事。我读过先生的名著《天平之甍》。我也瞻仰过奈良唐招提寺鉴真大师的雕像，大师六次航海、十二年东渡成功的情景经常在眼前出现。我也曾在刻着诗人芭蕉俳句的石碑前停留，仿佛接触到充满友情的善良的心的跳动。人民友谊既深且广，有如汪洋大海，多一次的访问，多一次心和心的接触，朋友间的相互了解也不断加深。

井上先生，您是不是还记得一九六三年秋天我们在上海和平饭店一起喝酒，您的一句话打动了我的心。您说：比起西方人来，日本人同中国人更容易亲近。您说得好！我们两国人民间的确有不少共同的地方：我们谦虚，不轻易吐露自己真实的感情，但倘使什么人或什么事触动了我们的心灵深处，我们可以毫不迟疑地交出个人的一切，为了正义的事业，为了崇高的理想，为了真挚的友情，我们甚至可以献出生命。您我之间的友谊就是建筑在这个基础上面的。先生来信中提到"文革"期间十一年的消息隔绝，但我在前面说的您我二十一年的交谊里仍然包含着这十一年，因为我在"牛棚"内受尽折磨、暗暗背诵但丁的《地狱》的时候，我经常回忆和日本文化界友人欢聚、坦率交谈的情景，在严冬我也感到了暖意。我也曾听说日本朋友到处打听我的消息，要求同我见面。可以说，就是在我给剥夺了同你们会见的权利时，我同你们之间的友谊也不曾中断，而且我们的友谊正是在重重的困难和阻力中发展起来的。

由于两国人民不懈的努力，期待已久的邦交正常化终于实现了。友谊发展了，合作密切了，大家用心血培育的树木正在开花结果。但是破坏友谊的阻力始终存在，军国主义的逆流一直在翻腾。这些年我同日本友人欢聚，常常感觉到：保卫子孙后代的幸福，我们责任重大。我至今心有余

讲真话的书 (1982—1985)

悸。先生，二十一年前登门拜望的时候，我还带着熬心断肠的痛苦回忆。我是"身经百炸"的一个幸存者，在东京豪华的旅馆里，我还做过血肉横飞的噩梦。我听石川达三先生谈过他一边流泪一边写《活着的兵》的情景；小说中日本兵杀害中国老百姓的残酷场面，我今天还不能忘记。芹泽光治良先生在山东济南目睹中国青年们被日军绑赴刑场。中岛健藏先生在新加坡看见日军逮捕大批华侨，全部枪杀。……我和日本的作家含着泪紧紧握着彼此的手，我们知道我们友好正是为了不让过去的惨剧重演。

二十一年过去了。在两国人民兴高采烈迎接邦交正常化十周年的时候，发生了修改教科书的事件。把"侵略"改为"进入"，可能还有人想再次"进入"中国。日本军人"进入"中国不止一次，三十年代那一次的"进入"就造成了一千万以上中国人的死亡，同时也给日本人民带来莫大的灾难。一九八〇年我访问广岛和长崎，在慰灵碑前献了花。石阶上遗留的人影，包封在熔化的玻璃中的断手、蘑菇云、火海、黑雨……我脑子里装满了这一类的资料。在广岛资料馆的留言簿上我写下我的信念："全世界人民绝不容许再发生一九四五年八月六日的悲剧。"在广岛和长崎，我都看见在废墟上建设起来的繁荣的城市和美丽的花园。鲜花是世界各大都市的儿童送来种植的，它们是人民友谊的象征。和平的力量战胜了战争的力量。人民的力量是无敌的，也是无穷的。问题在于让他们看见真相。先生，作为文学家，我们有责任把真相告诉他们，免得他们再受骗上当。

在我国杭州西湖风景区，我看见日本岐阜县立的纪念碑。岐阜县人民说："日中不再战！"中国人民说："中日友好！"日本人民说："日中友好！"我们要用更加响亮的呼声来迎接邦交正常化的节日，让那些妄想"进入"别国的野心家死了心吧，那条路是走不通的。

先生，写到这里，意犹未尽，但是篇幅有限，我应该搁笔了。我相信以先生为会长的日本笔会筹备召开的一九八四年东京国际笔会，一定会取得圆满的成功。关于国际笔会，我认为可做的事情很多。国际笔会应当成

一九八二年

为世界作家的讲坛，应当成为保卫世界和平、发展国际文化的一种强大的精神力量。我的意见不一定对，希望得到您的指教。

九月二日上海

修改教科书的事件
——随想录九十三

近来人家都在议论日本文部省修改教科书的事件。中国人有意见,日本人也有意见,东南亚国家的人都有意见。

修订本国的教科书可能是很寻常的事情,然而把"侵略"改成"进入",掩盖"皇军"杀人夺地的罪行,翻过去的大案,那就暴露了重温侵略"美"梦的野心,问题就大了。有人说,这是"内政"。世界上有侵略他国、屠杀别国人民的"内政"吗?又有人说,是进入还是侵略,应当由后人来论断是非。这是"成则为王"的老观念,只要我有钱有势,后人会讲我好话。不过我们中国人也有自己的看法:后人的眼睛是雪亮的,而且这种事也不会拖到后代等后人来解决。关于日本军人"进入"中国的事,我们记忆犹新。"进入"不止一次,单是从"九一八"开始的三十年代那一次就造成一千万以上中国军民的死亡,也给日本人民带来莫大的灾难。在中国土地上还留下不少"皇军"的"德政"——万人坑。中年以上的中国人都不曾忘记日本军人的残酷暴行。日本制造的伪满洲国,等不到后人论断就垮台了。听说在日本今天还有人准备建立"满洲建国之碑"为它招魂,这只能说明那班人靠搞阴谋、念咒语度日,晚景太可悲了!你们要"进入",中国人民一不欢迎,二无所畏惧,不过说实话,你们真的能够再像三十年代那样"进入"中国吗?真应该动脑筋多想一想。

四五十年来我经常在考虑一个问题:中日人民之间有两千年的友谊,

人民友谊既深且广，有如汪洋大海，同它相比，军国主义的逆流和破坏友谊的阻力又算得什么！但是怎么会让这逆流、这阻力占优势，终于引起一场灾难深重的战争，为什么呢？为什么呢？！

一九三五年在横滨和东京七个多月的小住中我就找到了回答：没有把真相告诉日本人民，人民听惯假话受了骗。我写过一篇短文《日本的报纸》，讲的都是事实。我对日本报纸天天谩骂中国人的做法很反感，便举出一些报道文章，证明它们全是无中生有。有不少日本读者受了影响，居然真的相信日本军人"进入"中国是为中国人谋幸福，而那班人在中国的所作所为我却是十分清楚。我的文章是为上海的一份杂志写的，杂志发稿前要把稿件送给当时国民党的图书杂志审查会审查，结果"不准发表"，理由是：不敢得罪"友邦"。颠倒是非到了这样的程度，我不能不感觉到舆论工具"威力"之大。这些事，这种情况，三十年代的日本人民大多数都不知道，他们相信宣传，以为日本人真在中国受尽迫害。而事实却是：中国人在自己的土地上被日本军人和日本浪人当作"贱民"看待。究竟谁欺侮谁，我有一部中篇小说《海的梦》可以做证，单凭这一点，我的小说也要传下去，让后人知道日本军人"进入"中国的所谓"丰功伟绩"。

三十年代我在日本很少朋友，但是我看出日本人民是正直、善良、勇敢、勤劳的优秀人民。我知道他们受骗上当，却无法同他们接近，擦亮他们的眼睛。我在横滨一位朋友家中寄宿了三个月，我看见朋友代他女儿写的寄守卫满洲的"皇军"的慰劳信稿，他居然相信日本占领满洲是为了赶走中国"马贼"保护满洲人民，傀儡"皇帝"溥仪乃是"真命天子"，当时日本军国主义者就是用这些荒谬的神话来教育儿童、教育青年的，无数的年轻人就这样给骗上战场充当了炮灰。

一九三五年还有一件事情，我至今没有忘记。溥仪访问日本的前夕，几个日本"刑事"（便衣侦探）半夜里跑到东京中华青年会楼上宿舍，闯进我的房间，搜查之后，把我带到神田区警察署拘留到第二天傍晚，我回到青年会，遇见那个中年的日本职员，只有他一个人知道我给带走的事。

他和我握手,小声说:"我知道,不敢作声。真是强盗!"

惨痛的血的教训洗亮了人民的眼睛。三十年代"不敢作声"的人在六十年代却站出来讲话了。六十年代我三次访问日本寻求友谊,都是满载而归。那个时候中日两国没有恢复邦交,阻力不小,可是到处都有欢迎的手伸向我们。在人民中间我们找到了共同的语言。我结识了许多真诚的、互相了解的朋友。日本朋友和我,我们都看得明白:只有让两国人民世世代代友好下去,才能保障子孙万代的幸福;反过来,中日友谊受到破坏,两国人民都会遭逢不幸。

我在杭州西湖柳浪闻莺公园里看到日本岐阜县建立的纪念碑,岐阜人说:"日中不再战!"杭州市人民也在岐阜县建了一座纪念碑,碑文是:"中日两国人民世世代代友好下去。"日本人民说:"日中友好!"中国人民说:"中日友好!"中日邦交正常化十年了,人民的声音应当更加响亮,人民的团结应当更加紧密,让那些妄想再度"进入"中国的野心家死了心吧,军国主义的路是走不通的。

我国有句古话:"塞翁失马,焉知非福!"任何事情都有两面。这一次修改教科书的人又给我们上了一堂课。我们中间有少数健忘的人习惯于听喜报、向前看,以为凡是过去的事只要给作了结论,就可以束之高阁,不论八年全面抗日,或者十载"文革",最好不提或少提,免得损害友谊,有伤和气,或者妨碍团结。我在《随想录》中几次提出警告,可是无人注意。这次野心家自己跳出来,做了反面教员,敲了警钟,对某些人的"健忘病"可能起一点治疗的作用。军国主义的逆流就在近旁翻腾,今后大概不会再有人忘记抗战的往事了。那么让大家都来参加人民友谊的活动吧。

九月六日

一篇序文
——随想录九十四

一

我知道魏以达同志把我的《家》译成了世界语,十分高兴。三十年代中我曾经向往我的长篇小说有一个世界语译本,我甚至打算自己动手试一下。那个时候我经常接触世界语书刊,使用世界语的机会较多。可是我对自己的要求不够严格,下不了决心,害怕开了头完成不了。一天拖一天,后来别的事情多起来了,我和世界语接触的时间越来越少,对世界语又由熟悉变为生疏,也不能再作翻译自己作品的考虑了。

四十几年过去了。中间我经历了八年抗战和十载"文革",但是我对世界语的感情却始终不减。我为近四十多年来世界语运动的发展感到兴奋。我个人的心愿也并不曾落空,我想做而没有能做的事情魏以达同志替我做了,而且做得好。他不是按照英文删节本翻译,他根据的是我在一九五七年改订过的中文原本(一九七七年版)。我希望什么时候也出现一个完全的英译本,我不喜欢整章的删节。

《家》不是自传体的小说,不过我在书中写了一些真正发生过的事情。像高家那样的四世同堂的封建大家庭在中国似乎已经绝迹,但封建社会的流毒还像污泥浊水积在我们的院内墙角,需要我们进行不懈的努力和

讲真话的书 (1982—1985)

不屈的斗争，才能把它们扫除干净。有一个时期连我自己也误认为我的小说早已"过时"，可是今天我还感觉到我和封建家庭斩不断的千丝万缕的联系，太可怕了！我才明白我的小说并没有"过时"。

当然它总有一天要"过时"，我是指到了污水给打扫干净的时候。但新社会总是在旧社会的废墟上建立起来的。要了解今天的人，就不能忘记昨天的事，我们都是从昨天走过来的。对我来说，《家》今天还是警钟。多么响亮的警钟！

九月二十四日

二

以上是《家》的世界语译本的序文。在翻译这小说的时候，译者曾来信要我为译本写篇短序，我说我为《家》的重印本和一些外文译本一共写了十篇以上的序文，说来说去，意思相差不多，我不想再炒冷饭，决定不写什么了。后来见到译者，我也表达了这样的意见。这次出版社准备发稿，来信中又谈起了写序的事，我却一口答应，动笔写了六七百字，过两天就寄出去了。

唯一的原因是：我有话要讲。但在序文里我只是简单地讲了几句，我害怕读者会感到厌烦。我读小说就不看什么前言、后记，特别不喜欢那些长篇大论。

在短短的序文里我讲了两件事情：一、我对世界语仍然有感情；二、我不喜欢删节过的英译本《家》。

先谈世界语，一九二一年我在成都的《半月》上发表了一篇短文《世界语之特点》。当时我不到十七岁，还没有开始认真学习世界语，我只是在这之前在上海出版的什么杂志上读过宣传世界语的文章，自己很感兴趣，就半抄半写，成了这篇短文。短文发表以后，有一位在高级师范念书的朝鲜学生拿着《半月》来找我商谈开办世界语讲习班的事。我只好告诉他,我写文章是为了宣传,我手边连一册课本也没有。他也懂得不多。因此讲习班终于没有办起来。

一九二四年我在南京念书,找到了世界语课本,便开始学习,每天一小时,从不间断。读完课本,我又寄钱到上海一家很小的世界语书店,函购国外出版的世界语书籍。仍然每天一小时(或者多一些),遇到生字我就求字典帮助(我有一本英国爱丁堡出版的世界语——英语小字典),一个字也不放过。一本书读完,我又读第二本。那家唯一的世界语书店里只有寥寥的几十种书,不过也能满足我的需要。它有什么书,我就买什么书。首先我读了一本厚厚的《基本文选》,这是创始人柴门霍夫编译的。接着我又读了《波兰作品选》《安徒生童话集》和别的一些书如卜利瓦特的《柴门霍甫传》等等,不到一年我就可以自由使用世界语了,在通信、写文章这方面用得多些。到一九二九年我才开始从世界语翻译了一些文学作品,但也不过薄薄的四五本,其中有匈牙利作家尤利·巴基用世界语写的中篇小说《秋天里的春天》。此外,我还为上海世界语学会编辑了几期《绿光》杂志,在上面发表了两三篇像《世界语文学论》那样的文章,谈个人的印象,当然很不全面,因为我读书有限,只读了学会的半个书橱的藏书,而且不久连这些书也被"一·二八"侵沪日军的炮火毁得干干净净。这个学会在闸北的会所给烧光之后另在"法租界"租了一间屋子,继续活动了一些时候,到一九三三年就"自行消亡"了。

以后成立了新的世界语学会,但是我已经离开了运动。我是旧学会的会员,一九二八年十二月从法国回来不久参加了学会,后来又当选为理事。在"文革"期间"巴金专案组"的人审讯我的时候,就揪住这个"理事"、这个"会员"不肯放。他们问来问去,调查来调查去,我在解放前就只参加过两个团体,另一个是中华全国文艺界抗敌协会,我也是这个会的理事,别的我再也编造不出来,他们梦想发现什么"反动集团",结果毫无收获,幸而他们只会使用斥骂、侮辱这一类的手段,没有采用严刑拷打（文艺界中吃过这样苦头的人确实不少），否则我也不可能在这里漫谈对世界语的感情了。这感情今天还存在。虽然我已经没有精力继续做从前做过的那些工作，但是我仍然关心世界语的事业，并且愿意为它的发展尽一份力量。

再过五年，一九八七年，将是世界语诞生的一百周年。一百年！它应当有更大的发展。

三

关于《家》，几十年中间我讲了不少，现在似乎无话可说，其实也用不着我饶舌了。

这次我在序文里提到英译本中整章的删节，并且表了态，只是因为编辑同志来信说："我们发现英文版有较大的删改，据说是你亲自为外文版删改的。"他们"征求"我的意见：世界语版的内容以中文原本为根据，还是按照删改过的英文版。

这样一来，我不得不表态了。其实我早就应该讲话。从一开始我就不满意那样的删改法。但删改全由我自己动笔，当时我只是根据别人的意见，完全丢开了自己的思考。这"别人"便是中文底本的责任编辑，由他同我联系，底本大概也由他定稿。他的理由似乎是：一切为了宣传，凡是不利于宣传的都给删去，例如在地上吐痰、缠小脚，等等，等等。他的意见我全部接受。大段大段地删除，虽然我自己也感到心疼，但是想到我的小说会使人相信在中国不曾有过随地吐痰和女人缠脚的事，收到宣传的效果，我的民族自尊心也似乎得到了满足，而且英译本早日出版，还满足了我的虚荣心。此外，我还有一张护身符："政治标准第一"嘛。我在双百方针发表前交出了删改本，英译本则在反右运动后出版，我害怕犯错误是可以理解的。但作为一个作家，不爱护自己的作品，却拿它来猎取名利，这也是一件可耻的事。英译本可以说是照出我的"尊容"的一面镜子。让

一九八二年

我牢牢记住这个教训吧。
　　现在，我的座右铭是：
　　尽可能多说真话，
　　尽可能少做违心的事。

　　　　　　　　　　　十月四日

《写给彦兄》附记

  覃英同志编成《鲁彦选集》，有人建议找我作序。她知道我身体不好，写字困难，一时无法写出什么，打算重印我在三十几年前悼念鲁彦的文章。她来征求我的意见。我认为覃英同志是最适当的写序的人。她同鲁彦在一起生活了那么些年，在艰苦的日子里，她都在他的身边，安慰他，帮助他，支持他。她熟悉他的作品，编选他的集子，也最了解他。但是她谦虚，一定要让鲁彦的老友先讲话，我怎么好推辞呢？

  作为序言，即使是"代序"吧，我的文章也不够标准。它既未介绍作品，谈鲁彦的为人也谈得少。在这两方面可谈的本来很多，但我已经没有精力再写什么。不过关于鲁彦，我相信会有人写出更多的文章。好的人、好的作品是不会消亡的，作家鲁彦将永远活在读者的心中。

十月七日

一封回信
——随想录九十五

一

瑞士作家马德兰·桑契女士最近访问上海，留下一封信，要我回答她的问题。她这样写道：

我一九七五年来过中国。当时我要求会见作家、访问出版社，不成。我要求给我文学作品阅读，我却为人们所提供的作品形式的贫乏而感到吃惊……其中叙述了革命，但并没有文学，或者至少没有我们西方人所谓的"文学"。

现在，在这方面是不是有了一些根本的变化？形式在中国是不是也变得重要起来了？您是怎样看待这个变化的？您说过："要相信未来。未来将是美好的。"您怎样看这未来呢？中国目前出现的西方化的倾向太显著，我们已经看到了它的一些苗头，您以为它是不是可以克服的呢？

讲真话的书 (1982—1985)

二

一九五六年"鸣放"期间我写过文章，劝人独立思考。不久反右运动开始，我又否定了自己。后来吹起了一阵暖风，我的思想稍微活动起来，于是"文革"发生，我被打翻在地，还有一只脚踏在我的身上，叫人动弹不得。"四人帮"垮台以后，我又站了起来，而且能顺着自己的思路想问题了。对每件事我都有个人的看法，对有的问题我考虑得多一些，有的考虑得少一些，不过总是在用自己的思想考虑。我常常想，最好等考虑成熟了再开口讲话，但实际上我常常被逼着发表不成熟的意见。我想既然给逼上梁山，那就说吧，横竖是说自己的话，说错了就认错，受到责难，也不算"冤枉"。

桑契女士的信在我的书桌上乱纸堆中睡了十多天，终于给找了出来。无法避开她的问题，我写了下面的回信。

三

我生病，行动不便，没有能接待您，请原谅。您要我"用书面回答"您的问题，我写字困难，只能简单地写一点；而且，当然，只讲我个人的看法。作为一个中国作家讲话时，我也并不代表别人。

一九七五年在"四人帮"专政下，我还是一个不戴帽子的"反革命分子"。一个"新社会"的"贱民"，我早已被赶出了文艺界，您当然不会见到我。您也不会见到别的写过文学作品的作家，因为他们全给赶到"五七"干校或者别的地方劳动去了。"四人帮"用极左的"革命"理论、群众斗争和残酷刑罚推行了种种歪理：知识罪恶，文化反动，在一穷二白的基础上加速建设"共产主义社会"。他们害怕反映真实生活的文艺，他们迫害讲真话的作家。他们开办"工厂",用自己发明的"三突出""三结合"等"机器"制造大批"文艺作品",他们得意地吹嘘"你出思想、他出生活、我出技巧"三结合的方法如何巧妙,可是他们制造的"作品"都是他们用来进行政治阴谋的工具。在那一段时期出现的"作品"里,既没有生活,也没有革命,更没有文学,有的只是谎言。不到十年,它们全给扔进了垃圾箱。

现在的确有了像您所说的那种根本的变化。"四人帮"垮台了,他们的"阴谋文艺"破产了。作家们又站了起来,再一次拿起了笔,我便是其中的一个。在五十年代被错划为"右派"的作家们也给恢复了名誉,重新得到执笔的权利和自由。大家都在勤奋地写作。几年来出现了相当多的文艺刊物,相当多的新作家,不用说,还有读不完的各种各样的新作品。作品很多,当然有好有坏,但好的并不少,我只读过其中的一小部分,却保留着很深的印象:这里有生活,有革命,也有文学;而且还有作家们的辛勤劳动和独立思考。作家们各有各的风格,各人反映自己熟悉的生活,写自己了解的人物,生活多种多样,人物也有不同的光彩。在这些作品中我看到我日常接触的平凡人物,我发现我的同胞们的优美心灵。我很高兴,我看到了百花初放的景象。这不过是一个开始,我把希望寄托于未来,我说"前程似锦"("未来将是美好的"),我是有理由的。那许多经过十年"文革"的磨炼,能够独立思考、愿意忠实地反映生活的作家,一定会写出更多、更好、更深刻的作品。当然也会有不少的阻力。但是大多数作家写作,不是为了成名成家,而是想改善周围的生活,使生活变得美好,使自己变得对社会、对人民更有用。现实生活培养了作家,它像一根鞭子逼着作家写作、前进。认真的作家是阻力所难不倒的。

用不着担心形式的问题。我个人始终认为形式是次要的,

讲真话的书　(1982—1985)

它是为内容服务的。在写作的道路上中国作家从未停止探索，总想找到一种能够更准确地表达自己思想、使它打动人心的形式，就像战士们总想找到一件得心应手的武器。让他们自己挑选吧。读者们的锐利的眼光正在注视他们。

至于西方化的问题，我不大明白您指的是哪一方面。我们在谈论文学作品，在这方面我还看不出什么"西方化"的危机。拿我本人为例，在中国作家中我受西方作品的影响比较深。我是照西方小说的形式写我的处女作的，以后也就顺着这条道路走去，但我笔下的绝大多数人物始终是中国人，他们的思想感情也是中国人的思想感情。我多次翻看自己的旧作，我并不觉得我用的那种形式跟我所写的内容不协调、不适应。我的作品来自中国社会生活，为中国读者所接受，它们是中国的东西，也是我自己的东西。我没有采用我们祖先用惯了的旧形式。我正是为了反对旧社会制度，有志改善旧生活、改变旧形式，才拿笔写作的。今天可能有一些作家在探索使用新的形式或新的表现手法，他们有创新的权利。他们或成功或失败，读者是最好的评论员。作家因为创新而遭受长期迫害的日子已经一去不复返了。一部作品发表以后就成为社会的东西，好的流传后世，不好的自行消亡。不论来自东方或者西方，它属于人类，任何人都有权受它的影响，从它得到益处。现在不再是"四人帮"闭关自守、与世隔绝的时代了，交通发达，距离缩短，东西方文化交流，日益频繁，互相影响，互相受益。总会有一些改变。即使来一个文化大竞赛，也不必害怕"你化我、我化你"的危险，因此我不在信里谈克服所谓"西方化倾向"的问题了。

十月二十六日

一九八三年

愿化泥土
——随想录九十六

最近听到一首歌,我听见人唱了两次:《那就是我》。歌声像湖上的微风吹过我的心上,我的心随着它回到了我的童年,回到了我的家乡。近年来我非常想念家乡,大概是到了叶落归根的时候吧。有一件事深深地印在我的脑子里,三年半了。我访问巴黎,在一位新认识的朋友家中吃晚饭。朋友是法籍华人,同法国小姐结了婚,家庭生活很幸福。他本人有成就,有名望,也有很高的地位。我们在他家谈得畅快,过得愉快。可是告辞出门,坐在车上,我却摆脱不了这样一种想法:长期住在国外是不幸的事。一直到今天我还是这样想。我也知道这种想法不一定对,甚至不对。但这是我的真实思想。几十年来有一根绳子牢牢地拴住我的心。一九二七年一月在上海上船去法国的时候,我在《海行杂记》中写道:"再见吧,我不幸的乡土哟!"一九七九年四月再访巴黎,住在凯旋门附近一家四星旅馆的四楼,早饭前我静静地坐在窗前扶手椅上,透过白纱窗帷看窗下安静的小巷,在这里我看到的不是巴黎的街景,却是北京的长安街和上海的淮海路、杭州的西湖和广东的乡村,还有成都的街口有双眼井的那条小街……到八点钟有人来敲门,我站起来,我又离开了"亲爱的祖国和人民"。每天早晨都是这样,好像我每天回国一次去寻求养料。这是很自然的事,我仿佛仍然生活在我的同胞中间,在想象中我重见那些景象,我觉得有一种力量在支持我。于是我感到精神充实,心情舒畅,全身暖和。

讲真话的书　(1982—1985)

我经常提到人民，他们是我所熟悉的数不清的平凡而善良的人。我就是在这些人中间成长的。我的正义、公道、平等的观念也是在门房和马房里培养起来的。我从许多被生活亏待了的人那里学到热爱生活、懂得生命的意义。越是不宽裕的人越慷慨，越是富足的人越吝啬。然而人类正是靠这种连续不断的慷慨的贡献而存在、而发展的。

近来我常常怀念六七十年前的往事。成都老公馆里马房和门房的景象，时时在我眼前出现。一盏烟灯，一床破席，讲不完的被损害、受侮辱的生活故事，忘不了的永远不变的结论："人要忠心。"住在马房里的轿夫向着我这个地主的少爷打开了他们的心。老周感慨地说过："我不光是抬轿子。只要对人有好处，就让大家踏着我走过去。"我躲在这个阴湿的没有马的马房里度过多少个夏日的夜晚和秋天的黄昏。

门房里听差的生活可能比轿夫的好一些，但好得也有限。在他们中间我感到舒畅、自然。后来回想，我接触到通过受苦而净化了的心灵就是从门房和马房里开始的。只有在"十年动乱"的"文革"期间，我才懂得了通过受苦净化心灵的意义。我的心常常回到门房里爱"清水"恨"浑水"的赵大爷和老文、马房里轿夫老周和老任的身边。人已经不存在了，房屋也拆干净了。可是过去的发过光的东西，仍然在我心里发光。我看见人们受苦，看见人们怎样通过受苦来消除私心杂念。在"文革"期间我想得多，回忆得多。有个时期我也想用受苦来"赎罪"，努力干活。我只是为了自己，盼望早日得到解放。私心杂念不曾消除，因此心灵没有得到净化。

现在我明白了。受苦是考验，是磨炼，是咬紧牙关挖掉自己心灵上的污点。它不是形式，不是装模作样。主要的是严肃地、认真地接受痛苦。"让一切都来吧，我能够忍受。"我没有想到自己还要经受一次考验。我摔断了左腿，又受到所谓"最保守、最保险"方法的治疗。考验并未结束，我也没有能好好地过关。在病床上，在噩梦中，我一直为私心杂念所苦恼。以后怎样活下去？我不能回答这个问题。

漫长的不眠之夜仿佛一片茫茫的雾海，我多么想抓住一块木板浮到岸边。忽然我看见了透过浓雾射出来的亮光：那就是我回到了老公馆的马房和门房，我又看到了老周的黄瘦脸和赵大爷的大胡子。我发觉自己是在私心杂念的包围中，无法净化我的心灵。门房里的瓦油灯和马房里的烟灯救了我，使我的心没有在雾海中沉下去。我终于记起来，那些"老师"教我的正是去掉私心和忘掉自己。被生活薄待的人会那样地热爱生活，跟他们比起来，我算得什么呢？我几百万字的著作还不及轿夫老周的四个字"人要忠心"。（有一次他们煮饭做菜，我帮忙烧火，火不旺，他教我"人要忠心，火要空心"。）想到在马房里过的那些黄昏，想到在门房里过的那些夜晚，我仿佛回到了自己的童年。

我多么想再见到我童年时期的脚迹！我多么想回到我出生的故乡，摸一下我念念不忘的马房的泥土。可是我像一只给剪掉了翅膀的鸟，失去了飞翔的希望。我的脚不能动，我的心不能飞。我的思想……但是我的思想会冲破一切阻碍，会闯过一切难关，会到我怀念的一切地方，它们会像一股烈火把我的心烧成灰，使我的私心杂念化成灰烬。

我家乡的泥土，我祖国的土地，我永远同你们在一起接受阳光雨露，与花树、禾苗一同生长。

我唯一的心愿是：化作泥土，留在人们温暖的脚印里。

六月二十九日

病　中（一）
——随想录九十七

　　整整七个月我不曾在书桌前坐过片刻。跟读者久别，我感到寂寞。我是去年十一月七日晚上在家里摔断左腿给送进医院的。在好心的医生安排的"牵引架"上两个月的生活中，在医院内漫长的日日夜夜里，我受尽了回忆和噩梦的折磨，也不断地给陪伴我的亲属们增添麻烦和担心（我的女儿、女婿、儿子、侄女，还有几个年轻的亲戚，他们轮流照顾我，经常被我吵得整夜不能合眼）。我常常讲梦话，把梦境和现实混淆在一起，有一次我女婿听见我在床上自言自语："结束了，一个悲剧……"几乎吓坏了他。有时头脑清醒，特别是在不眠的长夜里，我反复要自己回答一个问题：我的结局是不是就在这里？我忍受不了肯定的回答，我欠下那么多的债，绝不能这样撒手而去！一问一答，日子就这样地挨过去了，情况似乎在逐渐好转，"牵引"终于撤销；我也下床开始学习走路。半年过去了。
　　我离开了医院。但离所谓"康复"还差很大一段路。我甚至把噩梦也带回了家。晚上睡不好，半夜发出怪叫，或者严肃地讲几句胡话，种种后遗症迫害着我，我的精神得不到平静。白天我的情绪不好。食欲不振，人也瘦多了。我继续在锻炼，没有计划，也没有信心。前些天我非常害怕黑夜，害怕睡眠，夜晚躺在床上，脑子好像一直受到一个怪物的折磨。家人替我担心，我也不能不怀疑："结束的时候是不是已经到来？"但是我并不灰心，我坚持一个念头：我要活下去。我不相信噩梦就能将我完全制伏。这两夜我睡得好些,没有梦,也没有干扰。女婿在我的床前放了一架负离子发生器,不知道是不是它起了作用。总之睡眠不再使我感到恐惧了。

在病中我得到很多朋友和读者的来信。写信的有不少熟人,也有从未见过面的读者。除了鼓励、慰问的话外,还有治病经验、家传秘方、珍贵药物,等等,等等。最初将近三个月我仰卧在床上不能动弹,只能听孩子们给我念来信的内容。那么真挚的好心!我只能像小孩似的流了眼泪。我无法回信,而且在噩梦不断折磨下也记不住那些充满善意的字句。信不断地来,在病床前抽屉里放了一阵又给孩子们拿走了。我也忘记了信和写信的人。但朋友们(包括读者)寄出的信并未石沉大海,它们给了一个病人以求生的勇气。倘使没有它们,也许今天我还离开不了医院。

我出院,《大公报》上发表了消息,日本朋友也写信来祝贺。我在医院里确实受到了优待,在病房内几次接待外宾,还出院去会见法国总统。《寒夜》摄制组的成员到过病房,找我谈塑造人物的经过和自己今天的看法。还有人来病榻前给我塑像,为我摄影。最使我感动的是春节期间少年宫的儿童歌舞团到医院慰问病人,一部分小演员到病房为"巴金爷爷"表演歌舞。天真活泼的小姑娘在我耳边报告节目,并作一些解释,他们表演得十分认真。看见他们告辞出去,我流了眼泪。

我在医院里度过春节。除夕的午后女儿告诉我,孩子们要带菜来同我一起吃"团年饭"。我起初不同意,我认为自己种的苦果应该自己吃,而且我已经习惯了医院的生活。但是孩子们下了决心,都赶来了。

大家围着一张小桌匆匆地吃了一顿饭,并没有欢乐的气氛,我也吃得很少,但心里却充满了感激之情。刚吃完这一顿"团年饭",孩子们收拾碗筷准备回家(这一夜由我的兄弟"代班"),曹禺夫妇来了。他们说过要陪我度过除夕,还约了罗荪夫妇。孩子们走了。他们一直坐到八点,他们住在静安宾馆,来往方便。我这种冷清清的病人生活打动了他们的心,曹禺又是一向关心我的老友,这次来上海,几乎每天都要来探病,他比较

讲真话的书 （1982—1985）

喜欢热闹，因此不忍把孤寂留给我。我和我兄弟费了不少唇舌才说服他们夫妇穿上大衣离开病房。

我兄弟照顾我睡下不久，罗荪夫妇来了，他们事情多，来迟了些，说是要同我一起"守岁"，但是曹禺已去，我又睡下，进入半睡眠的状态，他们同我兄弟谈了一会，也就扫兴地告辞走了。

我想，现在可以酣畅地睡一大觉了。谁知道一晚上我就没有闭过眼睛。友情一直在搅动我的心。过去我说过靠友情生活。我最高兴同熟人长谈，沏一壶茶或者开一瓶啤酒，可以谈个通宵。可是在病房里接待探病的朋友，多讲几句，多坐一会，就感到坐立不安、精疲力尽。"难道你变了？"我答不出来，满身都是汗。

"把从前的我找回来。"我忽然讲出了这样一句话。不仅是在除夕，在整个病中我想得最多的也就是这一句。但是连我也明白从前的我是再也找不回来的了。我的精力已经耗尽了。十年"文革"绝不是一场噩梦，我的身上还留着它的恶果。今天它还在蚕食我的血肉。我无时无刻不在跟它战斗，为了自己的生存，而且为了下一代的生存。我痛苦地发现，在我儿女、在我侄女的身上还保留着从农村带回来的难治好的"硬伤"。我又想起了自己的梦话。即使我的结局已经到来，这也不是"一个悲剧"。即使忘掉了过去的朋友，我想我也会得到原谅，只要我没有浪费自己最后的一点精力。

我的病房朝南，有一个阳台，阳台下面便是花园。草地边上有一个水池。这次我住在三楼。一九八〇年七月我在二楼住过，经常倚着栏杆，眺望园景，早晨总看见一个熟人在池边徘徊，那就是赵丹，他当时还不知道自己已身患癌症，我也不知道三个月后就要跟这个生龙活虎般的人永别。三年过去了，这次住院，我行动不便，但偶然也在栏前站立一会。我又看见水池，池边也有人来往，也有人小坐。看见穿白衣的病人，我仿佛又见到了赵丹，可是我到哪里去找他那响亮的声音呢？！

我在栏前看见过黄佐临同志在草地上散步，他早已出院了。这位有名的戏剧导演住在我隔壁的病房里，春节大清早，他进来给我"拜节"。同来的还有影片《家》的编导陈西禾同志。西禾坐在轮椅上让人推着进房。他是二楼的老病人，身体差，谈得不多，但熟人见面，有说有笑。几个月过去了，出院前我到二楼去看过西禾两次：第一次他在睡觉；第二次他坐在床上，他的夫人在照料他，他十分痛苦地连连说："非人生活。"我说不出一句安慰的话。我想起四十年代我们在霞飞坊相聚的日子，想起他的剧本《沉渊》的演出，我永远忘不了他在李健吾的名剧《这不过是春天》中有声有色的表演。我忍住泪默默地逃走了。多少话都吞在肚里，我多么希望他活下去。没有想到我出院不到五十天就接到他的讣告。什么话都成了多余，他再也听不见了。

七月五日

汉字改革
——随想录九十八

日中文化交流协会的佐藤女士转来"活跃在纯文学领域中的"日本作家丸谷才一先生的信,信上有这样的话:"一九八一年夏天……在上海见过先生,我们在一起度过了一个十分愉快的夜晚,特别是,先生对敝人提出的有关文字改革的问题予以恳切的回答,并且允许我在敝人的书里介绍那一次的谈话……"他那本"批判日本国语改革的书"出版了,寄了一本给我,表示感谢我同意他引用我的意见。

我翻读了丸谷先生寄赠的原著,书中引用了我们的"一问一答",简单、明确,又是我的原话。关于文字改革,我说"稍微搞一点汉字简化是必要的,不过得慢慢地、慎重地搞"。他又问起是否想过废掉汉字。我笑答道:"这样我们连李白、杜甫也要丢掉了。"他表示要在他的新作中引用我的意见,我一口答应了。

关于日本国语改革我并无研究,不能发表议论。但说到汉字改革,我是中国人,它同我有切身的关系,我有想法,也曾多次考虑。我对丸谷先生讲的是真心话。我认为汉字是废不掉的,我单单举出一个理由:我们有那么多优秀的文化遗产,谁也无权把它们抛在垃圾箱里。

我年轻时候思想偏激,曾经主张烧毁所有的线装书。今天回想起来实在可笑。一个历史悠久的文明古国要是丢掉它过去长期积累起来的光辉灿烂的文化珍宝,靠简单化、拼音化来创造新的文明是不会有什么成果的。

我记起了某一个国家的领导人的名言，三十年前他接见我的时候说过："单是会拼音，单是会认字，也还是文盲。"他的话值得我们深思。有人以为废除汉字，改用拼音，只要大家花几天工夫学会字母就能看书写信，可以解决一切。其实他不过同祖宗划清了界限，成为一个没有文化的文盲而已。

我还有一个理由。我们是个多民族、多方言、十亿人口的大国，把我们大家紧密团结起来的就是汉字。我至今还保留着一个深的印象。一九二七年我去法国，在西贡—堤岸的小火车上遇见一位华侨教师，我们用汉字笔谈交了朋友，船在西贡停了三天，他陪我上岸玩了三天。今天回想起来，要是没有汉字，我们两个中国人就无法互相了解。

我还要讲一件事。《真话集》在香港三联书店出版，我接到样书，就拿了一册送给小外孙女端端，因为里面有关于她的文章。没有想到这书是用繁体字排印的，好些字端端不认识，拿着书读不下去。这使我想起一个问题，香港同胞使用的汉字大陆上的孩子看不懂，简化字用得越多，我们同港澳同胞、同台湾同胞在文字上的差距越大。因此搞汉字简化必须慎重。无论如何，我们不能忘记汉字是团结全国人民的重要工具。

各人有各人的看法，我讲的只是我个人的意见。但是我跟汉字打了七十几年的交道，我也有发言权。我从小背诵唐诗、宋词、元曲等不下数百篇，至今还记得大半。深印在脑子里、为人们喜爱的东西是任何命令所废不掉的。

我不会再说烧掉线装书的蠢话了。我倒想起三年前自己讲过的话：语言文字只要是属于活的民族，它总是要不断发展，变得复杂，变得丰富，是为了更准确、更优美地表达人们的复杂思想，绝不会越来越简化，只是为了使它变得简单易学。

我们有的是吃"大锅饭"的人，有的是打"扑克"和开无轨电车的时间。根据我个人的经验，学汉语汉字并不比学欧美语言文字困难。西方人学习汉语汉字的一天天多起来，许多人想通过现代文学的渠道了解我们国

讲真话的书 （1982—1985）

家。我们的文学受到尊重，我们的文字受到重视。它们是属于人类的，谁也毁不了它，不管是你，不管是我，不管是任何别的人。

以上的话，可以作为我给丸谷先生的回信的补充。

七月九日

病　中（二）
——随想录九十九

在病房里我最怕夜晚，我一怕噩梦，二怕失眠。入院初期我多做怪梦，把"牵引架"当作邪恶的化身，叫醒陪夜的儿子、女婿或者亲戚，要他们毁掉它或者把它搬开，我自己没有力量"拿着长矛"跟"牵引架"决斗，只好求助于他们。怪梦起不了作用，我规规矩矩地在"牵引架"上给拴了整整两个月。

这以后"牵引"给撤销了，梦也少了些，思想倒多起来了。我这人也有点古怪，左腿给拴在架上时，虽然连做梦也要跟"牵引架"斗，可是我却把希望和信心放在这个"最保守、最保险"的治疗方法上，我很乐观。等到架子自动地搬走，孩子买了蛋糕来为我庆祝之后，希望逐渐变成了疑惑，我开始了胡思乱想，越想越复杂，越想越乱，对所谓"最保险"也有了自己的解释：只要摔断的骨头长好，能够活下去，让八十岁的人平安地度过晚年，即使是躺在床上，即使是坐轮椅活动，已经是很"美好"的事情，很"幸福"的晚年。这个解释使我痛苦，我跟自己暗暗辩论，我反驳自己，最后我感到了疲倦，就望着天花板出神。我的病房里有一盏台灯整夜开着放在地板上。两个月"牵引"的结果使我的脑袋几乎不能转动，躺在床上习惯于仰望一个固定的地方。

我躺在床上望着天明。六点以后医院开始活动起来。值夜班的孩子照料我吃了早饭，服了药。我不由己地闭上了眼睛，动了一整夜的脑筋，我

讲真话的书 (1982—1985)

的精力已经耗尽了；而且夜消失了，我也安心了。

打着呼睡了一阵之后，再睁开眼，接班的人来了。我可以知道一些家里的事，可以向他问话，要他读信给我听。下午接班的是我女儿和侄女。她们两个在两点钟护士量过体温后给我揩身，扶我下床，替我写信，陪我见客，在我讲话吃力的时候代我答话，送走索稿和要求题词、题字的人。她们照料我吃过晚饭，扶我上床，等值夜班的人到来才离开病房。不知怎样，看见她们离开，我总感到依依不舍。大概因为我害怕的黑夜又来了。

这就是"牵引"撤销后我在病房里一天的生活。当然，护士每天来铺床送药；医生来查病房，鼓励我自己锻炼，因为我年近八十，对我要求不严格，我又有惰性，就采取自由化态度，效果并不好。医生忙，看见我不需要什么，在病房里耽搁的时间越来越短，也不常来查病房，因此我儿子断定我可以出院了。

在这段时期我已经部分地解决了失眠的问题。每晚我服两片"安定"，可以酣睡三四小时，儿子的想法又帮助我放宽了心：既然可以出院，病就不要紧了。情绪又逐渐好起来。不过偶尔也会产生一点疑惑。这样出院，怎样生活，怎样活动呢？但是朋友们不断地安慰我，医生也不断地安慰我："你的进步是已经很快的了。"大家都这样说，我也开始这样相信。

就这样病房里的日子更加好过了。只有一件事使我苦恼：不论是躺在床上或者坐在藤椅上，我都无法看书，看不进去。连报纸上的字也看不清楚，眼前经常有一盏天花板上的大电灯。我甚至把这个习惯带回家中。

因为我"不能"看报、看信，所以发生了以下的事情。我去年十一月七日住进医院时，只知道朋友李健吾高高兴兴地游过四川，又两去西安，身心都不错，说是"练了气功"，得益非小。我也相信这类传说。万想不到半个月后，就在这个月二十四日他离开了人世。噩耗没有能传到病房，孩子们封锁了消息，他们以为我受不住这样的打击。我一无所知，几个月中间，我从未把健吾同"死"字连在一起。有一本新作出版，我还躺在病床上写上他的名字,叫人寄往北京。后来有一次柯灵来探病,他谈起健吾,问我是否知道健吾的事。我说知道,他去四川跑过不少地方。柯灵又说:"他这样去得还是幸福。"我说:"他得力于气功。"柯灵感到奇怪,还要谈下去,我女儿打断了他的话,偷偷告诉他,我根本不知道健吾的死讯。我一直以为他活得健康,又过若干时候,一个朋友从北京回来忽然讲起健吾的没有痛苦的死亡,我才恍然大悟。我责备我女儿,但也理解她的心情,讲起来,他们那辈人、连长他们一辈的我的兄弟都担心我受不了这个打击,相信"封锁消息",不说不听,就可以使我得到保护。这种想法未免有点自私。再过一些日子,健吾的大女儿维音来上海出差,到医院看我。几年前我还是"不戴帽子的反革命"的时候,她也曾到上海出差,夜晚第一次到我家,给我带来人民币五百元,那是汝龙送的款子。汝龙后来在信上说是健吾的主意。不多久健吾的二女儿也出差来上海,带给我健吾的三百元赠款。在我困难的时候,朋友们默默地送来帮助。在病房中重见维音,我带眼泪结结巴巴地讲她父亲"雪中送炭"的友情,十分激动。曹禺也在病房,他不了解我的心情,却担心我的健康,我的女婿也是这样。听维音谈她父亲的最后情况,我才知道他在沙发上休息时永闭眼睛,似乎并无痛苦,其实他在去世前一两天已经感到不舒服。维音曾"开后门"陪着父亲到两家医院,请专科医生检查。他们都轻易断定心脏没有问题。病人也无话可说,回到家里一天以后就跟亲人永别。维音讲起来很痛苦,我听起来很痛苦,但是我多么需要知道这一切啊!曹禺怕我动了感情,会发生意外;值夜班的女婿担心我支持不下去,他听说维音还要去看健吾的另一个老友陈西禾(住在二楼内科病房),便借口探病的时间快结束,催她赶快下楼。维音没有能把话讲完就匆匆地走了,曹禺也放心地离开我。

我一晚上想的都是健吾的事情。首先我对维音感到抱歉,没有让她讲完她心里的话。关于健吾,我想到的事太多了,他是对我毫无私心、真正把我当作忠实朋友看待的。现在我仰卧在床上,写字吃力、看报困难,

讲真话的书 （1982—1985）

关于他，我能够写些什么呢？他五十几年的工作积累、文学成就，人所共睹。我最后一次见他是在他的家里，他要我给他的《剧作选》题封面，我说我的字写得坏，不同意。他一定要我写，我坚决不肯，他说："你当初为什么要把它们介绍给读者呢？"我们两人都不再讲话。最后还是我让了步，答应了他，他才高兴。现在回想起来，我多么后悔，为什么为这点小事同他争论呢？

我想起了汝龙的一封信，这是我在病中读过几遍的少数几封信中的一封。信里有这样一段令人难忘的话：

> "文化大革命"刚开始，我们左邻右舍天天抄家、打人，空气十分紧张，不料有一天他来了。那时我……一家人挤在两间小屋里，很狼狈。……他从提包里拿出一个小包，说："这是二百元，你留着过日子吧。"……我自以为有罪，该吃苦，就没要。他默默地走了。那时候我的亲友都断了来往，他的处境也危在旦夕，他竟不怕风险，特意来拉我一把。

汝龙接着感叹地说："黄金般的心啊！""人能做到这一步不是容易的啊！"

在病房里想有关健吾的往事，想了几天，始终忘不了汝龙的这两句话。对健吾它们应该是最适当的悼词了。

黄金般的心是不会从人间消失的。在病房不眠的夜里，我不断地念着这个敬爱的名字："健吾！"

七月十八日

"掏一把出来"
——随想录一○○

《随想录九十九》是在七月十八日写成的。在文章的结尾我引用了朋友汝龙（翻译家）来信中的话。发表私人通信，没有事先征求本人同意，我应当向写信人道歉。在某一个时期，私人信件常常成为个人的罪证。我有一位有才华、有见识的朋友，他喜欢写长信发议论。反右期间一个朋友把他的信件交给上级，他终于成了"右派"。后来他的"右派"帽子给摘掉了。过了几年发生了"文化大革命"，他的另一个做教授的朋友给抄了家，拿走了他的一叠信，造反派学生根据信件又抄了他的家，并促成他的死亡。所以到今天，还有人不愿写信，不愿保留信件。

但是那样的日子是不会再来的了。今天人们可以随意讲心里的话。汝龙也不愿意在我面前把心遮掩起来。那么让我再从他的信中抄录几句：

> 我知道他死讯的那天晚上通宵没睡，眼前总像看见他那张苍白的脸，他那充满焦虑的目光，他那很旧的黑色提包，他那用手绢包着的钱，我甚至觉得我再活下去也没意思了。……

汝龙是少见的真挚的人，他一定没有忘记那十年中间种种奇怪的遭遇。我也忘记不了许多事情，许多嘴脸，许多人的变化。像健吾那样的形象，我却很少看见。读了汝龙的信，我很激动。那十年中间我很少想到

讲真话的书 (1982—1985)

别人,见着熟人也故意躲开,说是怕连累别人,其实是害怕牵连自己。一方面自卑,另一方面怕事,我不会像健吾那样在那种时候不顾自己去帮助人。

我变了!我熟悉自己在"文革"期间的精神状态,我明白这就是我的所谓"改造"。我参加"运动"还不算太多,但一个运动接一个运动,把一个"怕"字深深刻印在我的心上。结果一切都为保护自己,今天说东,明天说西,这算是什么作家呢?当然写不出东西来。想起健吾,想起汝龙信中描绘的形象,我觉得有一根鞭子在我的背上抽着,一下!一下!

汝龙不是悲观主义者。他可能因为看见好人的死亡而感到绝望。这绝望只能是暂时的,不然他怎么能长期伏案勤勤恳恳地翻译契诃夫和陀思妥耶夫斯基的作品呢?在这一点上我和他有不同的看法。他认为一个好人死了,自己活下去也没有意思了。我却认为一个好人死了,我们更有责任、更有意思"再活下去",因为可以做的事、应该做的事更多了。尽管十年"文革"至今还给我带来血淋淋的噩梦,但长时期的折磨却使我更加懂得生活的意义,使我更加热爱生活。

想到健吾,我更明白:人活着不是为了"捞一把进去",而是为了"掏一把出来"。

好人?坏人?各人有各人的解释,但是我们国家目前需要的正是"掏一把出来"的人。

七月二十三日

病 中（三）
——随想录一〇一

　　人以为病中可以得到休息，其实不然。我在病中想得太多，什么问题都想到了，而且常常纠缠在一两个问题上摆脱不开，似乎非弄到穷根究底不可。其实凭自己的胡思乱想，什么也解决不了。例如生与死的问题，我就想得最多，我非常想知道留给我的还有多少时间，我应当怎样安排它们。而仰卧在病床上动弹不得，眼看时光飞逝，我连一分一秒都抓不住。我越想越着急。于是索性把心一横，想到：只要心不死，我总会留下一些什么。又想：只要有信心，我还能活下去。

　　甚至在我给钉在"牵引架"上的初期，我也曾想起许多过去的事情。我忘记不了那些可怕的日子。就在同样的地方，同样的季节，发生过完全不同的事。那几年中间我不敢到医院看病，因为害怕两件事情：一是在"医疗卡"上加批"反动权威"或"反共老手"；二是到医院群众专政登记处去登记，表示认罪。我们去看病，要向本机关监督组请假，他们就在"医疗卡"上随意批注。不用说，这种做法早已跟着"四人帮"一起消失了。这次在医院中我从亡友西禾的口里听到"非人生活"四个字，他是在讲自己病的痛苦。其实我在病床上回想"文革"时期的生活，我也几次吐出"非人生活"这样的句子，在那一段时期我们哪里被当成人看待？！有多少人过着不是人的生活，有多少人发挥兽性对待同胞？！

　　我激动起来，满头冒汗，浑身发颤。那种"非人生活"是从哪里来

讲真话的书　(1982—1985)

的？它会不会再来？我抓住这个问题，想穷根究底，一连想了好几个晚上，结果招来了一次接一次的人与猛兽斗争的噩梦。我没有发高烧，却说着胡话，甚至对眼前的人讲梦中的景象（当时也怀疑自己是在做梦，却又无法突破梦境），让孩子们替我担心。他们笑我，劝我，想说服我不要胡思乱想。他们说从来梦境荒唐，不值得花费脑筋。他们不会说服我，倒是我说服了自己，我想通了：十年"牛棚"正是对我的迷信的惩罚。

记得七十年代初我在奉贤"五七"干校的时候，有一个参加监督组的造反派（也做过我的专案组或"打巴组"的头头）发表过一篇《看牛小记》，很得意地嘲笑"牛们"的丑态。听人讲起文章的内容，我感到可悲，以人为兽不过是暴露自己的兽性，在我们文明古国的脸上涂抹污泥。

在病床上反复回想十年的"非人生活"，我不断地责备自己：只有盲目崇拜才可以把人变成"牛"，主要的责任还是在我自己。不用说，今天还有人想做"看牛人"，但是我决不再做"牛"了。十年"牛棚"的一笔账让下一代的历史家去算吧。连关于欧洲中世纪黑暗时期也有那么多的历史记载，何况我们口号震天、标语遍地的十载"文革"！

我说过在病房里儿女们封锁消息，不让我知道好友的噩耗。可是在医院中人们常有机会接触死亡。我入院后四十天光景，著名导演吴永刚也摔伤住院了。他住在我隔壁的房间，进院时就昏迷不醒，据说他正在同别人讨论新的剧本，很兴奋，向痰盂吐痰，忽然倒下去，说是脑溢血，又说脑部受伤。听说家里没有人，只有一个媳妇在照料他。这些话都是间接听来的。我仰卧在病床上，连房里的陈设也看不清楚，何况门外的邻居！

我和吴永刚同志不熟。两三年前有一次同朋友在上海电影制片厂看《巴山夜雨》，见到他，看完出来他陪我走了一段路，一面解释他的导演构思。影片和他的话都使我感动，我从心底感谢他拍出这样的电影，我也同情他近二十多年的遭遇，痛惜他那些年中白白浪费了的才华。后来《巴山夜雨》得奖，我为这位重见光明的老导演感到高兴，我盼望他拍出更好的电影。他似乎也有信心。却万想不到他在进行创作构思的时候发了病，先给送进另一家医院，第二天才转到这个医院来。从星期天到星期五凌晨，他一直昏迷不醒，护士们轮流值班守着他。我经常从儿女们的谈话中知道一点他的情况。我女儿代我去看过他。听说在病房外方桌上放着纸笔供探病者签名，我让女婿代我去写上一个名字，对永刚同志表示最后的敬意。

十二月十八日凌晨我忽然听到了哭声，便对陪伴我的女婿说："一定是永刚同志过去了。"这天上午死者的遗体由几位电影界的负责人护送下楼。我让病房门开着，仰卧在床上我看见一群人过去。然后走廊又空了。

这就是我在病中第一次接触到的死亡。永刚同志去了，但是《巴山夜雨》中的几个人物活在我的心里，甚至在病床上他们还常在我的眼前出现。为了那些人我也要活下去。

八月三日

我的哥哥李尧林
——随想录一〇二

一

前些时候我接到《大公园》编者的信，说香港有一位读者希望我谈谈我哥哥李尧林的事情，在上海或者北京也有人向我表达过类似的愿望。他们都是我哥哥的学生。我哥哥去世三十七年了，可是今天他们谈论他，还仿佛他活在他们的中间，那些简单、朴素的语言给我唤起许多忘却了的往事，我的"记忆之箱"打开了，那么一大堆东西给倾倒了出来，我纵然疲乏不堪，也得耐心把它们放进箱内，才好关上箱子，然后加上"遗忘之锁"。

一连两夜我都梦见我的哥哥，还是在我们年轻的时候，醒过来我才想起我们已经分别三十七年。我这个家里不曾有过他的脚迹。可是他那张清瘦的脸在我的眼前还是这么亲切，这么善良，这么鲜明。我不知道自己还可以工作多少时候，但是我的漫长的生活道路总会有一个尽头，我也该回过头去看看背后自己的脚印了。

我终于扭转我的开始僵化的颈项向后望去。并不奇怪，我看到两个人的脚印，在后面很远、很远的地方。在我的童年，在我的少年，甚至青年时期的一部分，我和哥哥尧林总是在一起，我们冒着风雪在泥泞的路上并肩前进的情景还不曾在我眼前消失。一直到一九二五年暑假，不论在家乡，还是在上海、南京，我们都是同住在一间屋子里。他比我年长一岁有余，性情开朗、乐观。有些事还是他带头先走，我跟上去。例如去上海念书这个主意就是他想出来，也是他向大哥提出来的，我当时还没有这个打算。离家后，一路上都是他照顾我，先在上海，后去南京，我同他在一起过了两年多的时间，一直到他在浦口送我登上去北京的火车。这以后我就开始了独往独来的生活，遇事不再征求别人的意见，一切由我自己决定。朋友不多，他们对我了解不深，他们到我住的公寓来，大家谈得热烈，朋友去后我又感到寂寞。我去北京只是为了报考北京大学。检查体格时医生摇摇头，似乎说我的肺部不好。这对我是一个意外的打击。我并未接到不让参加考试的通知，但是我不想进考场了。尧林不在身边，我就轻率地作了决定，除了情绪低落外，还有一个原因，我担心不会被录取。

从北京我又回到南京，尧林还在那里，他报考苏州东吴大学，已经录取了。他见到我很高兴，并不责备，倒安慰我，还陪我去找一个同乡的医生。医生说我"有肺病"，不厉害。他知道我要去上海，就介绍我去找那个在"法租界"开业的医生（也是四川人，可能还是他的老师）。我在南京住了两天，还同尧林去游了鸡鸣寺、清凉山，就到上海去了。尧林不久也去了苏州。

他在苏州念书。我在上海养病、办刊物、写文章。他有时也来信劝我好好养病、少活动、读点书。我并没有重视他的劝告。我想到他的时候不多，我结交了一些新朋友。但偶尔遇到不如意的事情，情绪不好时，我也会想到哥哥。这年寒假，我到苏州去看他，在他们的宿舍里住了一夜。学生们都回家去了，我没有遇见他的同学。当时的苏州十分安静，我们像在南京时那样过了一天，谈了不少的话，总是谈大哥和成都家中的事。我忽然问他："你不觉得寂寞吗？"他摇摇头带着微笑答道："我习惯了。"我看得出他的笑容里有一种苦味。他改变了。他是头一次过着这样冷冷清清的生活。大哥汇来的钱不多，他还要分一点给我，因此他过得更俭省。别人都走了，他留下来，勤奋地学习。我了解他的心情，我觉察出他有一

讲真话的书 （1982—1985）

种坚忍的力量，我想他一定比我有成就，他可以满足大哥的期望吧。在闲谈中我向他提起一个朋友劝我去法国的事，他不反对，但他也不鼓励我，他只说了一句"家里也有困难"。他讲的是真话，我们那一房正走着下坡路，入不敷出，家里人又不能改变生活方式，大哥正在进行绝望的挣扎，他把希望寄托在我们两个兄弟的"学成归来"。在我这方面，大哥的希望破灭了。担子落在三哥一个人的肩头，多么沉重！我同情他，也敬佩他，但又可怜他，总摆脱不掉他那孤寂瘦弱的身形。我们友爱地分别了。他送给我一只旧怀表，我放在衣袋里带回上海，过两三天就发觉表不见了，不知道它是在什么时候给扒手拿走的。

去法国的念头不断地折磨我，我考虑了一两个月，终于写信回家，向大哥提出要求，要他给我一笔钱作路费和在法国短期的生活费。大哥的答复是可以想象到的：家中并不宽裕，筹款困难，借债利息太高，等等，等等。他的话我听不进去，我继续写信要求。大哥心软，不愿一口拒绝，要三哥劝我推迟赴法行期两三年。我当时很固执，不肯让步。三哥写过两封信劝我多加考虑，要我体谅大哥的处境和苦衷。我坚持要走。大哥后来表示愿意筹款，只要求我和三哥回家谈谈，让我们了解家中经济情况。这倒叫三哥为难了。我们两个都不愿回家。我担心大家庭人多议论多，会改变大哥的决定。三哥想，出外三年，成绩不大，还不如把旅行的时间花在念书上面，因此他支持我的意见。最后大哥汇了钱给我，我委托上海环球学生会办好出国手续，领到护照，买到船票，一九二七年一月十五日坐海轮离开了上海。出发前夕，我收到三哥的信（这封信我一直保存到今天），他写道：

你这次动身，我不能来送你了，望你一路上善自珍摄。以后你应当多写信来，特别是寄家中的信要写得越详越好。你自来性子很执拗，但是你的朋友多了，应当好好地处，不要得罪人使人难堪，因此弄得自己吃苦。××兄年长、经验足，你遇事最好虚心请教，你到法国后应当以读书为重，外事少管，因为做事的机会将来很多，而读书的机会却只有现在很短的时间。对你自己的身体也应当特别注意，有暇不妨多运动，免得生病……

这些话并不是我当时容易听进去的。

二

以上的话全写在我住院以前。腿伤以后，我就不可能再写下去了。但是在我的脑子里哥哥的形象仍然时常出现。我也想到有关他的种种往事，有些想过就不再记起，有些不断地往来我的眼前。我有一种感觉：他一直在我的身边。

于是我找出八个月前中断的旧稿继续写下去。

……我去法国，我跟三哥越离越远，来往信件也就越少。我来到巴黎接触各种新的事物。他在国内也变换了新的环境。他到了北平转学燕京大学。我也移居沙多-吉里小城过隐居似的学习和写作的生活。家中发生困难，不能汇款接济，我便靠译书换取稿费度日，在沙多-吉里拉·封丹中学寄食寄宿，收费很少。有一个住在旧金山的华侨工人钟时偶尔也寄钱帮助，我一九二八年回国的路费就是他汇给我的。我回国后才知道三哥的生活情况比我想象的差得多。他不单是一个"苦学生"，除了念书他还做别的工作，或者住在同学家中当同学弟弟的家庭教师，领一点薪金来缴纳学费和维持生活。他从来没有向人诉苦，也不悲观，他的学习成绩很好，他把希望放在未来上面。

一九二九年大哥同几个亲戚来上海小住，我曾用大哥和我的名义约三哥到上海一晤。他没有来，因为他在暑假期间要给同学的弟弟补习功课。其实还有一个问题，我在去信中并不曾替他解决，本来我应当向大哥提出给他汇寄路费的事。总之，他错过了同大哥见面的机会。一九三〇年他终

讲真话的书 （1982—1985）

于在燕京大学毕了业，考进了南开中学做英语教师。他在燕京大学学习了两个科目：英语和英语教学，因此教英语他很有兴趣。他借了债，做了两套西装，准备"走马上任"。

作为教师，他做出了成绩，他努力工作，跟同学们交了朋友。他的前途似乎十分平坦，我也为他高兴。但是不到一年意外的灾祸来了，大哥因破产自杀，留下一个破碎的家。我和三哥都收到从成都发来的电报。他主动地表示既然大哥留下的担子需要人来挑，就让他来挑吧。他答应按月寄款回家，从来不曾失过信，一直到抗战爆发的时候。去年我的侄儿还回忆起成都家中人每月收到汇款的情况。

一九三三年春天三哥从天津来看我，我拉他同去游了西湖，然后又送他到南京，像他在六年前送我北上那样，我也在浦口站看他登上北去的列车，我们在一起没有心思痛快地玩，但是我们有充分的时间交换意见。我的小说《激流》早已在上海《时报》上刊完，他也知道我对"家"的看法。我说，我不愿意为家庭放弃自己的主张。他却默默地挑起家庭的担子，我当时也想象得到他承担了多大的牺牲。后来我去天津看他，在他的学校里小住三次。一九三四年我住在北平文学季刊社，他也来看过我。同他接触较多，了解也较深，我才知道我过去所想象的实在很浅。他不单是承担了大的牺牲，应当说，他放弃了自己的一切。他背着一个沉重的（对他说来是相当沉重的）包袱，往前走多么困难！他毫不后悔地打破自己建立小家庭的美梦。

他甘心做一个穷教员，安分守己，认真工作。看电影是他唯一的娱乐；青年学生是他的忠实朋友，他为他们花费了不少的精力。

他年轻时候的勇气和锐气完全消失了。他是那么善良，那么纯真。他不愿意伤害任何人，我知道有一些女性向他暗示过爱情，他总是认为自己穷，没有条件组织美满的小家庭，不能使对方幸福。三十年代我们在北平见面，他从天津来参加一位同学妹妹的婚礼。这位女士我也见过，是一个健美的女性，三哥同她一家熟，特别是同她和她的哥哥。她的父母给她找了对象，订了婚，却不如意，她很痛苦，经过兄妹努力奋斗（三哥也在旁边鼓励他们），婚约终于解除。三哥很有机会表示自己的感情，但是他知道姑娘父母不会同意婚约，看不上他这样一个穷女婿。总之，他什么也没有表示。姑娘后来另外找到一个门当户对的男人订了婚。至于三哥，他可能带着苦笑地想，我早已放弃一切了，我可没有伤害任何一个人啊！

他去"贺喜"之前，那天在文学季刊社同我闲聊了两三个小时，他谈得不多，送他出门，我心里难过。我望着他的背影，虽然西服整洁，但他显得多么孤寂，多么衰老！

三

一九三九年我从桂林回上海，准备住一个时期，写完长篇小说《秋》。我约三哥来上海同住，他起初还在考虑，后来忽然离开泡在大水中的天津到上海来了。事前他不曾来过一封信。我还记得中秋节那天下午听见他在窗下唤我，我伸出头去，看见一张黑瘦的面孔，我几乎不相信会是他。

他就这样在上海住下来。我们同住在霞飞坊（淮海坊）朋友的家里，我住三楼，他住在三楼亭子间。我已经开始了《秋》，他是第一个读者，我每写成一章就让他先看并给我提意见。不久他动手翻译俄国冈察罗夫的小说《悬崖》，也常常问我对译文的看法。他翻译《悬崖》所根据的英、法文译本都是我拿给他的。他不知道英译本也是节译本，而且删节很多。这说明我读书不多，又常是一知半解，我一向反对任意删改别人的著作，却推荐了一本不完全的小说，浪费他的时间。虽然节译本《悬崖》还是值得一读，他的译文也并不错，但想起这件事，我总感到内疚。

第二年（一九四〇年）七月《秋》出版后我动身去昆明，让他留在上海，为文化生活出版社翻译几本西方文学名著。我同他一块儿在上海过了十个月，仿佛回到了几十年前在南京的日子，我还没有结婚，萧珊在昆明

讲真话的书 （1982—1985）

念书，他仍是孤零零一个人。一个星期里我们总要一起去三四次电影院，也从不放过工部局乐队星期日的演奏会。我们也喜欢同逛旧书店。我同他谈得很多，可是很少接触到他的内心深处。他似乎把一切都看得很淡，很少大声言笑，但是对孩子们、对年轻的学生还是十分友好，对翻译工作还是非常认真。

当时我并没有想到，现在回想往事，我不能不责备自己关心他实在不够。他究竟有什么心事，连他有些什么朋友，我完全不知道。离开上海时我把他托给主持文化生活出版社的朋友散文作家陆蠡，这是一个难得的好人。他们两位在浦江岸上望着直航海防的轮船不住地挥手。他们的微笑把我一直送到海防，还送到昆明。

这以后我见到更多的人，接触到更多的事，但寄上海的信始终未断。这些信一封也没有能留下来，我无法在这里讲一讲三哥在上海的情况。不到一年半，我第二次到桂林，刚在那里定居下来，太平洋战争爆发，上海的消息一下子完全断绝了。

日本军人占领了上海的"租界"，到处捉人，文化人处境十分危险。我四处打听，得不到一点真实的消息。谣言很多，令人不安。听说陆蠡给捉进了日本宪兵队，也不知是真是假。过了一个较长的时期，我意外地收到三哥一封信，信很短，只是报告平安，但从字里行间也看得出日军铁蹄下文化人的生活。这封信在路上走了相当久，终于到了我眼前。我等待着第二封信，但不久我便离开了桂林，以后也没有能回去。我和萧珊在贵阳旅行结婚，同住在重庆。在重庆我们迎接到"胜利"。我打电报到上海，三哥回电说他大病初愈，陆蠡下落不明，要我马上去沪。我各处奔走，找不到交通工具，过了两个多月才赶回上海，可是他在两天之前又病倒了。我搭一张帆布床睡在他旁边。据说他病不重，只是体力差，需要休养。我相信这些话，何况我们住在朋友家，朋友是一位业余医生，可以解决一些问题。这一次我又太大意了。他起初不肯进医院，我也就没有坚持送他去，后来还是听他说："我觉得体力不行了"，"还是早点进医院吧"，我才找一位朋友帮忙让他住进了医院。没有想到留给他的就只有七天的时间！事后我常常想：要是我回到上海第二天就送他进医院，他的病是不是还有转机，他是不是还可以多活若干年？我后悔，我责备自己，已经来不及了。

七天中间他似乎没有痛苦，对探病的朋友们他总是说"蛮好"。但谁也看得出他的体力在逐渐衰竭。我和朋友们安排轮流守夜陪伴病人。我陪过他一个晚上，那是在他逝世前两夜，我在他的床前校改小说《火》的校样。他忽然张开眼睛叹口气说："没有时间了，讲不完了。"我问他讲什么。他说："我有很多话。"又说："你听我说，我只对你说。"我知道他在讲胡话，有点害怕，便安慰他，劝他好好睡觉，有话明天说。他又叹口气说了一句："来不及了。"好像不认识我似的，他看了我两眼，于是闭上了眼睛。

第二天早晨我离开病床时，他要说什么话，却没有说出来，只说了一个"好"字。这就是我们弟兄最后一次见面。下一天我刚起床就得到从医院来的电话，值夜班的朋友说："三哥完了。"

我赶到医院，揭开面纱，看死者的面容。他是那么黄瘦，两颊深陷，眼睛紧闭，嘴微微张开，好像有什么话，来不及说出来。我轻轻地唤一声"三哥"，我没有流一滴眼泪，却觉得有许多根针在刺我的心。我为什么不让他把心里话全讲出来呢？

下午两点他的遗体在上海殡仪馆中入殓。晚上我一个人睡在霞飞坊五十九号的三层楼上，仿佛他仍然睡在旁边，拉着我要说尽心里的话。他说谈两个星期就可以谈完，我却劝他好好休息不要讲话。是我封了他的嘴，让他把一切带进了永恒。我抱怨自己怎么想不到他像一支残烛，烛油流尽烛光灭，我没有安排一个机会同他讲话，而他确实等待着这样的机会。因此他没有留下一个字的遗嘱，只是对朋友太太讲过要把"金钥匙"送给我。我知道"金钥匙"是他在燕京大学毕业时因为成绩优良而颁发给他的。他一生清贫，用他有限的收入养过"老家"，帮助过别人，这刻着

讲真话的书 (1982—1985)

　　他的名字的小小的"金钥匙"是他唯一珍贵的纪念品，再没有比它更可贵的了！它使我永远忘不了他那些年勤苦、清贫的生活，它使我今天还接触到那颗发热、发光的善良的心。

　　九天以后我们把他安葬在虹桥公墓，让他的遗体在一个比较安静的环境里得到安息。他生前曾在智仁勇女子中学兼课，五个女生在他墓前种了两株柏树。他翻译的《悬崖》和别的书出版了，我们用稿费为他两次修了墓，请钱君匋同志写了碑文。墓上用大理石刻了一本摊开的书，书中有字："别了，永远别了。我的心在这里找到了真正的家。"它们是我从他的译文中选出来的。我相信，他这个只想别人、不想自己的四十二岁的穷教师在这里总可以得到永久的安息了。第二次修墓时，我们在墓前添置了一个石头花瓶，每年清明和他的忌日我们一家人都要带来鲜花插在瓶内。有时我们发现瓶中已经插满鲜花，别人在我们之前来扫过墓，一连几年都是这样。有一次有人远远地看见一位年纪不大的妇女的背影，也不曾看清楚。后来花瓶给人偷走了。我打算第三次为他修墓，仍然用他自己的稿费，我总想把他的"真正的家"装饰得更美好些。但是已经没有时间了。不久发生了"文化大革命"，我靠了边，成了斗争的对象。严寒的冬天在"牛棚"里我听人说虹桥公墓给砸毁了，石头搬光，尸骨遍地。我一身冷汗，只希望这是谣言，当时我连打听消息的时间和权利都没有。

　　后来我终于离开了"牛棚"。我要去给三哥扫墓，才发现连虹桥公墓也不存在了。那么我到哪里去找他的"真正的家"？我到哪里去找这个从未伤害过任何人的好教师的遗骨呢？得不到回答，我将不停地追问自己。

八月十日写完

怀念一位教育家
——随想录一○三

有一天科学家匡达人同志对我谈起她的父亲，我说我打算写一篇怀念互生先生的文章。她等待着。一年过去了，我一个字也没有写出来。其实不是在一年以前，而是在五十年前，在一九三三年，我就想写这篇文章，那时我刚从广州回上海，匡互生先生已经逝世，我匆忙地在一篇散文（《南国的梦》）里加了这样的一段话：

> 对于这个我所敬爱的人的死，我不知道应该用什么话来表示我的悲痛。他的最后是很可怕的。他在医生的绝望的宣告下面，躺在医院里等死，竟然过了一个月以上的时间，许多人的眼泪都不能够挽救他。

《南国的梦》收在我一九三三年的游记《旅途随笔》里面，是我初到广州时写成的。这年春天我离开上海前曾经去医院探病，互生先生住在一家私人医院，我到了那间单人病房，连谈话的机会也没有，他似乎在昏睡，病已沉重，说是肠癌，动过手术，效果不好。和我同去的朋友在揩眼泪。我不敢多看他那张带着痛苦表情的瘦脸，我知道这是最后的一次了，我咬着嘴唇，轻轻地拉一下朋友的衣袖，我们走出了医院。在广州我得到了互生先生的噩耗。我什么表示也没有，只是空下来和一位广东朋友在一

讲真话的书 （1982—1985）

起，我们总要谈互生先生的事情。我和互生先生并不熟，我同他见面较晚也较少。可是我有不少朋友是他的学生或崇拜者，他们常常用敬爱的语气谈起"匡先生"的一些事情。我最初只知道他是五四运动中"火烧赵家楼"的英雄，后来才了解他是一位把毕生精力贡献给青年教育的好教师，一位有理想、有干劲、为国为民的教育家。他只活了四十二岁，是为了他和朋友们创办的立达学园献出自己生命的。我没有在立达学园待过，但我当时正住在那位广东朋友创办的"乡村师范"里，跟教师和同学们一起生活。学校设在小山脚下三座并排的旧祠堂内，像一个和睦的家庭，大家在一起学习，一起劳动，一起作息，用自己的手创造出四周美丽的环境，用年轻的歌声增添了快乐的气氛。我作为客人住了五天，始终忘记不了在这里见到的献身的精神、真诚的友情、坚定的信仰和乐观的态度。我和广东朋友谈起，说了几句赞美的话。他说："我是匡先生的学生。不过照他培养人、教育人的思想办事。"我说："要是他来看一看多好！"广东朋友叹息说："不可能了。不过他的思想会鼓励我们。"他含着眼泪加一句，"我们一定要把学校办好。"

我相信他的决心。我想到在上海医院里等待死亡的匡互生先生，忽然兴奋起来："只要思想活着，开花结果，生命就不会结束。"我却没有料到两年后，这个师范学校由于省教育当局的干涉停办了。

互生先生生活简朴。他的家我去过一次，是一个安徽朋友带我去的。房里陈设简单。学生们常来找他谈话。他对他们讲话，亲切、详细。我在旁边也感觉到这是一位好心的教师，又像是一位和蔼的长兄。

那两天我刚刚听到关于他对待小偷的故事，学校厨房捉到偷煤的贼，送到他那里，他对小偷谈了一阵，给了两块钱，放走了，劝"他"拿这笔钱去做小生意。又有一回学生宿舍捉住一个穿西装的贼，他让贼坐下来，同"他"长谈，了解"他"的生活情况，好好地开导"他"，后来还给"他"介绍工作。他常说："不要紧，他们会改好的。"我和几个朋友都不赞成他这种做法，但是我们佩服他的改造人们灵魂的决心和信心。他从不讲空话，总是以身作则开导别人。

立达学园不是他一个人创办的，可是他一个人守着岗位坚持到底。有一个时期他为学校经费到处奔走。我去过他的家不多久，那里就被日本侵略军的炮火毁掉了，学校也只剩了一个空架子。这是一九三二年"一·二八"战争中的事。停战后我有一次和他同去江湾看立达学园的旧址，屋顶没有了，在一间屋子里斜立着一颗未爆炸的二百五十磅的炸弹，在另一处我看见一只被狗吃剩了的人腿。我这次到江湾是来找寻侵略战争的遗迹；互生先生却是来准备落实重建学园的计划。

学校重建起来，可是互生先生的心血已经熬尽。学园七月恢复，互生先生年底就因患肠癌进医院动手术，他起初不肯就医，把病给耽误了。开刀后，效果也不好。他是这样的一个人，不愿在自己身上多花一文钱。我还记得在上海开明书店发行的《中学生》月刊（大概是一九三二年的吧）上读到一篇赞美互生先生的短评，说他为学校筹款奔走，一天早晨在马路上被车（人力车吧）撞倒，给送进医院诊治。医生要他每天喝点白兰地。他离开医院后，到咖啡店喝了一杯白兰地，花去八角。他说："我哪里有钱吃这样贵重的东西？钱是学校需要的。"他以后就不再去喝白兰地了。

手边没有《中学生》，我只记得短文的大意。但我忘不了他那为公忘私的精神。我把他当作照亮我前进道路的一盏灯。灯灭了，我感到损失，我感到悲痛。

还有一件事情。"一·二八"战争爆发后，我从南京回到上海，我的家在战区，只好在两位留日归来的朋友的住处借宿。后来我在环龙路一家公寓里租到一间屋子，那两位朋友也准备搬家。没有想到过两天那位姓黄的朋友忽然来说，姓伍的朋友让法租界巡捕房抓走了。我弄清楚了情况，原来伍到他友人林的住处去洗澡，刚巧法国巡捕因"共产党嫌疑"来逮捕林的朋友郑，结果把三个人都捉走了。朋友们到处打听，托人设法，毫无用处，我们拿不出钱行贿。有个朋友提起匡互生，我们就去找他。他一口答应，他认识国民党"元老"李石曾，马上找李写了一封保证无罪的信，

讲真话的书　(1982—1985)

李石曾在法租界工部局有影响。一天大清早有人来叩我的房门，原来是互生先生。他进了房，从公文包里掏出李的信，拿给我看，一面说："信里只有两个名字，对姓郑的不利。是不是把他的名字也写进去。那么我把信拿去找李改一下。"第二天一早他就把改了的信送来。不用说，被捕的人都给保释出来了。朋友伍今天还在北京工作，他一定没有忘记五十年前的这件事情。

八月二十二日

"保持自己的本来面目"

陈仲贤先生把他写的访问记的剪报寄给我，我读了两遍，想起了一些事情。"编译室"楼上的学习，北京某招待所楼下的长谈，我都还记得。我不把他看作一个记者，在我眼前他是一位朋友。读他的文章，我感到亲切。不过他同我接触不够多，有些事情可能不太清楚。我随便谈一两件，例如我和其他几位作家被"安排"到上海人民出版社去，只是为了实现四人帮"砸烂作家协会"的阴谋；另一方面又做给人们看：对我这个人他们也落实政策，让我有工作做。这是一九七五年八月的事，这之前我们在巨鹿路作家协会旧址学习。作协的名称已经取消，合并到"文化系统四连"里，当时常有小道消息说要把一批人送到出版社去，但我想也许会放我回家，因为我已年过七十，"文革"以前我并不在作协上班，也未拿过工资，我又无一技之长，只有一点虚名，"文革"期间连名字也搞臭了，正如造反派所说，我是一只"死老虎"，毫无用处。没有想到，一天上午我到巨鹿路学习，那位工宣队出身的四连党支部书记在门口看见我，叫我跟他到楼下东厅里去。两年前也是在这里，他向我宣布"市的领导"决定，将我的问题"作人民内部处理，不戴帽子"。这是"四人帮"的语言，说"不戴帽子"，就是戴一顶你自己看不见的帽子。没有文件，他只是翻开一个笔记本念出几句话。我没有抗议，也没有质问，当时我仍然听话，我想到"文革"前开了头的《处女地》的改译本，就说了一句："我可以自己做点翻译工作吧。"支部书记不曾回答，但是过两天他在学习会上向

137

讲真话的书　（1982—1985）

群众宣布关于我的决定时，就加了一句："做翻译工作。"我想："也好。"从此只要我有空便拿出《处女地》躲在楼上小屋里工作。全书译完了，支部书记也没有查问过一句。这次到东厅他坐下，仍然没有文件，连笔记本也不拿出来，只是口头宣布把我"分配"到人民出版社工作，叫我自己去报到。我仍然没有抗议，不过我要求单位写封介绍信说明我年老多病的情况。他写了一封短信给我。我第二天上午就去出版社组织处报到，又给派去"编译室"，"编译室"是出版翻译图书的，当时也由人民出版社管理，从作协分配出去的人大都留在文艺编辑室，我一个人却给派到"编译室"，这意味着把我赶出了文艺界。

　　拿着组织处的通知回到家里，我躺在藤椅上休息了一天，我在思考，我也回忆了过去几年间的事情。对"四人帮"及其招牌口号除了害怕外，我已毫不相信。过去那些年的自己的形象又回到我的眼前。我怎么会是那样的人？！我放弃了人的尊严和做人的权利，低头哈腰甘心受侮辱，把接连不断的抄家当作自己应得的惩罚。想通过苦行改造自己，也只是为了讨别人的欢心。……我越想越后悔，越想越瞧不起自己。我下了决心：不再把自己的命运完全交给别人。

　　第二天我去"编译室"报到。第一把手不在上海，接见我的是一位管业务的负责人。我便向他说明我身体虚弱不能工作，只参加学习，一个星期来两个半天。他起初想说服我参加工作，我坚持有病，他终于让步。我就这样进了"编译室"。和在"文化四连"一样，我每星期二、六上午去单位参加学习，坐在办公室的角落里听同志们"开无轨电车"，海阔天空，无所不谈。到了必须表态的时候我也会鼓起勇气讲几句话，或者照抄报上言论，或者骂骂自己。但在这里我发言的机会不多，不像在作协或者文化干校"牛棚"每次学习几乎每"人"都得开口，我拙于言辞，有时全场冷静，主持学习的人要我讲话，我讲了一段，就受到围攻，几个小时的学习便很容易地"混"过去了。换一个人开头发言也一样受围攻，只要容易"混"过学习时间，大家似乎都高兴。到了"编译室"，学习时间里气氛不太紧张，发言也比较随便，但是我已经明白这样耗费时间是多么可悲的事情。

我和陈仲贤先生就是在学习会上认识的，他到"编译室"比我迟几个月，他经常发言，容易引起人注意，当然也有违心之论，但我觉得他是个不甘心讲假话的忠厚人。即使是这样，我也不曾同他交谈，当时多认识一个人，可能多一些麻烦，说不定旁边有人打小报告，也有可能对方就会把你出卖了。多说一句话，也许会添一个罪名，增加别人揭发的材料。还有一些人小心谨慎，街上遇见熟人不是转身躲开，就是视若无睹。陈仲贤先生说我"寓悲愤于沉默。从未说'四人帮'一句好话"。其实我那时还是一个孤零零的"牛鬼"。别人害怕同我接触，我也怕见别人。几年的批斗使我习惯于"沉默"。起初我只有崇拜和迷信，后来对偶像逐渐幻灭，看够了"军代表""工宣队"和造反派的表演，我认识陈仲贤先生的时候，的确有悲愤。但甚至在那个时候，我也讲过"四人帮"的好话，不过不是当作真话讲的；至于"文革"初期由于个人崇拜，我更是心悦诚服地拜倒在"四人帮"的脚下，习惯于责骂自己、歌颂别人。即使这是当时普遍的现象，今天对人谈起"十年"的经历，我仍然无法掩盖自己的污点。花言巧语给谁也增添不了光彩。过去的事是改变不了的。良心的责备比什么都痛苦。想忘记却永远忘不了。只有把心上的伤疤露出来，我才有可能得到一点安慰。所以我应当承认，我提倡讲真话还是为了自己。最近接到友人萧乾寄赠的《培尔·金特》，这是他翻译的易卜生的名剧。这名著我几十年前翻读过，毫无印象。这次看了电视录像，又匆匆地翻读了译本，感受却大不相同。我不想在这里谈剧本，我只说，我喜欢剧中的一句台词："人——要保持自己的本来面目。"说真话，也就是"保持自己的本来面目"吧。

我和陈仲贤先生都离开了"编译室"，我说不清谁先谁后，只记得"砸烂"的作协分会复活，我也甩掉背上的包袱可以接受记者采访的时候，他先后来采访过几次，他又回到本行做记者了。我们谈得融洽，并无

讲真话的书 (1982—1985)

顾忌,不必掩饰自己的本来面目。他很健谈,但读他的报道又嫌他下笔谨慎。他多次表示要把三十年采访的经验写出来,我一再给他鼓励,我相信讲真话的书会受到读者的欢迎。

九月七日

谈版权
——随想录一○五

最近接到黎烈文夫人来信，谈起烈文对旧作的态度，信中有这样一段话："……少年时期所写的小说，原名《舟中》，后来有人偷印，改名《保姆》。当年靳以在永安买到了，使烈文脸红，他不愿意人知道有这一本东西……"国内有人想出版烈文的创作选集，所以雨田说："不应该再将它重印。"

我同意她的意见。二十年代初期我在成都读过《舟中》，觉得平平常常。三十年代我在上海认识烈文，有一个时期我们经常在一起，无话不谈，他从未提过《舟中》，我编印丛书，他也不曾将这类旧稿交给我重印。人对待自己的作品应当严格，当时我自愧不如他，我比较随便。但是在作家中我可以算作不幸的一个：我的作品的盗版本最多，有的"选集"里甚至收入了别人的文章。我不能保护自己的权利，制止盗版和不征求同意的编选，我便亲自动手编印选集，不让人在我的脸上随意涂抹。我要保持自己的本来面目。关于我自己，我有两点意见：一、我不是文学家，我当时不过拿文学作武器跟旧社会做斗争；二、我是一边写作一边学习，不断地修改自己的作品。我最初不好意思拿稿费，我是这样想：我说自己的话，不要别人付钱。所以我把第一本小说的版税送给了一个朋友。以后书写多了，领取稿费也就不在乎了，"是自己用劳动换来的嘛！"说到修改作品，拿《家》来说，自从一九三一和三二年小说在《时报》连载后，到

讲真话的书　(1982—1985)

一九八〇年我一共改了八次。今后大概不会再改了。关于修改作品,有人有不同的看法,可是我坚持作家有这个权利。我说过,作品不是学生的考卷,交出去以后就不能修改。作家总想花更多的功夫把作品写得更好些。拿我来说,就是把武器磨得更锋利些。倘使改得不好,读者不满意,可以写文章批评,但是谁也不能禁止作家修改自己的作品,规定以初版本为定本。

我敬佩烈文不提少作,我也不愿意别人把我发表第一本小说以前写的东西找出来重印。不管有没有出版法,我认为作家应当享有作品的"版权",既然他对自己的作品负有责任。没有得到作者同意就编选、翻印别人的作品,这是侵犯"版权"。对这类事情作家也可以进行抵制和抗议。

我也曾经说过,一部作品发表以后就是社会的东西,不再属于作家个人,因为作品发表以后就在读者中间产生作用。但这只是一个方面。另一方面,作品是作家劳动的成果,是根据作者的生活经验与思想感情写成的,只有作者最了解作品写成的甘苦,他不会因为某一位读者的批评而随意修改作品,但是他也应该知道自己对读者负有什么样的责任,世界上有千万部作品被人遗忘,让人抛弃。可见作品既不属于作者个人,它又属于作者个人。这种关系可以通过"版权"来说明。作者的"版权"必须得到保障,但"版权"并不是私有财产。

几十年来我一直在为自己作品的"版权"奋斗,我的书橱里至今还有一大堆随意拼凑、删改的盗版图书。作品的面目给歪曲了,我不能不心痛。一再提到"版权",我不是想到稿费,我已经下定决心:在所有的旧作上面,不再收取稿费。我要把它们转赠给新成立的中国现代文学馆。作品既然不属于作者个人,我也无权将"版权"视为私有财产给儿女亲属继承。

在《随想录》中谈文学馆,这是第三次了。我愿意把我最后的精力贡献给中国现代文学馆。它虽然成立不久,规模很小,但发展的前途非常广阔。这是表现中国人民美好心灵的丰富矿藏,大量开发的日子就会到来的。一九五五年我读过法国作家萨特的《对新中国的观感》,里面有类似这样的话：中国人跟你谈今天的工作，他心目中还有个明天，他好像看到了明天的情况。事隔二十八年，我很可能记错萨特的话，现在行动不便，查原文也有困难①。在这里我只想说，我已经看到了文学馆的明天。这明天，作者和读者人人有份。我的心灵仿佛一滴水，在这汪洋的大海中找到了归宿。有一天我会被读者忘记，我的作品将和一切选本、盗版书一起化为尘土。但是我们的文学事业一定要大发展，任何干扰都阻止不了繁花似锦局面的出现。

九月十五日

---

① 我终于找到了萨特的原文："我们时常非常感动地看到：许多工程师、工人、农民像未卜先知的人那样很自然地对我们描绘一个他们自己看不到而要等儿女们来代替他们看到的未来社会。"这是二十八年前写的文章，可惜萨特以后没有机会重访中国。

又到西湖
——随想录一〇六

摔断左腿之后，我以为三五年内不可能出门旅行。现在靠朋友们的帮助和儿女们的照料，我居然又来到西湖，住在去年住过的那所旅馆内，一切如旧，只是我身边多了一根木拐和一把轮椅。

木拐和轮椅有它们的用处。我几次拄着木拐在正门外大平台上散步；我坐在轮椅上游过三潭印月和西山公园。这说明我还不能自理生活。

这次我和孩子们同住一个大房间，因为我离不开他们。九岁的外孙女端端也同来陪我度过国庆节。寝室外有一座较大的阳台，在那里也可以看到西湖，仍然是苏堤、孤山，还有新建成的公园"曲院风荷"，园中一带水杉林，水面上一大片荷叶。正对面孤山脚下就是秋瑾墓，白色的烈士塑像耸立在绿树丛中。往左看，白堤远远地横在前面，保俶塔高高地立在左侧，眼界开阔多了。

阳台下香樟和桂树枝叶茂密，长得十分高大。这次我住在五楼，离它们更近了些，刚巧又是桂花开放的时节，站在栏前，满面花香，好久没有闻到这样浓郁的香气了。可惜连续下了四天的雨，阳台上积水难消，红砖地铺得不够平，从寝室打开门走出去，面前就是一个水函，我的病腿无法一步跨过去，只好"望洋兴叹"。幸而下雨的时候还不算太多，我在杭州小住的十五天中，雨天不过占三分之一。落雨我就不下楼，阴天我喜欢在楼下大厅的沙发上闲坐，默默地观察别人。我至今还保留着这个老习惯。

一九八三年

今年游客特别多，外宾和华侨一批接着一批，每天游车出发前和游罢归来后，大厅里显得十分拥挤，看来它快要不能适应新的形势了。前几天我游三潭印月，女婿推着我坐的轮椅走过曲折的小桥，我惊奇地发现四周有那么多的人，好像在闹市一样。人多了，风景的负担加重了，大家挤来推去，风景的魅力也就减少了。一九三〇年我第一次游西湖，在一个月夜，先到三潭印月，仿佛在做一个美丽的梦。一九六〇年春夏之际我常到三潭印月桥上碑亭中徘徊，欣赏康有为亲笔写的对联"如此园林，四洲游遍未曾见"。"文革"期间连康有为的对联也被砸烂了，现在换上别人的手迹用小字给刻了出来，我无法在亭内停留将联语重念一遍，只好把希望寄托在旅游淡季。

我没有去灵隐，听说到那里烧香的人太多。国庆节上午我侄女国烺带着小端端从灵隐寺后面爬上韬光，回来抱怨说丝袜给人们手里落下的香灰烧了个小窟窿。游人和风景、名胜之间需要做适当的安排，看来这样的时候已经到了。

但西湖的绿化工作做得不错，也不难应付发展得很快的形势。我看到越来越多的游人，也看到越来越美的山水。横遭冤屈的名胜古迹得到了昭雪，破坏了的景物逐渐在恢复，新建设的公园不断在增加。西湖的确是我们的大花园。

三十年代每年春天我和朋友们游西湖，住湖滨小旅馆，常常披着雨衣登山，过烟霞洞，上烟雨楼，站在窗前望湖上，烟雨迷茫，有一种说不出的美。烟霞洞旁有一块用世界语写的墓碑，清明时节我也去扫过墓，后来就找不到它了。这次我只到过烟霞洞下面的石屋洞，步履艰难，我再也无法登山。洞壁上不少的佛像全给敲掉了，不用说，这是"文化大革命"的成绩。

石像毁了，影子还在。为什么要砸烂呢？我想不通。

十月十九日

为《新文学大系》作序
——随想录一〇七

　　上海文艺出版社编印《中国新文学大系》（第二个十年），要我为小说选集作序。我认为给中国现代文学的发展作总结是一件好事，但我并不是适当的作序人。三十年代出版的《大系》（第一个十年）中有三卷小说选集，三位编选人（鲁迅、茅盾、郑伯奇）都写了"导言"，他们的导言给我们树立了榜样。新编的《大系》中，小说选集共有七卷，却只用一篇序文。我没有精力，也没有时间，重读当时的许多作品，对入选的作家做出符合实际的评价；也写不出那样精彩的导言，何况我又是一个病人。我一再推辞都得不到谅解，编者说："并不要求你写完整的序文，写一点感想也可以，长短都行。"好，我就写点感想吧。我被说服了，便答应下来。

　　"文革"期间我给戴上了精神的枷锁，什么也不敢想。近几年来，我想得较多，我走上文学道路正是在这第二个十年的开始。新文学一出现就抓住了我，我入了迷，首先做了一个忠实的读者，然后拿笔写作又成为作家。我的第一本小说在国外写成，我说过《忏悔录》的作者卢梭是教我讲真话的启蒙老师。其实我动身去法国的时候，脑子里就装满了新文学运动第一个十年的大量作品。我没有走上邪路，正是靠了以鲁迅先生的《狂人日记》为首的新文学作品的教育。它们使我懂得爱祖国、爱人民、爱生活、爱文学。

一九八三年

在新文学作品中我经常接触到中国人民美好的心灵。做一个什么样的中国人？作品解答了这个问题。作者和读者一同探索，一起前进，一代一代的青年在现实生活中成长，也在文学作品中找到自己的同志和弟兄。我和无数的青年一样，如饥似渴地从新文学作品中汲取养料，一篇接一篇，一本接一本，它们像一盏长明灯照亮了我的心，让我不断地看到理想的光辉。尽管我在生活中遇到困难，受到挫折，走过弯路，可是从新文学作品中我一直受到鼓励，得到安慰，我始终热爱生活，从未失去斗争的勇气。我们的新文学是散播火种的文学，我从它得到温暖，也把火传给别人。在几十年的文学生活中，我作为学生不曾离开老师们走过的道路。

我们的新文学是集体的事业。它有它的传统，正如鲁迅先生所说，作者们"每作一篇，都是'有所为'而发，是在用改革社会的器械"。新文学就是讲真话的文学，过去也有"说假话"的作家，但只是极少数，而且也如鲁迅先生所说，他们创造的"不过一个傀儡"，人物的"降生也就是死亡"。为人生的艺术，为社会改革的文学，我国新文学就是沿着这条道路发展、壮大的。对这几十年的成绩应该有人出来作一番总结了。

谦虚是东方人的美德。作家对自己也应当有严格的要求。"文革"期间我每星期写一篇"思想汇报"，骂自己一辈子"白吃干饭"，"放毒害人"。但是运动过去，我冷静地考虑问题，回顾自己由读者成为作家的道路，觉得并没有虚度一生，尽管我并无什么值得提说的成就，但是在集体事业中我也曾献出小块的砖瓦。我不止一次地说过。作为新中国的作家我感到自豪，指的就是这个集体的事业。我们的新文学是表现我国人民心灵美的丰富矿藏，是塑造青年灵魂的工厂，是培养革命战士的学校。我亲眼看见大批青年在抗战初期，不顾危险，不怕困难，奔赴革命圣地。一批人在血泊中倒了下去，另一批人接过旗帜站了出来，革命思想传播得那样快，新文学也有不小的功劳。

我和同代的青年一样，并不是生下来就相信：光明必然驱散黑暗，真理一定战胜谎言。我本来是一个头脑简单的孩子，又在私塾里读惯了宣扬

讲真话的书　(1982—1985)

孔孟之道的"四书""五经"。可是不少的文学作品让我在死气沉沉的旧社会中呼吸到新鲜空气，在潜移默化中改造了我的灵魂，使我敢于拿起笔攻击旧社会、旧制度。我自己冲出了封建大家庭。我的作品也鼓舞了不少同命运的读者奔向光明，奔向革命。我边写边学，在那十年中间我每天收到读者们从远近地区寄来的亲切、热情的信函，向我倾吐他们的理想、愿望、困难和痛苦，掏给我他们的真诚的心。这些信也是我的力量的源泉。后来由于种种的原因，我和读者们渐渐疏远，我接触文学作品的时间越来越少，更不用说"深入生活"，我的创作力也逐渐减弱，有一个时期几乎什么也写不出来。然而新文学的事业甩开了我一直大步前进。

　　以上是我的一点感想，作为序文也许不适当，但感想毕竟是感想，而且它还是我几十年阅读和写作的经验的总结。

　　有人问：你给小说选集作序，怎么不提"小说"二字？我答道：我说的"文学作品"，指的正是小说，我认为在新文学的各个部门中成绩最大的就是小说。

　　又有人问：你说的"新文学作品"是不是也包含着坏的作品？我答道：当然不把坏作品算在里面。我记得一个规律：好作品淘汰坏作品。坏的作品即使风行一时，也不会流传久远，很快就会被读者忘记。

十月二十二日住院前一天

我的"仓库"
——随想录一〇八

我第二次住院治疗，每天午睡不到一小时，就下床，坐在小沙发上，等候护士同志两点钟来量体温。我坐着，一动也不动，但并没有打瞌睡。我的脑子不肯休息，它在回忆我过去读过的一些书，一些作品，好像它想在我的记忆力完全衰退之前，保留下一点美好的东西。

我大概不曾记错吧，苏联作家爱伦堡在一篇演说中提到这样一件事情：卫国战争期间，列宁格勒长期被德军包围的时候，一个少女在日记中写着"某某夜，《安娜·卡列尼娜》"一类的句子。没有电，没有烛，整个城市实行灯火管制，她不可能读书，她是在黑暗里静静坐着回想书中的情节。托尔斯泰的小说帮助她度过了那些恐怖的黑夜。

我现在跟疾病做斗争，也从各种各样的作品得到鼓励。人们在人生道路上的探索、追求使我更加热爱生活。好的作品把我的思想引到高的境界，艺术的魅力使我精神振奋，书中人物的命运让我在现实生活中见到未来的闪光。人们相爱，人们欢乐，人们受苦，人们挣扎……平凡的人物，日常的生活，纯真的感情，高尚的情操激发了我的爱，我的同情。即使我把自己关在病房里，我的心也会跟着书中人周游世界、经历生活。即使在病中我没有精力阅读新的作品，过去精神上财富的积累也够我这有限余生的消耗。一直到死，人都需要光和热。人们常说"作家是人类灵魂的工程

讲真话的书 （1982—1985）

师"，我有深的体会，我的心灵就是文学作品塑造出来的。当然不是一部作品，而是许多部作品，许多部内容不同的作品，而且我也不是"全盘接受"，我只是"各取所需"。最近坐在小沙发上我回忆了狄更斯的小说《双城记》。

我最后一次读完《双城记》是一九二七年二月中旬在法国邮船"昂热"上，第二天一早邮船就要在马赛靠岸，我却拿着书丢不开，一直读到深夜。尽管对于一七八九年法国大革命，我和小说作者有不同的看法；尽管书中主要人物怀才不遇的卡尔顿是现实生活中所没有的，但是几十年来那个为了别人幸福自愿地献出生命从容走上断头台的英国人，一直在我的脑子里"徘徊"，我忘不了他，就像我忘不了一位知己朋友。他还是我的许多老师中的一位。他以身作则，教我懂得一个人怎样使自己的生命开花。在我遭遇厄运的时候他给了我支持下去的勇气。

我好久不写日记了。倘使在病房中写日记，我就会写下"某某日《双城记》"这样的句子。我这里没有书，当然不是阅读，我是在回忆。我的日记里可能还有"某某日《战争与和平》，某某日《水浒》"等等。安德烈公爵受了伤躺在战场上仰望高高的天空；林冲挑着葫芦踏雪回到草料场……许多人物的命运都加强了我那个坚定不移的信仰：生命的意义在于付出，在于贡献；不在于接受，不在于获取。这是许多人所想象不到的，这是许多人所不能理解的。"文革"期间要是"造反派"允许我写日记，允许我照自己的意思写日记，我的日记中一定写满书名。人们会奇怪：我的书房给贴上封条、加上锁，封闭了十年，我从哪里找到那些书阅读？他们忘记了人的脑子里有一个大仓库，里面储存着别人拿不走的东西。只有忠实的读者才懂得文学作品的力量和作用。

这力量，这作用，连作家自己也不一定清楚。

托尔斯泰的三大长篇被公认为十九世纪世界文学的高峰，但老人自己在晚年却彻底否定了它们。高尔基说得好："我不记得有过什么大艺术家

一九八三年

会像他这样相信艺术（这是人类最美丽的成就）是一种罪恶。"可是我知道从来没有人根据作家的意见把它们全部烧毁。连托尔斯泰本人，倘使他复活，他也不能从我的"仓库"里拿走他那些作品。

十一月二十日

关于《复活》
——随想录一一六

病中，有时我感到寂寞，无法排遣，只好求救于书本。可是捧着书总觉得十分沉重，勉强念了一页就疲乏不堪，一本《托尔斯泰：人、作家和改革者》念了大半年还不到一半。书是法国世界语者维克多·勒布朗写的。这是作者的回忆录。作者是托尔斯泰的信徒、朋友和秘书。一九〇〇年他第一次到雅斯纳雅·波良纳探望托尔斯泰的时候，才只十八岁，在这之前他已和老人通过信。在这里他见到那个比他年长四十岁的狂热的女信徒玛利雅·席米特，是老人带他到村子里去看她的。书中有这样一段话：

晚饭很快地吃完了，我们走进隔壁的小房间。不曾油漆的小桌非常干净，桌上竖着托尔斯泰的油画小肖像，看得出是高手画的。……靠墙放着一张小床，收拾得整整齐齐。

"你看，他们把《复活》弄成什么样子了！"她说，拿给我莫斯科的新版本，书中夹满了写了字的纸条。"审查删掉四百九十处，有几章完全给删除了。那是最重要的，道德最高的地方！"

我说："我们在《田地》上读到的《复活》就是这样！"
她说："不仅在《田地》上。最可怕的是在国外没有一个地方发表《复活》时不给删削。英国人删去所谓'骇人听闻'的地方；

法国人删去反对兵役的地方；德国人除了这一点外还删掉反对德皇的地方。除了契尔特科夫在伦敦出版的英文本和俄文本以外，就没有一个忠实的版本！"

我说："可惜我没有充足的时间。我倒想把那些删掉的地方全抄下来。"

她说："啊，我会寄给你。把你的通讯处留给我。我已经改好了十本。……以后我会陆续寄新的给你。"……

引文就在这里为止。短短的一段话引起了我的一些回忆，一些想法。一九三五年我在日本东京中华青年会楼上宿舍住了几个月，有时间读书，也喜欢读书。我读过几本列夫·托尔斯泰的传记，对老人写《复活》的经过情况很感兴趣，保留着深刻的印象。五十年过去了，有些事情在我的记忆中并未模糊，我把它们写下来。手边没有别的书，要是回忆错了，以后更正。托尔斯泰晚年笃信宗教，甚至把写小说看成罪恶，他认为写农民识字课本和宣传宗教的小册子比写小说更有意义。他创作《复活》是为了帮助高加索的托尔斯泰信徒"灵魂战士"移民到加拿大。过去在沙俄有不少的"托尔斯泰主义者"，"灵魂战士"（或译为"非灵派教徒"）是其中之一，他们因信仰托尔斯泰的主张不肯服兵役，受到政府迫害，后来经过国际舆论呼吁，他们得到许可移民加拿大，只是路费不够，难以成行。于是有人向托尔斯泰建议，书店老板也来接洽，要他写一部长篇小说用稿费支援他的信徒。老人过去有过写《复活》的打算，后来因为对艺术的看法有了改变，搁下了。这时为了帮助别人就答应下来。书店老板还建议在世界各大报刊上面同时连载小说的译文。事情谈妥，书店老板预付了稿费，"灵魂战士"顺利地动身去加拿大，托尔斯泰开始了小说的创作。据说老人每天去法院、监狱……访问、作调查。小说揭露了沙俄司法制度的腐败，聂赫留朵夫公爵的见闻都来自现实的生活。小说一八九九年三月起在《田地》上连载，接着陆续分册出版。

讲真话的书 （1982—1985）

《田地》是当时流行的一种有图片的周报，每月还赠送文学和通俗科学的附刊。《复活》发表前要送审查机关审查，正如席米特所说，删削的地方很多，连英、法、德等国发表的译文也不完全，只有契尔特科夫在伦敦印行的英、俄两种版本保持了原作的本来面目。但它们无法在帝俄境内公开发卖，人们只能设法偷偷带进俄国。

契尔特科夫也是托尔斯泰的一个热心的信徒（他原先是一个有钱的贵族军官），据说老人晚年很相信他，有些著作的出版权都交给了他。

维·勒布朗离开雅斯纳雅·波良纳后，拿着老人的介绍信，去匈牙利拜访杜先·玛科维次基医生。杜先大夫比勒布朗大二十岁，可是他们一见面就熟起来，成了好朋友。勒布朗在书中写道：

> 杜先一直到他移居托尔斯泰家中为止，多少年来从不间断地从匈牙利寄给我契尔特科夫在伦敦印售的《自由言论》出版物，包封得很严密，好像是信件，又像是照片。靠了他的帮助，靠了玛利雅·席米特的帮助，可恶的沙皇书报审查制度终于给打败了。

我不再翻译下去。我想引用一段《托尔斯泰评传》作者苏联贝奇科夫的话：

> 全书一百二十九章中最后未经删节歪曲而发表出来的总共不过二十五章。描写监狱教堂祈祷仪式和聂赫留朵夫探访托波罗夫情形的三章被整个删去。在其他章里删去了在思想方面最关重要的各节。小说整个第三部特别遭殃。第五章里删去了一切讲到聂赫留朵夫对革命者的态度的地方。第十八章里删去了克里尔左夫讲述政府对革命者的迫害情形的话。直到一九三三年在《托尔斯泰全集》（纪念版，第三十二卷）中，才第一次完整地发表了

一九八三年

《复活》的全文。（吴钧燮译）

　　以上的引文、回忆和叙述只想说明一件事情：像托尔斯泰那样大作家的作品，像《复活》那样的不朽名著，都曾经被审查官删削得不像样子。这在当时是寻常的事情，《复活》还受到各国审查制度的"围剿"。但是任何一位审查官也没有能够改变作品的本来面目。《复活》还是托尔斯泰的《复活》。今天在苏联，在全世界发行的《复活》，都是未经删削的完全本。

十一月二十日

我的名字
——随想录一一〇

我这里要讲的只是我的笔名，不是我父亲给我起的学名。我的学名或本名已经被笔名"打倒"和"取代"了，这是我当初完全没有料到的。几十年来有人问我"贵姓"，我总是回答"姓李"，而人们却一直叫我"老巴""巴公""巴老"。

一九二八年八月，我在法国沙多-吉里城拉·封丹中学食堂楼上宿舍里写完小说《灭亡》，用五个练习本誊好全稿，准备寄给在上海的朋友，请他代为印刷。在包扎投邮之前，我忽然想起，不能在书上印出我的本名，让人知道作者是谁。于是我在扉页上写了"巴金著"三个字。

这就是使用"巴金"这个笔名的开始。关于它我已经作过多次的解释，说明我当时的想法。我看用不着在这里多说了。其实多说也没有用处，不相信的人还是不相信，今天还有些外国人喜欢拿我这个笔名做文章。

我从来就不是一个形式主义者。我使用笔名，只是为了把真名（也就是把真人）隐藏起来，我不会在名字上花费精力、表现自己。其实在这之前（一九二二年）我也用过一个笔名发表小诗和散文，不过那个笔名（佩竿）容易暴露自己，而且过去发表的东西我也并不喜欢。在沙多-吉里养病的时候，我给美国旧金山华侨朋友出版的《平等》月刊写过好些杂感和短文，其中一部分就署名"佩竿"，但《灭亡》发表以后我便不再用这个笔名了。

小说《灭亡》在上海《小说月报》一九二九年一月号上发表，连载了四期。但"巴金"这个名字第一次的出现却是在一九二八年十月出版的《东方杂志》十九号上面。这要怪我暴露了自己。一九二八年我在沙多-吉里过了暑假后，到巴黎住了一个时期。有一天朋友胡愈之兄给我看一篇托洛茨基写的《托尔斯泰论》（法译文刊在巴比塞主编的《世界》上面）。为了纪念托尔斯泰的百岁诞辰，他要我翻译这篇文章给《东方杂志》发表。过几天我译好全文要给愈之送去，忽然想起那个新的笔名，不加考虑就写在译稿上面。这样《灭亡》刊出，愈之他们就知道作者是谁了。

《灭亡》连载后得到读者的鼓励，使我有机会陆续发表作品。我走上文学道路，是比较顺利的。我并没有到处碰壁的经验，我交出去的稿子，只有一部中篇被刊物编辑部退回，这部退稿经过我改写后也找到了出版的地方。本来只打算用一次两次的笔名，却被我接二连三地用了下去。编辑先生喜欢熟悉的名字，读者也习惯常见的笔名。"巴金"收到各地读者的来信，我用笔名结交了不少新的朋友。起初我还可以躲在自己的本名后面过平凡人的日子。后来本名给笔名淘汰了，即使别人承认我姓李，我也不会得到安静。我想不必计较吧，反正人活着，用什么名字都行。一直到一九三三年底小说《萌芽》被查禁，我的笔名在上海犯了忌讳，我才不得不改用新的笔名，先是"余一"，以后又是"王文慧"和"黄树辉"，还有"欧阳镜蓉"。然而不多久国民党上海市党部的图书杂志审查会就"被迫"撤销，"巴金"又不知从哪里钻了出来，不过活动范围也只限于书刊，因此认识"巴金"的人并不太多，即使我在公共场所出现，也不会让人认出。解放后前十七年中我参加社会活动较多，无法再躲在本名后面过清闲日子，连我自己也几乎忘记了还有一个本名。它的唯一的作用就是作为户口簿上的户主。这些年我写得不多，但认识我的人越来越多。通过笔名，人和作品给连在一起了。我到任何地方，总有人认出我是什么书的作

讲真话的书 （1982—1985）

者，有赞美，也有批评。我自己很感到拘束，仿佛四面八方都有眼睛在注视我的一举一动，用我书中的句子衡量我的言行。说实话，有个时期我真想改换我的名字，让大家都忘记我。

于是所谓"文革"的风暴来了。今天提到那些日子，我还不寒而栗。我也说不清自己是怎样熬过来的。一九六六年八月上旬我在上海送走了出席亚非作家北京紧急会议的外宾，回到机关学习，就有一种由"堂上客"变"阶下囚"的感觉，而且看到了批判我的大字报。前有大海，后有追兵，头上还有一把摇摇欲坠的利剑，我只想活命，又不知出路在哪里。这个时候我收到一封读者来信，说我的笔名要不得，是四旧，是崇洋媚外，应当"砸烂"。我胆战心惊，立刻回信，表示同意，说今后绝不再用。我已完全丧失"独立思考"的能力，脑子里只有"罪孽深重"四个大字。也许我头脑单纯，把名字的作用看得那么重大，也许我在"打如意算盘"，还以为脱掉作家的外衣便可以"重新做人"。都没有用！我的黑名字正是"文革派"、造反派需要的箭垛和枪靶，他们不肯把它一笔勾掉，反而到处为它宣传，散发我的言行录，张贴打倒我的大标语；在马路旁竖立我的大批判专栏；在工厂和学校召开我的"游斗"会；在杀气腾腾的批斗会上人们要"砸烂"巴金的"狗头"；我自己也跟着举手高呼口号"打倒巴金！"

月复一月，年复一年，我不断地写检查，写"思想汇报"，重复说着同样的话。我灰了心，断了念。"让它去吧。"

十年过去，我还是"巴金"，改不了名字，也搁不了笔。看来我用不着为这个多花费脑筋了。今天我在医院里迎接了我的第八十个年头，来日无多，我应当加倍珍惜。多写一个字就多留下一个字。是"牛"是人，姓巴姓李，让后人去议论吧。

十一月二十九日

怀念均正兄
——随想录一〇九

过去朋友们常常称赞我"记性好"。现在像梦中一样,不少两三年前发生的事情在我的脑子里都只剩下一片白雾。说起来令人不相信,老友顾均正兄逝世的时候,我接到从北京寄来的讣告,读到他的儿子小铨的来信,十分难过,想起许多事情,我说要把它们写下来,这也是我的一部分的生活记录,可是我不曾写,一拖就是几年,今天拿起笔想写一点对亡友的怀念,却连他去世的年月也记不清楚了。

那么我从哪里写起呢?四十年代我在上海和均正兄住在同一个弄堂(霞飞坊,即现在的淮海坊)里。解放后,五十年代初他全家搬到北京,我仍留在上海。我去北京开会,每次总要到西堂子胡同去看他们夫妇,照例受到他们亲切、热情的接待。这几乎成了惯例,要是一次不去,我就像丢失了什么似的。我出国访问,经常把在北京穿的、用的衣物存放在他们家里,从国外回来,在旅馆住下后就去西堂子胡同取箱子。一九五二年十月我从朝鲜回来,萧珊带着女儿住在顾家等我,我们做了他们家的客人,一个星期中我常常听见女儿说:"顾家阿姨真好!"一九六五年十月我从越南回来,萧珊给我送衣服到北京。我们同去西堂子胡同,均正兄和国华嫂用丰盛的午餐款待我们,我们告辞的时候,国华嫂拉住萧珊连声感谢。萧珊笑着说:"你们这样感谢,我们一定要再来打扰你们。"他们的感谢并不是客套话,只是出于他们的谦虚和好客。萧珊并没有想到这是她最后

讲真话的书　(1982—1985)

一次到北京，而且也是最后一次同均正夫妇见面了。

第二年六月初我再去北京出席亚非作家紧急会议，"文革"已经开始，我们中国代表团的一位同志把我从机场送到招待所，分别的时候，低声对我说："你不要随便出去找朋友，哪些人有问题，还弄不清楚。"我大吃一惊。前两三个月我接到均正兄来信说他们搬了家，并告诉我他们在幸福村的新地址。信我带来了，我相信像均正兄这样一个忠厚、善良的知识分子不会有问题，可是会议紧张，我也不便"出去找朋友"。到七月十日上午，会议已告一个段落，我去人民大会堂参加中国人民支援越南人民抗美斗争大会。在休息室里我意外地遇见均正兄，还有老舍同志，大家都很高兴，会前坐在一起闲谈，有一种劫后重见的感觉。大会结束，我们走下主席台，握手告别，均正兄带着他那和善的笑容邀我到他们的新居"小叙"。我请他代我向国华嫂问好，我说我还要陪外宾一起活动，没有时间去幸福村了。他说："那么下次一定来。"我说："一定来。"

没有想到一别就是十二年。我第一次到幸福村的时候萧珊的笑声仿佛还在耳边，但陪伴我上楼的只能是女儿小林了。

"文革"期间遗留下的后遗症终于发了出来。我一病就是两年，没有再去过北京。一九八二年我起初行动不便，写字困难，后来生疮，再后跌断左腿住进医院，半年后瘸着腿回到家中。最近我又因"帕金森氏症"第二次住院治疗。这一层楼病人不多，病房里十分清静，我常常坐在沙发上休息，回想过去的事情，想来想去，也想不起我是怎样认识顾均正兄的。那么一定是由于索非的介绍吧，他在开明书店担任编辑工作，是索非的同事。起初我同他交谈不多，我不善于讲话，他也一样。我只知道他工作努力；又知道他儿女较多，家庭负担较重。他翻译过西方的童话，写过普及科学知识的著作，白天上班，晚上写作，十分勤恳。朋友们谈起来，总是赞他正直、善良。在狄思威路（溧阳路）麦加里，他和索非住在一条弄堂内，我在索非家住了一个时期，见面机会多，我们就熟起来了。这是三十年代中的事情。以后我和他们家又同住在霞飞坊里。起初我单身住在索非家，进出弄堂，都要经过他们家后门口，孩子们看见我总要亲热地招呼；后来我去香港和内地，又回到成为"孤岛"的上海，他们一家仍然平静地过着艰苦的生活。他和索非，还同另一个朋友一起创办了一份小刊物《科学趣味》，他发表了不少科学小品和科学幻想小说，不论长短文章，写作态度都严肃认真。日本投降后我和萧珊带着不到一岁的小林回来，索非已经离开上海，我和均正兄一家往来更加密切。我有事找开明书店交涉，就托他带口信。我们经常见面，但很少长谈。他忙，那时又在给开明书店编写教科书，因家中人多，挤在一起，不方便，只好早睡。等到夜深人静便起来写作。他有什么办法呢？一家人都靠他的笔生活。他从来不发牢骚，只知道默默工作，埋头编写。我去找他，总是看见他那淡淡的笑容。我认为他勤劳半生不应当生活得这样艰苦，我为他感到不平。他却带笑说："以后会好起来的。"

他相信未来，是有根据的。其实我的生活也并不好，不过我一家三口人，支出少一些。我一向靠稿费生活，当时蒋介石政权的法币不断贬值，每天在打折扣，市场上可买的东西很少，钞票存起来，不论存在银行或者存在家里，不到几天就变得一文不值。起初我和萧珊眼睁睁看着钞票化成乌有，后来也学会到林森路（淮海路）去买卖"大头"，把钞票换成银圆，要购买东西时再把银圆换成钞票。我上街总要注意烟纸店门口挂的银圆（"大头"）牌价。在那些日子要活下去的确不是容易的事。均正夫妇关心我们一家的生活，国华嫂在家务上经常给萧珊出点主意帮点忙。不久解放大军渡过长江，南京解放，上海形势更紧张，稿费的来源断绝，我没有收入，又没有储蓄，不知道怎样度日。我和萧珊正在为这个发愁，均正夫妇来了，告诉我们，开明书店发给他们"应变费"十天一次十块银圆，他打算代我向书店交涉"借支版税"。我当然同意。第二天他就给我送来大洋十元，说是借支办法和他们一样。我感谢他，我的困难给解决了。我大概借支了两次"版税"。上海就解放了，我们都有活路了。

他仍然在开明书店工作，我却经常离开上海出席各种会议。第二年他

讲真话的书 (1982—1985)

跟着书店迁往北京，就一直住在首都，生活的确好起来了。后来开明并入新成立的中国青年出版社，他也到青年出版社工作。他参加了民主党派，社会活动也增多了。我每年总要到他家去两三次，见面时无所不谈，却又谈不出什么，只是互相表示关心而已。

我想起一件事：一九五四年上半年他从北京来信，打算把我的童话集《长生塔》介绍给一家出版社。我把底本寄去了。过了一段时间，底本给退了回来，均正来信说他读了稿子不大理解，拿给小儿子读，小儿子也说不懂。我自己重读了一遍，却觉得童话并不像西方现代派作品那样难懂。我猜想，这是他自告奋勇向出版社推荐我的童话，出版社拒绝接受，他碰了钉子就把责任放在自己肩上。我了解他，以后再见他时也从未提过《长生塔》的事情。

萧珊没有到过幸福村，也不曾见到"文化大革命"的收场，她过早地离开了人间。小林比我先去幸福村。一九六六年下半年我回到上海、在作协分会"靠边"受审查的时候，小林和同学们串联到北京，她去过均正夫妇家。国华嫂告诉小林，作协分会的造反派某某人去北京"外调"到过顾家，要了解我的"反社会主义言行"。国华嫂气愤地说："不用怕，他没有反社会主义的言行。"造反派气冲冲地走了，"什么好处也没有捞到。"她不知道所谓"外调"不过是花国家的钱作长途"旅游"，你没有"言行"，造反派可以替你编造言行。反正以"莫须有"的罪名定罪杀人古已有之。我的罪状越来越多，罪名越来越大。不久我进了"牛棚"，与世隔绝，小林和萧珊都因为我的缘故受到了批判和歧视。均正兄一家的音信断绝了。我担心他们也会遭到厄运。但在失去做人资格的当时，我一直过着低头弯腰、朝不保夕的生活，哪里敢打听朋友们的情况。萧珊患了不治之病，得不到适当的治疗，躺在床上挨日子，想念过去的岁月，怀念旧时的友人，最后入院前忽然得到北京沈从文寄给我的一封长信，她含着眼泪拿着信纸翻来覆去地看，小声地自言自语："还有人记得我们啊。"我多么感谢这位三十年代的老友！他从一位在我们干校的亲戚那里打听到我仍然住在原处，便写了信来。几个月后，均正兄的一个孩子出差到上海，找到我们家，给我带来不少我们很想知道的朋友们的消息。他们一家除了他一个姐姐遭到不幸外，都平安无事。可惜萧珊见不到他了。

这以后顾家的孩子们出差到上海，总要来我家看看。见到他们我仿佛又看见均正兄的和善的笑容，受到国华嫂热情的接待。

"四人帮"垮台以后，一九七八年我去北京出席全国人大会议。会后我留下来看朋友，小林也到了北京。我离开十二年，对北京的大街小巷和交通车辆，都感到陌生，住在旅馆里，出门搭车全靠小林带路，几次去幸福村，都是小林陪同去的。第一次去，均正兄不在家，国华嫂说他在参加民主促进会的会议，不回家吃中饭，便叫小铨打电话通知他。

不久他高兴地回来了。久别后重逢，大家都感到格外亲热，似乎想说的话很多，却不知从哪里说起，只谈了一点彼此的情况。他们夫妇的变化好像不大，"文革"期间可能比我少吃些苦头，值得庆幸。但交谈起来我们都小心避免碰到彼此的伤痕，他们失去一个女儿，我失去了萧珊。我们平静地相对微笑，关心地互相问好，在幸福村的小屋里，坐在他们的身旁，我感到安稳和舒适。我第一次体会到"淡如水"的交情的意义。我就这样坐了两三个钟点，还在他们家吃了中饭，下午小林要陪我去看别的朋友，我不想离开他们，但也只好告辞走了。

第二年我出国访问，从北京动身。在上海的时候我听说均正兄患病，据说是"骨刺"，又说是"癌"，小林陪我到北京医院探望。在一个设备简单的底层单人病房里，均正兄侧着身子躺在床上呻吟，国华嫂在旁边照料。我走到床前招呼他。他对我微笑，我却只看到痛苦的表情。我没有办法减轻他的痛苦，也找不到适当的安慰的话，我默默地望着那张熟悉的脸，坐了不到半个小时就退出了病房。

我生活忙乱，杂事多，脑子里装满了文字、声音、形象……它们互相排挤，一刻也静不下来。每天从清晨起我就感到疲劳，同客人交谈，不得不时时用力睁开眼睛。我没有足够的精力应付各种意外的干扰，也无法制

讲真话的书　(1982—1985)

止体力和记忆力的衰退。我并没有忘记均正兄，但是他的和善的面容和痛苦的微笑常常被闯进脑子里来的生客们一笔勾销。他病中我一共探望过三次，除了在医院那一次外，还有两次都是在幸福村他的家中。第二次去，我看见他坐在藤椅上，不像一个病人，我们谈话不多，但是我不曾见到他的痛苦的表情，我感到心上轻松。第三次看见他，他又侧着身子躺在床上，显然病情恶化了。这一次我什么话也讲不出来，我也不想把他忍受痛苦的印象长留在脑中。我待的时间不长。但也没有想到这就是我们的最后的一面。

然后便是北京来的讣告和小铨的信，告诉我一位勤勤恳恳埋头工作了一生的知识分子的死亡。我再也看不到他那和善的笑容了。即使是最后的痛苦的微笑，我也见不到了。他是那么善良。我从未听见他讲别人的坏话，他也并不抱怨生活。我看见他在病床上忍受巨大的痛苦，却还是那么安静。他默默地死去，不会有什么遗憾吧，他没有浪费过他的时间，他做到了有一分热放一分热，有一分光发一分光。他是一个不自私的人。

我没有去北京参加他的追悼会、向他的遗体告别，作为一个老朋友，觉得有负于他。我尊敬他，但是我学习不了他。像他那样默默地忍受痛苦，我做不到。我最近一次去幸福村是在两年以前，一九八一年十月我三访巴黎归来，仍然由小林陪同，到了顾家，家中冷冷清清，只有国华嫂一人，小铨前一天出差去天津。国华嫂高高兴兴拿这拿那，热情不减当年。家中很安静，很有秩序，国华嫂精神好，讲话多，坐在她的小房间里我仍然像从前那样感到不变的淡如水的友情的温暖，好像均正兄还在出版社办公或者出席什么会议，他并没有离开我们。

十二月十三日

病 中（四）
——随想录一一三

五月中旬我回到家里，已经在医院住了半年零几天了。瘸着腿到了家中，我才发觉伤腿短了三公分。

在医院里几乎所有的人（其中包括来探望的亲友）对我说："你已经恢复得很快了。现在要靠锻炼。"回到家里我也对所有的来客说："我要靠锻炼。"但我并没有方案，并没有计划；这个人说，该这样动好，我就这样动动；那个人说，该那样动好，我就那样动动。精力不够，在楼下太阳间里来回走三四趟，就疲乏不堪。有时让别人扶着下了台阶绕着前后院走了一圈，勉强可以对付，再走一圈就不行了。这里所谓走是指撑着木拐移动脚步，家里的人不让我独自走下台阶，我也不敢冒险。

我睡在二楼，吃饭、活动、看电视都在楼下。上下楼梯也是一种锻炼，有栏杆可扶，不必撑木拐。起初一上一下很费力，上下多了又担心摔倒。每天上下楼各两次，早晨起来下楼，吃过中饭上楼，午睡后下楼，晚上八九点钟再上楼。在楼下活动的时间可以说是很多。

刚回家的时候我还重视锻炼，晚上早早上楼，在铺毯子的房间里做各种活动，又在放了木板的大床上翻来滚去，弄得满身大汗，觉得有一些进步，自己也相当满意。但是过了十多天又听人说，锻炼要"适可而止"，不能过于劳累。自己正感到有点吃不消，就放松了锻炼。感冒以后，精神不振，有个短时期我甚至放弃了锻炼。但也不能说是完全放弃，我不能不

讲真话的书 *(1982—1985)*

经常走动。只要坐上一个小时，我就会感到跌伤的左腿酸痛，坐上两三个小时心里便烦躁不安，仿佛坐在针毡上面。幸而我没有停止走动和散步，否则我今天即使拄着手杖也不会走路了。

除了这些"锻炼"，我还求助于一位伤科大夫，他每周来两次，给我推拿、治病。他还替我出主意，提建议，服什么药，打什么针。正是听从他的意见，我才第二次去看神经科门诊，最后又作为"帕金森氏症"的病人住院治疗。我还听他的劝告到医院打过多种氨基酸的针药，打了两个疗程，效果很好，我应当感谢他。关于《病中》的三篇"随想"就是在这个时期写成的。

我重新拿起笔续写《随想录》大约在回家后的一个半月。我整天在楼下活动，大半在太阳间里。这里原先是走廊，我摔伤后住院期间给装上玻璃门窗，成了太阳间。坐坐，走走，会见探病的亲友，看看报纸，这就是我的日程。我通常坐的是藤椅，没有扶手我就起不来。太阳间里光线好，靠窗放得有一架缝纫机，我常常想，不要桌子，在这里写字也行。后来身体好了些，我觉得手也得动一动，写字也是一种锻炼，便在楼上拣出一叠稿纸，端一个长方小木凳放在铺了台布的缝纫机前，坐下来开始写作。起初圆珠笔或自来水笔真像有千斤的重量，写一个字也很吃力，每天只能勉强写上一百字光景，后来打了多种氨基酸，疗程还未结束，精神特别好，一坐下来往往可以写两三个小时。本来我试图一笔一画地一天写百把字来克服手指的颤抖，作为一种锻炼，自己心安理得，不想有一位老友看了我的字迹很难过，认为比我那小外孙女写的字还差。他几次劝我改用录音器或者找人代笔，他忘了我是一个病人，我也无法使他了解我的心情。我只好照我自己的想法做下去。这样回家后的第一篇文章居然写成了。就是《愿化泥土》。为什么先写它？因为我在摔伤前开了头，写了这篇"随想"的前三段。八个月后我接着以前中断的地方续写下去，并不困难。我顺着一条思路走，我的感情是一致的。在病中我想得最多的也还是对家乡、对祖国、对人民的感情。这些感情几十年来究竟有多大的变化，我很想弄个明白。人老了,病久了,容易想到死亡。我回家的时候刚刚拔光了剩余的几颗下牙,只能吃流质,食欲不振,体力差。锻炼成绩不好,这也可能是一个原因。想到死亡,我并不害怕,我只是满怀着留恋的感情。每个人的生命都有尽头,我需要知道的是我可以工作、可以活动的时间究竟还有多少。我好为我那些感情作适当的安排。让后人来判断我唠唠叨叨,反反复复,是不是在讲真话。单单表示心愿是不够的,只有讲了真话,我的骨灰才会化作泥土,留在前进者的温暖的脚印里,温暖,因为那里有火种。

在想到死亡的那些日子里我受尽了噩梦的折磨,我要另写"随想"谈我的噩梦。有时我同儿女们谈起当时的情况,还不寒而栗。我怎样熬过了那些可怕的夜晚,自己也说不清楚。不管怎样,我总算熬过来了。我的健康在逐渐恢复,虽然很慢,我的身体终于好起来了。

十二月二十日

一九八四年

我的日记
——随想录——一

　　最近我在《花城》杂志上读到杨沫的日记《风雨十年家国事》，单是开头的一段——一九六六年八月二十三日的日记，就使我浑身战栗，作者好像用榔头把一个字一个字打进我的灵魂。短短的一两页篇幅的文字记录了著名作家老舍、萧军、骆宾基……被斗、挨打的真实情况，这批斗，这痛打，导致了老舍同志的死亡。杨沫同志坦率地说："这八月二十三日的一日一夜……也将与我的生命共存亡。"我理解她的心情。我们许多人都有自己的"八月二十三日"，都有一生也忘不了的血淋淋的惨痛经验，不少人受屈含冤痛苦死去，不少人身心伤残饮恨终生，更多的人怀着余悸活到现在。把当时的情况记录在日记里保存下来、发表出来的，杨沫同志似乎是第一个。作者的勇气使我钦佩。这是一个很不寻常的开头。对这个开头别人可能有不同的看法。有人认为家丑不可外扬，伤疤不必揭露；有人说是过去已经过去，何必揪住不放。但是在不少人身上伤口今天仍在流血。十年"文革"并不是一场噩梦，我床前五斗橱上萧珊的骨灰还在低声哀泣。我怎么能忘记那些人兽不分的日子？我被罚做牛做马，自己也甘心长住"牛棚"。那些造反派、"文革派"如狼似虎，兽性发作起来凶残还胜过虎狼。连十几岁的青年男女也以折磨人为乐，任意残害人命，我看得太多了。我经常思考，我经常探索：人怎样会变成了兽？对于自己怎样成为牛马，我有了一些体会。至于"文革派"如何化作虎狼，我至今还想不

讲真话的书　(1982—1985)

通。然而问题是必须搞清楚的，否则万一将来有人发出号召，进行鼓动，于是一夜之间又会出现满街"虎狼"，一纸"勒令"就使我们丧失一切。我不怪自己"心有余悸"，我唠唠叨叨，无非想看清人兽转化的道路，免得第二次把自己关进"牛棚"。只有牢牢记住自己的"八月二十三日"，才有可能不再出现更多的"八月二十三日"。为了保护自己，为了保卫后代，我看杨沫同志这个头开得好。

　　称赞了别人以后我回顾自己，我什么也没有留下来。一九六六年九月我的家被抄，四年中的日记让作家协会分会的造反派拿去。以后我停笔大半年，第二年七月又开始写日记，那时我在作协分会的"牛棚"里学习，大部分时间都给叫出去劳动。劳动的项目不过是在花园里掏阴沟、拔野草，在厨房里拣菜、洗碗、揩桌子。当时还写过《劳动日记》，给"监督组"拿去挂在走廊上，过两天就不见了，再写、再挂，再给人拿走，三四次以后就没有再写了。《劳动日记》中除了记录每天劳动的项目外，还有简单的自我批评和思想汇报。写的时候总说是"真心悔改"，现在深刻地分析也不过是用假话骗人争取"坦白从宽"。接着我又在一本练习簿上写日记，并不每天交出去审查，但下笔时总觉得"文革派"就坐在对面，便主动地写些认罪的话讨好他们。当然我在短短的日记里也记录了当天发生的大事，我想几年以后自己重读它们也可以知道改造的道路是何等艰难曲折。总之我当时是用悲观的眼光看待自己，我并没有杨沫同志的那种想法，更谈不到什么勇气。但即便是我写的那样的日记也不能继续下去。到这年八月底几个参加我的专案组的复旦大学学生勒令我搬到作协分会三楼走廊上过夜，在那里睡了两个星期，他们又把我揪到江湾复旦大学批斗，让我在学生宿舍里住了将近一个月，然后释放回家。我的日记却不知给扔到哪里去了。

　　一九六八年我向萧珊要了一本"学习手册"，又开始写起日记来。我的用意不再是争取"坦白从宽"，我已经看透造反派的心（他们要整你，你大拍马屁也没有用处）。我只是想记录下亲身经历的一些事情，不过为了保护自己,我继续"歌功颂德"。我每天在"牛棚"里写一段,尽管日记中并无违禁的字句,我不敢把日记带回家中,在那段时间只要是自称"造反派"的男女老少,都可以闯进我的家,拿走我的信件、手稿和别的东西。我以为把日记放在"牛棚"内,锁在抽屉里面比较安全。没有想到不到两个月,造反派、监督组忽然采取"革命行动"搜查"牛棚",勒令打开抽屉,把"学习手册"中的日记和"检查交代""思想汇报"的底稿等全抄走了。从此我就没有再写日记。我不斗争,不反抗。我把一切全咽在肚里,把我的"八月二十三日"也咽在肚里。我感到深深的内疚。

一月二日

我的噩梦
——随想录——四

十年"文革"中我白白地浪费了那么多宝贵的时间,却得到一身的后遗症。这两天天刚亮在病房中陪伴我的女婿就对我说:"你半夜又在大叫。"他讲过三次,这就是说三天我都在做噩梦。

我一生做过太多的梦。但是噩梦做得最多的时期是"文革"期间。现在还应当加一句:和"文革"以后。这样说,并非我揪住"文革"不放,正相反,是"文革"揪住我不放。

在以前的"随想"中我讲过,我怎样在梦中跟鬼怪战斗,滚下床来。后来我又讲我怎样将牵引架当作堂吉诃德的风车。在梦中我还受到魔怪的围攻,无可奈何地高声呼救。更可怕的是,去年五月我第一次出院回家后患感冒发烧,半夜醒在床上,眼睛看见的却是房间以外的梦景。为了照顾我特意睡在二楼太阳间的女儿和女婿听见我的叫声,吃惊地来到床前,问我需要什么。我愣愣地望着他们,吞吞吐吐半天讲不清楚一句话。我似清醒,又似糊涂。我认得他们,但又觉得我和他们之间好像隔了一个世界。四周有不少栅栏,我接近不了他们。我害怕他们走开,害怕灯光又灭,害怕在黑暗中又听见虎啸狼嗥。我挣扎,我终于发出了声音,我说"小便",或者说"翻身",其实我想说的是"救命"。但是我发出了清晰的声音,周围刀剑似的栅栏马上消失了。我疲倦地闭上了眼睛,孩子们又关上灯放心地让我休息。

一九八四年

　　第二天午夜我又在床上大叫，梦见红卫兵翻过墙，打碎玻璃，开门进屋，拿皮带打人。一连几天我做着各种各样的噩梦，以前发生过的事情又在梦中重现；一些人的悲惨遭遇集中在我一个人身上。……幸而药物有灵，烧退得快，我每天又能够断续地安静地睡三四小时，连自己也渐渐地感觉到恢复健康大有希望了。

　　然而跟噩梦做斗争我只有失败的经验。不说做梦，单单听到某些声音，我今天还会打哆嗦。有一个时期，大约四五年吧，为了批斗我先后成立了各种专案组、"批巴组"、"打巴组"，成员常常调来换去，其中一段时间里那三四个专案人员使我一见面就"感觉到生理上的厌恶"。我向萧珊诉过苦，他们在我面前故意做出"兽"的表情。我总觉得他们有一天会把我吞掉。我果然梦见他们长出一身毛，张开大嘴吃人。我的噩梦并不是从这里开始，然而从这个时候起它就不断地来，而且越来越凶相毕露。我在梦中受罪，醒来也很感痛苦。我常常想：我已经缴械投降，"认罪服罪"，你们何必杀气腾腾，"虐待俘虏"。有时为了活命我很想去哀求他们开恩，不要扭歪脸，不要像虎狼那样嚎叫。可是我站在他们面前，听见一声叫骂，立刻天旋地转，几乎倒在地上。他们好像猛虎恶狼扑在我的身上用锋利的牙齿啃我的头颅。不是钢铁铸成的头颅怎么经得起这样地啃来啃去？我的伤痕就是从这里来的，我的病就是从这里来的。我挣扎，并未得到胜利，我活下来，却留下一身的病。

　　人为什么变为兽？人怎样变为兽？我探索，我还不曾搞清楚。但是腿伤尚未治好，我又因神经系统的病住进医院了。

一月九日

"深刻的教育"
——随想录一一五

病中,读书不方便,只好胡思乱想。想得较多的还是跟作家和作品有关的事。这些事以前也想过,思考的结果便是几则"随想"。

我说过:只有作家知道自己创作的甘苦。多少年来我一直用作品换取稿费养活自己。十年"文革"期间我因为自己的十四卷《文集》受到种种惩罚,给逼着写了检讨文章承认自己"用软刀子杀人"。这一切似乎说明作品属于作家个人:版权所有,文责自负。

我记得很清楚:批斗会上我低头认罪,承认"激流三部曲"是为地主阶级"树碑立传"的"毒草",会后回到"牛棚"我还得写"认罪书"或"思想汇报"。写造反派要的大路货并不难,可是写完后交了出去,我却怀疑起来:难道作品真是作家个人的私产,可以由他①信口胡说?难道读者不是"各取所需",谁又能否定他们②的聪明才智?

我写过不少的"认罪书",承认挨斗一次,就"受到一次深刻的教育"。我究竟想说些什么?今天"深刻地"分析起来,也无非想把自己表现得无耻可笑,争取早日过关而已。那个时候我早已不是作家,除了辱骂自己,什么也写不出,不仅只讲假话,而且真假不分,习以为常。在批斗

---

① 他,指作家。
② 他们,指读者。

一九八四年

会上看够了造反派的表演，听够了他们的歪理，给逼得无路可走，丑态百出，会后交出"认罪书"得到短时间的安静，反而感到轻松，以为又过了一关。只有午夜梦回，想起那些事情，不甘心，左思右想，对批判者的那些"永远正确"的歪理也有了不同的看法，甚至有了反感。给批来批去，批得多了，我也学会了一面用假话骗人、一面用"独立思考"考虑任何问题。

十四卷"邪书"绝不是我的私产，发表了的作品都归社会所有。或好或坏，不能由作家自己说了算，也不能由别的几个人说了算，是"毒草"是鲜花，要看它们在广大读者中间产生什么作用。批斗会解决不了问题。我越受批判，越是看得清楚：我那些作品并不属于我自己，我不能拿它们跟造反派做"交易"。这就是我所说的"深刻的教育"。我终于恍然大悟了。

我想起了一九二四年去世的奥地利作家弗·卡夫卡。小说《审判》和《城堡》的作者四十一岁患肺病死去，留下一堆未发表的手稿，他在遗嘱中委托友人马·布洛德把它们全部烧毁。德国小说家马·布洛德违背了亡友的遗愿，把那两部未完的长篇小说整理出版了，它们在欧美知识界中产生了大的影响。人们阅读这两部小说，赞美或者批判这两部小说，却不见有人出来说：应当听从作者的话毁掉它们。

我并不喜欢卡夫卡的小说。可是我无法抹杀它们的存在，我想即使卡夫卡活起来，即使他为自己的小说写上十篇认罪书或者检讨文章，他也不能阻止人们阅读《审判》和《城堡》。

同样，即使我写上一百篇自我检讨的文章，读者们也不会承认"激流三部曲"是"杀人的软刀子"。

一月十七日

再忆萧珊
——随想录一二〇

昨夜梦见萧珊,她拉住我的手,说:"你怎么成了这个样子?"我安慰她:"我不要紧。"她哭起来。我心里难过,就醒了。

病房里有淡淡的灯光。每夜临睡前,陪伴我的儿子或者女婿总是把一盏开着的台灯放在我的床脚。夜并不静,附近通宵施工,似乎在搅拌混凝土。此外我还听见知了的叫声。在数九的冬天哪里来的蝉叫?原来是我的耳鸣。

这一夜是我儿子值班,他静静地睡在靠墙放的帆布床上。过了好一阵子他翻了一个身。

我醒着,我在追寻萧珊的哭声。耳朵倒叫得更响了。……我终于轻轻地唤出了萧珊的名字:"蕴珍。"我闭上眼睛。房间马上变换了。

在我们家中,楼下寝室里,她睡在我旁边另一张床上,小声嘱咐我:"你有什么委屈,不要瞒住我,千万不能吞在肚里啊!"……

在中山医院的病房里,我站在床前,她含泪地望着我说:"我不愿离开你。没有我,谁来照顾你啊?!"……

在中山医院的太平间,担架上一个带人形的白布包,我弯下身子接连拍着,无声地哭唤:"蕴珍,我在这里,我在这里……"

我用铺盖蒙住脸。我真想大叫两声。我快要给憋死了。"我到哪里去找她？！"我连声追问自己。我又回到了华东医院的病房，耳边仍是早已习惯的耳鸣。

她离开我十二年了。十二年，多么长的日日夜夜！每次我回到家门口，眼前就出现一张笑脸，一个亲切的声音向我迎来，可是走进院子，却只见一些高高矮矮的、没有花的绿树。上了台阶，我环顾四周，她最后一次离家的情景还历历在目：她穿得整整齐齐，有些急躁，有点伤感，又似乎充满希望，走到门口还回头张望。……仿佛车子才开走不久，大门刚刚关上。不，她不是从这两扇绿色大铁门出去的，以前门铃也没有这样悦耳的声音。十二年前更不会有开门进来的挎书包的小姑娘。……为什么偏偏她的面影不能在这里再现？为什么不让她看见活泼可爱的小端端？

我仿佛还站在台阶上等待着车子的驶近，等待着一个人回来。这样长的等待！十二年了！甚至在梦里我也听不见她那清脆的笑声。我记得的只是孩子们捧着她的骨灰盒回家的情景。这骨灰盒起初给放在楼下我的寝室内、床前五斗橱上。后来"文革"收场，给封闭了十年的楼上她的睡房启封，我又同骨灰盒一起搬上二楼，她仍然伴着我度过无数的长夜。我摆脱不了那些做不完的梦。总是那一双泪汪汪的眼睛！总是那一副前额皱成"川"字的愁颜！总是那无限关心的叮咛劝告！好像我有满腹的委屈瞒住她，好像我摔倒在泥淖中不能自拔，好像我又给打翻在地让人踏上一脚。……每夜每夜，我都听见床前骨灰盒里她的小声呼唤，她的低声哭泣。

怎么我今天还做这样的梦？！怎么我现在还甩不掉那种种精神的枷锁？！悲伤没有用。我必须结束那一切梦境。我应当振作起来，哪怕是最后的一次。骨灰盒还放在我的家中，亲爱的面容还印在我的心上，她不会离开我，也从未离开我。做了十年的"牛鬼"，我并不感到孤单。我还有勇气迈步走向我的最终目标——死亡。我的遗物将献给国家，我的骨灰将同她的骨灰搅拌在一起，洒在园中给花树作肥料。

讲真话的书 (1982—1985)

……闹钟响了。听见铃声,我疲倦地睁大眼睛。应当起床了。床头小柜上的闹钟是我从家里带来的。我按照冬季的作息时间:六点半起身。儿子帮我穿好衣服,扶我下床。他不知道前一夜我做了些什么梦,醒了多少次。

一月二十一日

病 中（五）
——随想录一一七

第二次入院治疗已经三个月。当初住进医院，以为不到一月便可回家。前几天我女儿在院内遇见上次给我看过病的一位医生，他听说我又因"帕金森氏症"住院，便说了一句："有得他住的。"看来我要在这里长住下去了。我并不悲观，"既来之则安之"，我已经在病房里住惯了。

这两个多月并不是白白度过的。我不会忘记：进院的那天我上了床还不能靠自己翻身；在廊上散步还要撑着木拐；坐在病房里小沙发上，要站起来还感到困难；吃饭夹菜使用筷子时手还在发抖，更不用说穿衣服、脱衣服、扣纽扣、解纽扣了。我清清楚楚地感觉到我的病情一天天地在好转，有时快一些，有时慢一些。但总是在变化。最近忽然发现我可以用剪刀剪指甲，可以弯腰拾起落在地板上的东西，可以穿上又厚又重的大衣等等，高兴了一阵子，因为我在生活自理方面有了一点进步。我写信给一位北京友人说："情况还好，可以说是一天天地好起来（当然是慢慢地好）。"这倒是老实话。今天回头看昨天、前天似乎差不多，没有什么改变。但是跟入院前比起来就大不相同了。

这次入院还是住以前的那所医院，不过不在同一座楼。我的病房在大楼的最高一层，只有十几个房间。这里病人不多，长住的病人更少，我已经是最老的病人了。引起我较深感慨的是晚上在会议室看电视的时候，坐在旁边的人经常变换，刚刚同我相处熟了的病人又出院了。对着电视机我

讲真话的书 (1982—1985)

常常感到寂寞。

我最初看电视只看新闻节目,因为坐久了左腿就感到疼痛,接着腰、背都不舒服,必须站起来动一动,走一走。后来情况有了好转,可以坐得久些,就支持着多看一两个小时,看看各地的电视剧。我颇喜欢电视剧,对于像我这样行动不便的老人来说,看电视剧就是接近各种生活的机会。电视剧里有生活,当然也有编造;有的生活多一些,有的少一些。那些表现旧时代、旧社会的东西就差得多,好像编导和演员并不太熟悉过去的人和事。孩子们笑我什么电视剧都能看下去,都要看到底。其实并不尽然,有些电视剧一开头就让人知道故事的发展,知道它的结局,我也用不着往下看了。也有一些电视剧,有生活,有人物,人物的命运带着观众往前跑,搓揉观众的心。但大多数的电视剧都有一个特点:节奏很慢。为了等待结尾,我不得不在椅子上接连移动,我常常在心里哀求:"快一点吧,时间太宝贵了!"我不耐烦地看到剧的最后,吐了一口气,疲乏地站起来,拄着手杖摇摇晃晃地走回病房,有时还后悔不该耗费了这一个多小时。不过下一次节目中有电视剧时,我只要能支持下去,我还是看到结尾。但我究竟是病人,有时节目排在九十点钟以后,又拖得很长,我就支持不下去了。回到病房后,我又想老年人为了保护眼睛少看电视为好。同看电视的病友交谈起来,都说节目不够丰富。但要是连这些节目也没有,我怎么熬过病房里的夜晚呢?!

药有效,病继续转好,但更加缓慢,有时好像停滞不前似的。作为锻炼,我每天三顿饭后都要在走廊上散步,来回三圈共走六百步。头两个月撑着木拐走,到第三个月便改用手杖。最初走到第二圈就感到吃力,后来走完三圈才想休息。但以后,第三圈还不曾走完,又感到疲乏了,作为锻炼,我仍然每天写一两百字。我用三百字或二百四十字的稿纸,摔伤前两三年,我经常诉苦:"写字越写越小。"第一次出院后经过一个时间的锻炼,写满一张稿纸可以把百分之七八十的字写在格子里面,现在几乎可以做到字字入格、大小一致。可是一笔一画地写,动作十分迟缓。有时写封短信也要花费一个上午，而且相当吃力。我又着急起来：难道进展就到此为止吗？好像正是这样。

我在前面说过"不悲观"，说过"则安之"。其实我偶尔也有悲观和不安的时候，在那些时候我就睡不好，心里烦躁，在床上不断翻身，第二天精神不好。听见来探望的友人说："你已经恢复得很快了！"总觉得不好受。当然我经过思想斗争也一次一次地克服了悲观和烦躁，不然我就难支持到今天。

病中听到朋友逝世的消息总有点"伤感"。这次我住在北楼，去南楼不方便，又要经过有穿堂风的走廊，我走不了那一大段路。不过偶尔有一两位病友从南楼走过来看我，例如师陀和林放，谈起来我才知道一点南楼的情况，听说金焰也在那边。我住在南楼的时候，金焰还没有住院。好些年不见他了，"文革"后期，有一次在电车上遇见他，他瘦得厉害。我知道多年前，大概是六十年代初期吧，他患胃病开刀，切除胃以后，效果不好，一直没有恢复健康。他最近入院治疗，可能担心老年病人难熬过冬天的节气。没有料到过了不多几天，一位探望的友人就给我带来金焰去世的消息。这并不是意外的事，但我仍然吃了一惊，马上想到了"冬天的节气"，也就是想到了自己。已经迟了，他死在南楼，我却不知道，不能和他的遗体告别，我托人在他的灵前献了一个花圈。我是金焰三十年代和四十年代的观众。五十年代中我们常在一起开会，见面时仿佛很熟，会后却很少往来。五十年代后期吴楚帆带着粤语片《寒夜》来上海，由他陪同到我家做客。我们三个人谈得融洽、愉快，还同去看了《寒夜》。吴楚帆是回来领取大众电影百花奖的，他的演技受到了普遍的赞赏。过去金焰是国语片的电影皇帝，吴楚帆是粤语片的电影皇帝。吴主演的片子越来越多，金主演的片子越来越少。这次我们见面以后他曾到西北深入生活，据说要编导或主演一部反映大西北新貌的片子。剧本没有搞出来，他病倒了。后来听说他的胃动了手术后，长期不想吃东西。一九六一年秋天我在黄山休养。他也到过那里。身体不好，不能拍戏，他喜欢搞点业余木工。

讲真话的书 (1982—1985)

在"文革"之前我大约还见过他两三面。要是没有人向我提起他,我和观众一样早已把他忘得干干净净了。为什么他的死讯使我震惊?使我痛苦?

我一夜没有睡好。但是我想明白了:一个艺术家长期脱离自己的创作实践,再没有比这更可悲的事情了。我只有在自己给疾病折磨了两年以后,才理解这位不幸的亡友的心情。

一月三十日写完

我的老家

——随想录一一八

日本作家水上勉先生去年九月访问成都后，经上海回国。我在上海寓中接待他，他告诉我他到过我的老家，只看见一株枯树和空荡荡的庭院。他不知道那是什么树。他轻轻地抚摩着粗糙的树皮，想象过去发生过的事情。

水上先生是我的老友，正如他所说，是文学艺术的力量把我们联结在一起的。一九六三年我在东京到他府上拜望，我们愉快地谈了南宗六祖慧能的故事。一九七八年我到北京开会，听说他和井上靖先生在京访问，便去北京饭店探望他们，畅谈了别后的情况。一九八〇年我四访东京，在一个晴朗的春天早晨，我和他在新大谷饭店日本风味的小小庭院里对谈我的艺术观和文学生活，谈了整整一个上午。那一盒录像带已经在我的书橱里睡了四年，它常常使我想起一位日本作家的友情。

水上先生回国后不多久，日中文化交流协会给我寄来他那篇《寻访巴金故居》。读了他的文章，我仿佛回到了离开二十几年的故乡。他的眼睛替我看见了我所想知道的一切，也包括宽广的大街，整齐的高楼……还有那株"没有一片叶"的枯树。在我的记忆里枯树是不存在的。

过去门房或马房的小天井里并没有树，树可能是我走后人们才种上的，我离家整整六十年了。几个月前我的兄弟出差到成都，抽空去看过"老家"，见到了两株大银杏树。他似乎认出了旧日的马房，但是不记得

讲真话的书 (1982—1985)

有那么两株银杏。我第二次住院前有人给我女儿送来一本新出版的浙江《富春江画报》，上面选刊了一些四川画家的油画，其中一幅是贺德华同志的《巴金故居》，出现在画面上的正是一株树叶黄落的老树。它不像是水上先生看见的"大腿粗细的枯树"，也可能是我兄弟看见的两棵银杏中间的一株，脑子里一点印象也没有，我无法判断。但是我多么想摸一下生长那样大树的泥土！我多么想抚摩水上先生抚摩过的粗糙、皲裂的树干……

在医院中听说同水上先生一起访华的佐藤纯子女士又到了上海，我想起那本画报，就让家里的人找出来，请佐藤女士带给水上先生。后来还是从佐藤女士那里收到了水上先生第二篇《寻访故居》文章的剪报。我跟着水上先生的脚迹回到成都的老家，却看不到熟悉的地方和景物。我想起来了，一九八〇年四月我在京都会见参加旅游团刚从成都回国的池田政雄先生，他给了我一叠他在我的老家拍的照片，这些照片后来在日本的《野草》杂志上发表了。在照片上我看到了一口井，那是真实的东西，而且是池田先生拍摄下来的唯一的真实的"旧址"。我记得它，因为我在小说《秋》里写淑贞跳井时就是跳进这一口井。一九五八年我写了关于《秋》的《创作谈》，我这样说："只有井是真实的东西。它今天还在原来的地方。前年十二月我到那里去过一趟。我跟那口井分别了三十三年，它还是那个老样子。井边有一棵松树，树上有一根短而粗的枯枝，原是我们家伙夫挑水时，挂带钩扁担的地方。松树像一位忠实的老朋友，今天仍然陪伴着这口老井。"但是在池田先生的照片上只有光秃秃的一口井，松树也不知在什么时候给砍掉了。水上先生没有看到井，不知是人们忘了引他去看，还是井也已经填掉。过去的反正早已过去，旧的时代和它的遗物，就让它们全埋葬在遗忘里吧！

然而我还是要谈谈我的老家。一九二三年五月我离开老家时，那里没有什么改变：门前台阶下一对大石缸，门口一条包铁皮的木门槛，两头各有一只石狮子，屋檐下一对红纸大灯笼，门墙上一副红底黑字的木对联

"国恩家庆，人寿年丰"。我把这一切都写在小说《家》里面。"激流三部曲"中的高公馆就是照我的老家描绘的，连大门上两位"手执大刀，顶天立地的彩色门神"也是我们家原有的。大约在一九二四年我在南京的时候，成都城里修马路，我们家的大门应当朝里退进去若干，门面翻修的结果，石缸、石狮子、木对联等都没有了。关于新的门面我只看到一张不太清楚的照片，听说大门两旁还有商店，照片上却看不出来。

一九三一年我开始写"激流"，当初并没有大的计划。我想一点写一点，不知不觉地把高公馆写成我们家那个样子，而且是我看惯了的大门翻修以前的我们的家。从大门进去，走出门洞，下了天井；进二门，再过天井，上大厅，弯进拐门；又过内天井，上堂屋，进上房；顺着左边厢房走进过道，经过觉新的房门口，转进里面，一边是花园，一边是仆婢室和厨房，然后是克明的住房，顺着三房住房的窗下，先进一道小门，便是桂堂。竹林就在桂堂后面。这一切全是如实的描写。在小说里只有花园是出于我的编造和想象。我当时用我们那个老公馆做背景，并非有意替它宣传，只是因为自己没有精密计划，要是脑子里不留个模型，说不定写到后面就忘记前面，搞得前后矛盾，读者也莫名其妙。关于我们老家的花园，只有觉新窗外那一段"外门"的景物是真实的，从觉新写字台前望窗外就看得见那口井和井旁的松树。我们的花园并不大，其余的大部分，也就是从"内门"进去的那一部分，我也写在另一部小说《憩园》里了。所以我对最近访问过成都的日本朋友樋口进先生说："您不用在成都寻访我的故居，您把"激流"里的住房同《憩园》里的花园拼在一起，那就是我的老家。"

我离家以后过了十八年，第一次回到成都。一个傍晚，我走到那条熟悉的街，去找寻我幼年时期的脚迹。旧时的伴侣不知道全消失在什么地方。巍峨的门墙无情地立在我的面前。守门的卫兵用怀疑的眼光打量我。大门开了，白色照壁上现出一个圆形图案，图案中嵌着四个绛色篆文大字"长宜子孙"。这照壁还是十八年前的东西，我无法再看到别的什么了。据说这里是当时的保安处长刘兆藜的住宅，门墙上有两个大字"藜阁"。

讲真话的书 （1982—1985）

我几次走过"黎阁"门前，想起从前的事情，后来写了一篇散文《爱尔克的灯光》。那是一九四一年年初的事。

一九四二年我回成都治牙，住了三个月光景，不曾到过正通顺街。我想，以后不会再到那里去了。

解放后一九五六年十二月我第三次回成都，听说我的老家正空着没有人住，有一天和李宗林同志闲谈起来，他当时还挂名成都市市长，他问我："你要不要去看看？"我说："看看也好。"过了一天他就坐车到招待所来约我同去正通顺街，我的一个侄女正在我那里聊天，也就一起去了。

还是"黎阁"那样的门面，大门内有彩色玻璃门，"长宜子孙"的照壁不见了。整个花园没有了。二门还在，大厅还在，中门还在，堂屋还在，上房还在，我大哥的住房还在，后面桂堂还在，还有两株桂树和一棵香椿，桂堂后面的竹林仿佛还是我离家时那个样子。然后我又从小门转出来，经过三姐住房的窗下，走出过道，顺着大哥房外的台阶，走到一间装玻璃窗的小屋子。在"激流"中玻璃小屋是不存在的。在我们老家本来没有这样的小屋。我还记得为了大哥结婚，我父亲把我们叫作"签押房"的左边厢房改装成三个房间；其中连接的两间门开在通入里院的过道上，给大哥住；还有一间离拐门很近，房门开向内天井，给三哥和我两个住。到了我离家的前两三年大哥有了儿女，房子不够住，我们家又把中门内台阶上左右两块空地改装成两间有上下方格子玻璃窗的小屋，让我和三哥搬到左边的那间去，右边的一间就让它空着。小屋虽小，冬天还是相当冷，因为向内天井的一面是玻璃窗，对面就是中门的边门，窗有窗缝，门有门缝，还有一面紧靠花园。中门是面对堂屋的一道门，除中间一道正门外，还有左右两道边门。关于中门，小说《家》描写高老太爷做寿的场面中有这样的话："中门内正对着堂屋的那块地方，以门槛为界，布置了一个精致的戏台……门槛外大厅上用蓝布帷围出了一块地方，做演员们的化装房间。"以后的玻璃小屋就在这"戏台"的左右两边。

我仿佛做了一场大梦。我居然回到了我十几岁时住过的小屋，我还记得深夜我在这里听见大厅上大哥摸索进轿子打碎玻璃，我绝望地拿起笔写一些愤怒的字句，捏紧拳头在桌上擦来擦去，我发誓要向封建制度报仇。好像大哥还在这里向我哭诉什么，好像祖父咳嗽着从右上房穿过堂屋走出来；好像我一位婶娘牵着孩子的手不停地咒骂着走进了上房，好像从什么地方又传来太太的打骂和丫头的哭叫。……好像我花了十年时间写成的三本小说在我的眼前活了起来。

　　李宗林同志让同来的人给我拍摄了一些照片：我站在玻璃小屋的窗前，我从堂屋出来，我在祖父房间的窗下，等等，等等。我同他们谈话，我穿过那些空荡荡的房间，我走过一个一个的天井，我仿佛还听见旧时代的声音，还看见旧时代的影子。天色暗起来，我没有在门房里停留，也不曾找到我少年时期常去的马房，我匆匆地离开了这个把梦和真、过去和现实混淆在一起的老家，我想，以后我还会再来。说实话，对这个地方我不能没有留恋，对我来说，它是多么大的一座记忆的坟墓！我要好好地挖开它。

　　然而太迟了。一九六〇年我第四次回成都，再去正通顺街，连"藜阁"也找不到了。这一次我住的时间长一些，早晨经常散步到那条街，在一个部队文工团的宿舍门前徘徊，据说这就是在我老家的废墟上建造起来的。找不到旧日的脚迹我并不伤感。枯树必须连根挖掉。可是我对封建制度的控诉，我对封建主义流毒的揭露，绝不会跟着旧时代的被埋葬以及老家的被拆毁而消亡。

二月六日

买卖婚姻
——随想录一一九

前不久我接到一个在西北工作的侄女的信，信里有这样一段话："从明年起我打算慢慢积蓄一些钱。……替大儿子过几年办婚事准备点钱。这地方买卖婚姻相当严重。孩子结婚，男家要准备新房里用的如大立柜、五斗橱、高低柜、写字台、方桌、沙发、床、床头柜等一切东西；要给女家彩礼钱。此外男家还要给新娘买手表、自行车和春夏秋冬穿的里里外外的衣服。结婚时还要在馆子里待客，花销相当大。而女家只给女儿陪嫁一对箱子、两床被子，少量衣物和日用品等。现在年轻人要求更高了，新房里还增加了录音机什么的。……人们都说把女儿当东西卖，太不像话了，但有什么办法呢？……"

她讲的无非是我们大家都知道的事情。在全国各省市都有人这样做，当然也有人不这样做。但这样做的人为数并不少，而且似乎越来越多。我说"似乎"，因为我没有做过调查研究。根据我个人不很明确的印象，"文革"初期我还以为整个社会在迈大步向前进，到了"文革"后期我才突然发觉我四周到处都有"高老太爷"，尽管他们穿着各式各样的新旧服装，有的甚至戴上"革命左派"的帽子。这是一个大的发现。从那个时候起我的眼睛仿佛亮了许多。一连几年我被称为"牛鬼"，而一向躲在阴暗角落里的真正的"牛鬼"却穿起漂亮的衣服在大街上游逛。我指的是封建残余或者封建流毒。当时我已从"五七"干校回来，对我的批斗算是告了一个段落，我每天到单位学习，人们认为反封建早已过时，我也以为我们已经甩脱了旧时代的梦魇。没有想到残余还在发展，流毒还在扩大。为了反对买卖婚姻，为了反对重男轻女，为了抗议"父母之命、媒妁之言"，我用笔整整战斗了六十年，而我的侄女今天面对着买卖婚姻还是毫无办法。二十几年前她结婚的时候，没有向人要过什么东西，也没有人干涉过她的婚姻。可是她的儿子却不得不靠钱财来组织新的家庭。难道这完全是旧传统的罪孽？她诉苦，却不反抗。许多人诉苦，只有少数人反抗。我看过像《喜鹊泪》那样的电视剧，我看过像《被爱情遗忘的角落》那样的故事片……那么多的眼泪！那么多的痛苦！那样惨痛的结局！今天早晨在广播里我还听见某个省份八位姑娘联名倡议要做带头人，做到婚姻自主，与传统决裂。她们的精神值得赞赏，她们的勇气值得鼓励。但是我不能不发问：五四时期的传统到哪里去了？从二十年代到五十年代反封建的传统到哪里去了？怎么到了今天封建传统还那么耀武扬威？要同它决裂，要保卫自己的合法权利，年轻姑娘们还需要有人带头，还得从头做起。总之，不管过时或不过时，我还是要大反封建，我还是要重复说着我说了五六十年的那句话："买卖婚姻、包办婚姻必须终结了。"

我还要讲一件我耳闻目睹的事。我的外孙女小端端出世以后，我们家请来了一个保姆，她原是退休职工，只做了几个月就走了。她在我们家的时候，她的儿子常来看她，我有时也同他交谈几句。他不过二十多岁，在什么商店工作。他喜欢书，拿到工资总要买些新书、新杂志。他每次来都要告诉我，最近又出了什么新书。他母亲回家后，他偶尔也来我们家坐坐，同我们家的人聊聊。后来说是他做了公司的采购员，经常出差买东西。他不再购买书刊了。过了若干时候，他来讲起他新近结了婚，请了八桌或十二桌客，买了多少家具，添置了多少东西，又如何雇小轿车把新娘接到家中。他讲得有声有色，十分得意。又过了若干时候，听说他已经做了父亲。有一天他的母亲来找我的妹妹，说是他因贪污罪给抓起来了。她想求我设法援救。我没有见到她。过了不多久他在电视屏幕上出现了。人

讲真话的书　(1982—1985)

民法院判了他两年徒刑。这是真实的生活，但是它和电视剧一模一样，这也是买卖婚姻的一种结局吧。它对人们并不是陌生的。

二月九日

《茅盾谈话录》
——随想录一一二

在病房里我读到沈韦韬、陈小曼两位同志的来信。我最近一次看见他们，还是在一九八一年四月我到北京参加茅盾同志追悼会的时候。这以前我每次去北京寓所拜望茅公（人们习惯这样称呼茅盾同志），总会见到他们中间的一位。这一次他们一起到招待所看我，交谈起来我觉得茅公好像就坐在我们面前，我忘不了刚刚离开我们的伟大的死者。

我在三十年代就见过韦韬，他那时大概在念初中吧，可是我们一直少有交谈的机会，因此至今还不熟悉。和小曼同志相见更晚，只是在南小街的寓所中见过几面，茅公逝世后，第二年我就在上海病倒，再也不曾去北京，也没有给他们寄过信去。我两次住进医院治病，加起来已经超过十个月，这中间我从探望的友人那里知道一点韦韬夫妇的消息。朋友们称赞他们没有私心，能够遵照茅公的意愿，把遗物献给国家。我说我要写封信向他们表示敬意，因为我也有这样的心愿。但是信并未写成，我写字困难。

他们的信却意外地来了。信上一开头就说："有一件事希望得到您的帮助。"接下去解释是怎么一回事：

> 自去年三月以来，上海的《××报》和《×××报》先后选载了×××写的《茅盾谈话录》。这个《谈话录》是以记录先父谈话的形式出现的，因此社会上就当真把它看作是先父的谈

讲真话的书 (1982—1985)

话,是研究茅盾的第一手材料,但事实并非如此。先父生前并不知道有这样一个《谈话录》……而从内容来看,失实虚假之处很多,因此其真实性很值得怀疑。我们认为,假如这个《谈话录》传布开去,以讹传讹,不仅有损先父声誉,且对国内外的茅盾研究工作也有不良的影响。为此,我们写了一则"声明"寄给《××报》,希望他们刊出。……为了及早澄清此事,免得别人把我们的沉默当作默认,考虑之下我们想您是……先父的老友,希望您对此事予以关注。

随信还附来他们的"声明"和致编辑部信的副本。"声明"简单明了,给编辑部的信中对情况作了较详细的说明,我想报社可能很快刊出他们的"声明",事实也就得以澄清。茅公生前做任何工作,都是严肃认真,一丝不苟,澄清事实便是还他一个本来面目。三年前我曾说过:"即使留给我的只有一年、两年的时间,我也要以他为学习的榜样。"今天我还是这样想。我认为我们不应当做任何有损于茅公声誉的事。

关于《谈话录》,我还有我个人的一些看法。用记录谈话的形式发表的《谈话录》,记录者在发表它之前应当向读者证明:一、他所记录的全是原话;二、这些原话全是谈话者同意发表的。至少,发表这些《谈话录》的报刊编辑应当看到证据,相信他们发表的是别人的原话,因为他们也要对读者负责。读者信任他们,他们要替读者把好这个关口。其实把关的办法也很简单:一、取得谈话者本人的同意;二、要是谈话者已经去世,就征求家属的同意。但家属的同意不同于谈话者本人的,至多也只能作为旁证而已。

要茅公为这个《谈话录》负责是不公平的事。《谈话录》不在他生前发表,不让他有一个"表态"的机会,就作为第一手材料,流传下去,这是强加在伟大死者身上的不真实的东西。因此我完全同意韦韬、小曼同志的声明:"希望读者注意,凡引用《谈话录》作为研究茅盾的依据而产生的错误，概与茅公无关。"

　　总之，我认为此风不可长。我并非信口开河。我也有自己的经验。几十年来我见过无数的人，说过不少的话。除了回答采访记者提出的问题外，我讲话有时不假思索，脱口而出，有时含含糊糊，吞吞吐吐，有时敷衍应酬，言不由衷，有时缺乏冷静，言论偏激。我不要发表这一类讲话，也不能为闲谈中的片言片语负任何责任。我在一九三三年春天就曾经发表过这样的声明：

　　　　我说了我没有说过的话，我做了我没有做过的事。……有些人在小报上捏造了种种奇怪的我的生平。有些人在《访问记》《印象记》等等文章里面使我变成他们那样的人，说他们心里的话。①

我希望不要再看见五十年前发生过的那些事情。

二月十二日

---

① 《我的呼号》，见《巴金散文集》。

我敬爱老舍同志

今年二月三日是老舍同志的八十五岁诞辰。他在世的时候我没有举过一杯酒为他祝寿，今天首都文艺界为他的诞辰举行纪念会，我又因病不能参加。我是他的老读者，又是他的老朋友。我们在共同的岗位上工作了几十年。他遭逢厄运的时候，我不能给他支援；他横遭凌辱的时候，我不能替他辩护；我没有跟他的遗体告别；我没有为他的亡灵雪冤，我深感愧对故友。

最近读了杨沫同志追忆一九六六年八月二十三日的日记，仿佛又回到乌云盖天的日子，眼前出现一位挂着大木牌、头上血迹斑斑、嘴唇紧闭、两眼圆睁的老人，难道这就是老舍同志的结局？我不能相信！在这之前四十四天，七月十日上午，我还在人民大会堂遇见他，我们一起坐在首都人民声援越南人民抗美斗争大会的主席台上，在会前休息时间里他讲了一些他的情况，也问了一些我的情况，他高高兴兴地说："我很好。请告诉朋友们，我没有问题。"他的声音在我的脑子里震荡了快十八年了，今天还是那样的响亮！全中国人民都知道他"没有问题"，全世界的读者都相信他"没有问题"。

首先写文章悼念老舍同志的似乎还是日本的作家，日本的朋友。那些时候我为了保全自己不断地在批斗会上做自我检查。一直到一九七七年底我才第一次写文章提到他的名字，表示悼念之情。半年后我在北京八宝山参加他的骨灰安放仪式，大厅里挤满了人，我看不清那无数的头，我听不清对死者的悼词。我只看见一张熟悉的脸，我只听见一个熟悉的声音：我不能死，我还有多少美好的东西要留下来！……我把这句话带进城，带到招待所，使我不得安宁。我不止一次地对自己，也对朋友说："让老舍死去，我们应当感到惭愧。"然而损失已经无法弥补，死者再也不可能复活了。

我读过井上靖先生的散文《壶》以后曾经对作者说："老舍离开了我们，可是人亡壶不碎，他已经把美好的珍品留在人间。"我指的是像《骆驼祥子》《月牙儿》《龙须沟》《茶馆》……那样的艺术杰作，它们是中国人民的精神财富。但是我忘记说他带走了多少美好的东西，要是他能活到今天，他会献出更多他心灵中的珍宝！

就在我们在人民大会堂最后那次交谈中，有一句话还刻印在我的心上，他说："我是一个正派人。"他又说："正直的人。"他很激动，似乎有不少的话，但没有能完全说出来。我了解他的心情。我说："我们都相信你。"我还想说一句，"我们都敬爱你。"可是开会的时间到了。我绝没有料到这就是永别，更没有想到一个光辉的生命在四十几天后就要离开人世。到今天我还懊悔没有在会后约他出去找个地方畅谈，让他讲出心里的话，我也倾吐我的敬爱之情。

从三十年代前期我在北平同他相识，一直到一九六六年北京人民大会堂的"永别"，三十几年中间，我们有时几年不相见，有时经常接触，我们之间很少书信往还，我却始终注视着他的创作道路上的脚印。他的文品和他的人品是一致的。我敬爱他，首先他是一个"正派人"。

他不仅正直，而且善良。他不仅善良，而且坚强、勇敢。例如在抗战期间，他主持中华全国文艺界抗敌协会的工作，顶住国民党政府的压力，排除各种干扰，团结了绝大多数的文艺工作者，把这个文艺界统一战线的抗战团体办得很有起色。我在重庆的时候，常常在会里看见他，他有时严肃，有时幽默；大家欢聚畅谈显得十分愉快；应付困难局面，他又显得非常沉着。有一个时期张家花园的聚会对我好像是欢乐的节日。老舍同志主

讲真话的书 (1982—1985)

持会议、周恩来同志亲切讲话的情景还深深印在我的脑中。

我敬爱他,他是一个伟大的爱国者。他的全部作品都贯串着一根爱国主义的红线,他的一生的工作都围绕着这样一个愿望:国家富强、人民幸福。我了解他,因为我也看够了外国侵略者在我们土地上横行霸道,无恶不作;我也曾像一个无家孤儿在国外遭受白眼,任人欺凌。一个熟悉的声音像警钟似的在我的脑子里敲了几十年:"我爱咱们的国呀!"我在他的作品中读到多少怨恨,多少悲痛,多少愿望啊!愿望,是的,其中之一便是:中国人民有一天会站起来。

一九四九年十月一日中华人民共和国宣告成立了。中国人民真的站起来了。多年的愿望变成了现实,文艺界许多亲密的同事和战友在殷切地等待,当时还在美国的老舍同志毫不迟疑地动身回到北京。人民需要他,他立刻投入紧张的工作,把后半生贡献给社会主义祖国的文艺事业。我敬爱他,他是一位人民艺术家。北京市赠给他的这个称号,他是当之无愧的。他热爱人民,熟悉人民的疾苦和愿望,掌握人民所喜闻乐见的各种文艺形式。他始终和读者心连心。

他一生谦虚,习惯称自己为"写家"。他的确每天写,不停地写,一直写到"文革"夺去他的生命的时候,他是一位勤奋的"写家"。我敬爱他,他是杰出的现实主义作家,他的大量的作品表现了普通中国人的日常生活、思想感情和丰富心灵。他又是旧时代、旧风俗的忠实的记录者,在他的笔下古老的北京城闪闪发光,旧社会的人物个个如生。

我敬爱他,他"心中有那么一种感情",他自己叫它作"热爱今天的感情"。他从美国回到北京十几年中间,一连写了十多个反映新生活、歌颂新社会的话剧剧本,就是这种感情使他"欲罢不能"。这种感情是很可贵的。有了它他才能和人民同喜怒、共哀乐。他说:"热爱今天的事,更重要的是热爱今天的人,我们就不愁写不出东西来。"《龙须沟》的作者把心交给了我们,热爱今天的人有权活到今天。他不能同我们一起共度诞辰,我感到遗憾。然而这样一颗火热的心是不会死的。即使他的骨灰盒里没有留下骨灰,他的心也活在每一个朋友的心里,活在每一个读者的心中。他的那些杰作已成为世界文学的宝贵财富。

二月十七日,上海

《病中集》后记

我的第四本《随想录》又编成了。我把它叫作《病中集》，只是因为收在这个集子里面的三十篇"随想"都是在病中写成的，其中五篇的小标题就是《病中》，而《病中（四）》和《病中（五）》还是在病房里写的，当然讲了些我生病和治疗的情况。

我当初制订写作计划，相信每年可以写出"随想"三十则。那时自己并未想到生病、摔伤以及长期住院治疗等等。但这些事全发生了。我只得搁笔。整整八个月，我除了签名外，没有拿笔写过字。以后在家中，我开始坐在缝纫机前每天写三四行"随想"时，手里捏的圆珠笔仿佛有几十斤重，使它移动我感到十分困难。那么就索性扔掉笔吧。然而正如我去年底给一个朋友的信中所说："沉默也使人痛苦，既然活下去就得留一点东西。"因此我还是咬紧牙关坚持下去，终于写出一篇接一篇的"随想"。

有一位朋友见我写字那样吃力，不觉动了恻隐之心，三番五次地劝我改用口述。但我写文章从来不是发挥个人才智，离开了笔，单靠一张嘴，我毫无办法：讲不出来。有笔在手，即使一天只写一百字，花两年工夫我也可以完成一集《随想录》。我不靠驾驭文字的本领，因为我没有本领，我靠的是感情。对人对事我有真诚的感情，我把它们倾注在我的文章里面，读者们看得出来我在讲真话还是撒谎。不谈过去，单说现在，我绝不写文章劝人"公字当头"而自己"一心为私"。自己不愿做的事我也绝不宣传。我的座右铭便是："绝不舞文弄墨、盗名欺世。"不管写什么长短

一九八四年

文章，我时时记住这句话。

　　病中写的短文大概不会是"无病呻吟"之作吧。我写文章并非为了消遣，也不是应酬朋友，只是有感而发，也无非根据几十年生活、阅读和写作的经验。我虽是病人，但医生说我的脑子清楚，没有病态。我自己经过反复思考，也觉得我还能顺着一条思路走下去，似乎未患老年性痴呆症，不至于信口胡说。当然，医生讲话并非法令；自我吹嘘，也不可靠。何况小道消息又传我"风烛残年""抱病在身"，有些好心人不免为我忧虑，经常来信劝我休息。我不是一个固执的人，我也知道搁笔的日子近在眼前，自然的规律不可违抗。但是人各有志，我的愿望绝非"欢度晚年"。我只想把自己的全部感情、全部爱憎消耗干净，然后问心无愧地离开人世。这对我是莫大的幸福，我称它为"生命的开花"。

　　我提到"小道消息"，近几年来关于我流传着各种各样的"吱吱喳喳"，使得朋友和读者替我担心，为我痛苦。我曾多次要求：让我安静，将我忘掉。但是，并没有用。有时谣言自生自灭，有时消息越传越多。有的完全无中生有，有的似乎又有线索。谣言伤人，锋利胜过刀剑；只是我年到八十，感觉越发迟钝，不会一吓就倒，一骂就死。有时冷静思索：为什么我不能安静？是不是因为我自己不肯安静？……我想来想去，始终在似懂非懂之间。但有一点是很明确的：按原定计划我要编写五册《随想录》，现在只差最后的一册，快结束了。这样一想倒又处之泰然了。

　　这两年中间除"随想"三十篇外，我只写过一篇短文《答井上靖先生》。我喜欢这篇书信体的文章，它表达了我对日本朋友、日本作家、日本人民的真挚的感情，我将它作为附录收进这个集子。

　　最后我还想讲一件事。从写第三十几则"随想"起，我养成一种习惯，让女儿小林做"随想"的第一个读者，给我提意见。小林是文学刊物的编辑，有几年的工作经验。她校阅我的每一篇"随想"认真负责，有话就讲，并不客气。我们之间有过分歧，也有过争吵。我有时坚持，有时让步，但也常常按照她的意见删去一些字句，甚至整段文字。今天编辑《病

讲真话的书 *(1982—1985)*

中集》，重读两年来的旧作，我觉得应当感谢小林那些修改的建议。作为年轻人，她有朝气，而且忍受不了我那种老年人翻来覆去的唠叨。

二月二十四日

《愿化泥土》前记

　　这本小小的散文集①是吴泰昌同志替我编选的,用《愿化泥土》作书名倒是我的想法。我喜欢这篇短文,它写出了我的心愿。我活了八十年,也许还要活下去,但估计也不会太久了。我空着两手来到人间,不能白白地撒手而去。我的心燃烧了几十年,即使有一天它同骨头一道化为灰烬,灰堆中的火星也不会被倾盆大雨浇灭。这热灰将同泥土掺和在一起,让前进者的脚带到我不曾到过的地方。我说"温暖的脚印"②,因为烧成灰的心还在喷火,化成泥土,它也可能为前进者"暖脚"。

　　奋勇前进吧,我把心献给你们。

三月十六日

---

① 这本小书将由天津百花文艺出版社出版。
② 这篇散文的最后一句是:"化作泥土,留在人们温暖的脚印里。"

《老舍之死》[①]代序
（复苏叔阳同志的一封信）

叔阳同志：

信收到。我长期患病，行动不便，写字困难，最近又因受凉住院，在病房里只能写这样简短的回信，请原谅。关于老舍同志的死，我的看法是他用自杀抗争，也就是您举出的第三种说法。不过这抗争只是消极抵抗，并不是"勇敢的行为"（这里没有勇敢的问题），但在当时却是值得尊敬的行为，也可以说这是受过"士可杀不可辱"的教育的知识分子"有骨气"的表现。傅雷同志也有这样的表现，我佩服他们。

我们常说"炎黄子孙"，我不能不想到老舍、傅雷诸位，我今天还感谢他们，要是没有这一点骨气，我们怎么对得起我们的祖宗？

老舍同志可能有幻灭，有痛苦，有疑惑，有……但他最后的心情是悲壮的。没有结论。那个时候也不会做出什么结论。

我无法再写下去。请原谅。

祝

好！

巴金
五月十四日

[①] 北京国际文化出版公司出版。

核时代的文学——我们为什么写作
—— 在第四十七届国际笔会大会上的发言

主席先生、亲爱的朋友们：

我衷心祝贺第四十七届国际笔会大会在东京召开；感谢好客的东道主日本笔会为大会作了很好的安排，让来自世界各国的作家们在安静的环境里亲切交谈，交流经验，表达彼此的思想感情。

在这个讲坛上发言，我很激动，我想到全世界读者对我们的期望。这次大会选定了它的总议题：核时代的文学和作家的关系，要我就这个问题发表一点个人的意见。出席东京盛会，跟同来的中国作家一起和全世界的同事，特别是日本的同事议论我们的文学事业，我不能不想到三十九年前在这个国土上发生过的悲剧。多次访问的见闻，引起我严肃的思考。我们举行一年一次的大会，"以文会友"，盛会加强我们的团结，增进我们的友谊。但友谊不是我们的唯一目的。作家的最大目标是人类的繁荣，是读者的幸福。世界各地的作家在东京聚会，生活在日本人民中间，就不能不关心他们的喜怒哀乐。我曾经访问过有名的广岛和长崎，它们是全世界仅有的两个遭受原子弹灾害的城市。在那里今天还可以遇到原子病患者和幸存者，还能看见包封在熔化的玻璃中的断手，还听得到关于蘑菇云、火海、黑雨等的种种叙述。据说，单是在广岛，原子弹受难者的死亡人数最终将达到五十几万。我在那两个城市中听到了不少令人伤心断肠的故事，在这里我只讲一个小女孩的事情。在广岛原子弹爆炸十年后，一个十二岁

讲真话的书 (1982—1985)

的小姑娘发了病,她相信传说,以为自己折好一千只纸鹤就能够恢复健康。她躺在病床上一天天地折下去,她不仅折了一千只,还多折了三百只,但是她死了。人们为她在和平公园里建立了"千羽鹤纪念碑",碑下挂着全国儿童送来的无数只纸鹤。我曾经取了一只用蓝色硬纸折成的鹤带回上海。我没有见过她,可是这个想活下去的小姑娘的形象,经常在我眼前出现,好像她在要求我保护她,不让死亡把她带走。倘使可能,我真愿意用我的生命换回她的幸福!这个时候,我才明白什么是作家的勇气和责任心。

东京大会选了"核时代的文学"这个总议题,选得很及时,它反映了当前时代的特点和人民的愿望。"为什么我们写作?"这一问问得好!多少年来我一直在寻求答案,并不是一问一答就能解决问题,我已经追求了一生。

每个作家从不同的道路接近文学。通过创作实践,追求真理,认识生活。为什么写作?每一本书、每一篇作品就是一次答案。古往今来有数不清的作家,读不完的作品。尽管生活环境各异,思想信仰不同,对人对事的看法也不一样,但是所有真诚的作家都向读者交出自己的心。他们的作品在读者中一代一代地流传下去。每位作家都有自己的创作道路,但也有一个共同的情况。我们写作,只是因为我们有话要说,有感情要倾吐,我们用文字表达我们的喜怒哀乐。我还记得,一九六一年我在东京访问一位著名的日本作家,我们交谈了彼此的一些情况,他告诉我他原是一位外交官,患病求医,医生说他活着的日子不多。他不愿空手离开人世,还想做一件对人有益的事情,他决定把一生见到的美好的事物留给后人,便拿起笔写了小说。没有想到医生诊断错误,他作为作家一直活到今天。他一番恳切的谈话深深地印在我的心上。我也有我个人的经历。最初拿起笔写小说,我只是一个刚到巴黎的中国学生,我想念祖国,想念亲友,为了让心上的火喷出来,我求助于纸笔。我住在一家小旅馆五层楼上充满煤气味的房间里,听着巴黎圣母院的钟声,急急地动着笔。过去的爱和恨、悲哀和欢乐、受苦和同情、希望和绝望一齐来到我的笔端。写完了小说，心里的火渐渐熄灭，我得到了短时期的安宁。小说发表后得到读者的承认，从此我走上了文学的道路。从一九二七年到现在，除了"文革"的十年外，我始终不曾放下这支笔。我写作只是为了一个目标：对我生活在其中的社会有所贡献，对读者尽一个同胞的责任。我从未中断同读者的联系，一直把读者的期望看成对我的鞭策。我常说，如果我的作品能够给读者带来温暖，在他们步履艰难的时候能够做一根拐杖给他们用来加一点力，我就十分满意了。我还想起苏联卫国战争时期一个少女的故事。列宁格勒被纳粹长期包围，整个城市实行灯火管制，没有电，没有蜡烛，她在黑暗中回忆自己读过的小说，托尔斯泰的《安娜·卡列尼娜》帮助她度过了那些恐怖的黑夜。文学作品的确经常给读者以力量和支持。

我是从读者成为作家的。在我还是一个孩子的时候，我就从文学作品中汲取大量的养料。文学作品用具体的形象打动了我的心，把我的思想引到较高的境界。艺术的魅力使我精神振奋，作者们的爱憎使我受到感染。一篇接一篇，一本接一本，我如饥似渴地读着能拿到手的一切书刊。平凡的人物，日常的生活，纯真的感情，高尚的情操，激发了我的爱和我的同情。不知不觉中我逐渐改变自己对人对事的看法。优秀的作品给了我生活的勇气，使我看到理想的光辉。前辈作家把热爱生活的火种传给我，我也把火传给别人，我这支笔是从抨击黑暗开始的，看够了人间的苦难，我更加热爱生活，热爱光明。在创作实践中，我追求，我探索，我不断地磨炼自己，我从荆棘丛中走出了一条路。任何时候我都看见前面的亮光，前辈作家的"燃烧的心"在引导我们前进。即使遭遇大的困难，遭受大的挫折，我也不曾灰心、绝望，我们有一个多么丰富的文学宝库，那就是多少代作家留下来的杰作，它们支持我们，教育我们，鼓励我们，要我们勤奋写作，使自己变得更善良，更纯洁，对别人更有用，而且更勇敢。是的，面对着霸主们核战争的威胁，我们需要更大的勇气。我们的前辈高尔基在小说中描绘了高举"燃烧的心"在暗夜中前进的勇士丹柯的形象，小说家

讲真话的书 （1982—1985）

自己仿佛就是这样的勇士，他不断地告诉读者："文学的目的是要使人变得更好。"在许多前辈作家的杰作中，我看到一种为任何黑暗势力所摧毁不了的爱的力量，它永远鼓舞读者团结、奋斗、创造美好的生活。我牢记托尔斯泰的名言："凡是使人类团结的东西都是善良的、美的，凡是使人类分离的东西都是恶的、丑的。"

亲爱的朋友们，讨论核时代的文学，我们不会忘记当前的国际紧张局势，外国军队还在侵犯别国领土，屠杀别国人民，摧残别国文化。两个核大国之间，核裁军的谈判没有取得成果，愈演愈烈的核军备竞赛，就像悬在世界人民头上的达摩克利斯的利剑，倘使有一天核弹头落了下来，那么受害的绝不是一个广岛，整个文明世界都面临大的灾难。然而核时代的文学绝不是悲观主义的文学，我们任何时候都不能低估人民的力量，他们永远是我们作品中的主人公。发达的科学技术是应当用来造福人类的，原子能应当为人类的进步服务。只有和平建设才能够促进人类的昌盛繁荣，保卫世界和平正是作家们不可推卸的责任。核时代的文学本来应当是和平建设的文学——人类怎样用自己的聪明才智创造美好的生活，建设灿烂的文明。在作者的笔下可以产生许多感人的诗篇，人们在生活中创造的奇迹丰富了我们的作品，我们的作品又鼓舞读者。

在东京的大会上我们用欢欣的语调畅谈未来的美景，这是多么自然的事情。但是，我们不能这样做，我们的头上还聚着乌云，我们耳边还响着战争的叫嚣，我不能不想到广岛的悲剧。一九八〇年春天我访问了那个城市，在和平纪念资料馆的留言簿上我写下我的信念："全世界人民绝不容许再发生一九四五年八月六日的悲剧。"关于广岛，我读过不少"鲜血淋淋"的报道和一本当时身受其害的医院院长的日记。那次访问日本我特别要求去看看广岛。在那里迎接我的不是三十几年前的一片废墟，而是现代化城市美好繁荣的景象。美丽的和平公园就是在原子弹爆炸中心的废墟上建立起来的。我们陶醉在濑户内海的一片春光中：如茵的草地，盛开的樱花，觅食的鸽群，嬉笑的儿童，华丽的神社，高效率的工厂，繁华、清洁的街道……短短的两天中，我看了许多，也想了许多。我对广岛人说："我看到了和平力量、建设力量的巨大胜利。"我又一次认识到无比强大的人民的力量，这是任何核武器所摧毁不了的！在广岛我上了这动人心魄的一课。不允许再发生广岛的悲剧，人民的力量是不能忽略的。

亲爱的朋友们，各国作家在东京集会讨论核时代的文学，我们最大的愿望就是不让任何一个国家遭受核武器的祸害。我们反对战争，更反对核战争。我们主张和平，更期望长期的和平。我们并不轻视自己，笔捏在我们手里就可能产生一种力量。通过潜移默化，文学塑造人们的灵魂。水滴石穿，作品的长期传播也会深入人心。用笔做武器，我们能够显示真理，揭露邪恶，打击黑暗势力，团结正义的力量。只要世界各国一切爱好和平、主持正义的人们紧密地团结在一起，掌握着自己的命运，世界大战、核战争就一定能够避免。总有一天广岛和平公园中的"和平之灯"会熄灭，那就是世界上没有了核武器，也就是原子能完全用来为人类的幸福与安乐服务的时候。那么广岛人对和平的热烈愿望就完全实现了。亲爱的朋友们，到东京参加大会，我感到特别亲切。在会场中我见到了不少熟悉的友人。中日两国人民之间有两千年交往的历史，有一千多年的文字之交。中国的古文化对日本有很深的影响，我们也向日本学到不少有益的东西。在这里，我仿佛又听见我国现代文学的奠基人鲁迅和郭沫若的声音。他们都曾在日本学习、生活，结交了许多肝胆相照的朋友。他们都是从这里开始了以文学为武器的战斗旅程。我一九三五年也曾在日本住过一个时期。六十年代中的几次访问，我总是满载友情而归。在日本作家中我有不少知己朋友，文学的纽带把我们的心拴在一起。频繁往来，相互信任，大家的心融合在一起，燃着友谊的火，为子孙万代铸造幸福。

我出席国际笔会大会这是第二次。我参加过一九八一年的里昂——巴黎大会。这样一个历史悠久的曾经同罗曼·罗兰、高尔基、萧伯纳、H.G.威尔斯这些伟大名字联系在一起的世界性的作家组织，一向受到中国作家的尊重。长期以来，国际笔会为世界人民的进步事业（如在反法西斯时

讲真话的书 （1982—1985）

期），为国际文学交流，为各国作家之间的相互了解，做了不少工作，这是很好的事情。但是我认为我们这个组织还有不少可做的事，还可以发挥更大的潜力。我们应当团结更多的作家，让更多的人关心我们这个组织、参加这个组织，让我们的大会成为世界作家的讲坛，我们这里发出的声音得到更广泛的重视。我们的作品打动过亿万读者的心，为什么我们的声音不能成为一种强大的精神力量？为什么我们的声音不能成为亿万人民的声音？一个作家、一支笔可能起不了大的作用，但是一滴水流进海洋就有无比的力量。只要全世界的作家团结起来，亿万支笔集在一起，就能够为后代创造一个更好的世界、更美的未来。这才是我们作家的责任。这是理想，也是目标，我看前途是十分广阔的，我希望我们的组织在今后的工作中更多注意到东方和发展中国家的特点和重要性。在那些国家中，随着国家的独立、解放，出现了不少优秀的作家和作品。我相信在东京盛会后，我们的工作将会有新的更大的发展。

最后，感谢大会的组织者，尤其是井上靖先生，让我这个抱病的老人在庄严的大会上讲出我心里的话。同这么多的作家在一起讨论我们事业的前途，我感到很高兴。我坚信，人民的力量一定会冲垮一切的核武库！我们的愿望终将成为现实：在一个无核武器的美丽世界中，人们将和平利用原子能取得最大的成就。中国作家愿意和各国作家一道，为达到这个光辉目标而共同努力，贡献出自己的一份力量。

祝东京大会取得圆满成功。

谢谢大家。

五月十五日

访日归来
——随想录一二一

一

我四个月不曾执笔。在医院里一共写了十六七篇文章，最后的一篇就是在东京召开的国际笔会大会上的发言《我们为什么写作》。写完发言稿不久我便离开医院。这次回家不是病已完全治好，只是出去做参加东京大会的准备。医生同意我出国，这说明我的病已经给药物控制住，健康逐渐在恢复，只要按时服药，不让自己疲劳，我看短短两个星期的出国访问是可以应付过去的。我的确很乐观。

朋友中多数不赞成我出国开会，他们害怕我的身体吃不消。我病了两年多，两次住院就花去一年的时间，接触新鲜空气的机会很少，自我感觉就是一个病人。探望的亲友们一来，问的、谈的也总是关于病的事，谈得越多，我越是精神不振。看到我的这种精神状态，又了解我的一些病情，亲友们当然会为我的健康担心。其实连我自己也有过动摇、灰心的时候。跟疾病做斗争，的确需要很大的勇气，但也少不了医生的支持。医生的同意给了我很大的鼓励。

此外，还有一种精神力量在支持我，那就是日本作家的友情。一年中井上靖先生三次到医院探病，邀请我参加东京的大会。水上勉先生等五

讲真话的书 （1982—1985）

位作家在我第二次住院之前到我家访问，水上先生"非常忧虑"我的"健康"[①]，但他们也都殷切希望我出席大会。我的答复始终是这样一句："只要健康允许，我一定出席。"我这样回答并非使用外交辞令，我心里想：我绝不让朋友们失望。出发前两天见到从北京来的我们中国代表团的几位成员，闲谈中我还说："我认为交朋友就是要交到底。"他们赞同我这个意见。

我在日本度过了两个星期愉快的日子，我常常感到精神振奋，忘了疲劳，忘记自己是一个病人，甚至忘记按时服药。除了行动不便、不得不谢绝宴会、坐在轮椅上出入机场外，我好像是一个健康人。不用说，朋友们安排我的生活与活动的日程也十分周到，同行的人包括我的女儿在内也很关心我的饮食和休息。为了安排日程，我和他们就有过分歧，我说："我既然来了，就要尽可能多见些老朋友，不要拒绝任何人。难得有这样的机会。"我知道同老朋友欢聚，不会使人感到紧张。我在东京京王广场饭店第三十九层楼房住下来，第一天便对人说：我到了东京，就是战胜了疾病。我为了友情而来，友情吸引了我的全部注意力。从第二天开始，我访问过日中文化交流协会，扫过中岛健藏先生的墓，到井上靖先生的府上去拜望，出席日中文化交流协会的招待会，参加国际笔会四十七届大会的开幕式和闭幕式，还在全体大会上发了言，同井上靖先生和木下顺二先生分别进行过四次对谈……在旅馆里会见了许多来访的老朋友，见到不少想见的熟人。客人去后，或者我从外面回来，或者同行的人不在房里，我搬一把椅子坐在窗前，出神地望着窗外，下面高速公路上的汽车一辆紧接一辆连续不断，就像小孩的玩具。大的玻璃窗封得牢牢的，在这个闹市区，房里没有一点噪音。我什么都不想，也不感到眼花缭乱，虽然在夜里楼前是五光十色。我心里十分平静，我得到了休息。即使在活动较多的日子里我也不曾增加服药的剂量。一切都很顺利。两个星期就这样箭也似的飞过去

[①] 引自水上勉先生的《成都游记》《在巴金故居遗址》。

了。在成田机场上，我坐着轮椅走向机舱，送行者带泪的告别声把我的心拉向朋友，我也忘记了自己地挥手高呼"再见！"我仿佛做了一场美好的梦。但是我知道我欠下更多的友情的债了。

我回到了上海，和我最初的预料相反，我并不曾病倒。我去医院找那位经常给我看病的医生，她也认为我的病情稳定，可以不住进医院。东京的旅行给我证实一件事情：在我这个病人身上，精神上的力量可以起大的作用。

二

我到了东京，晚上商谈日程时，只向主人提一个要求：去中岛健藏先生墓前献花。第二天上午车子把我送到了豪德寺，中岛京子夫人早已在门口等候，文化交流协会的白土吾夫先生也来了，他们给我带路，女儿小林或者担任译员的小陈搀扶我。

多少年我没有这种"清晨入古寺"①的感觉了。但是我怎么能相信我是去扫墓呢？！这位分别七年的老友，他的笑声还在我的耳边。我多么想看见他，我有多少话要对他说啊！我着急，我为我的移动艰难的左腿感到苦恼。……虽然吃力，虽然慢，我终于到了中岛先生安息的地方。整洁、朴素的墓碑上刻着他们伉俪的名字。碑前一对插花的石瓶，下面还有一个香炉。白土先生指着碑上填红色的京子夫人的大名说："这是我们的习惯。"我点点头答道："我们过去也是这样。"旁边还有中岛先生亡故父母的合葬墓。墓碑同样整洁、大方。我的父母就是这样合葬的，我母亲安葬的时候，父亲就让他的名字刻在墓碑上。三年后父亲的棺木入土，碑上的红字才涂成黑色。这已经是六十几年前的事了，但那样的墓碑还鲜明地印在我的心上。

---

① 引自唐代诗人常建的五律《题破山寺后禅院》。

讲真话的书 (1982—1985)

我把花插在石瓶里。我看看四周,空气清新,很安静,又很肃穆。我望着墓碑,我在心里唤着他的名字,二十几年中的往事一一出现在眼前。我想着,想着。他明明举着酒杯对我微笑。我恭敬地向他鞠了三个躬。我睁大眼睛,庄严的墓碑默默地对着我,没有人讲话。我的耳边响起一个熟悉的声音:"为我们的友谊干一杯吧。"我的眼睛湿了。我责备自己:我来迟了,又不曾把酒带来。我在墓前沉思片刻,好像在同墓中人对谈。然后我再虔诚地鞠一个躬。……为什么还要带酒呢?我已经把心掏出来挂在墓前了。我含着泪水对京子夫人说:"多好的人啊,他没有私心,为着人民的友谊拿出自己的一切。"离开豪德寺以后,我一直在想吴季札的故事[①],我永远忘不了别人转告我的一句话:"日本的中岛健藏一刻也没有忘记他们。"中岛先生好像就坐在我的身边。

三

在京王广场饭店的高楼上,每天都有老友来看我。我们交谈的时间并不长,讲的都是普通的问候话,可是这些话来自我们的内心,包含着真诚的祝愿和无限的关心。这样的交谈是一种友情的积累。多一次会晤就多一番了解。我同这些朋友大都有二三十年的交往。虽然中间经过一场"文革"的大灾难,友情也并未中断,它仿佛一本大书照常一页一页地翻过去。几十分钟的会见,半小时的畅谈,常常把长时间的想念牢牢地连在一起。根据个人的经验,我懂得了"世世代代友好下去"的意义。

朋友S从横滨来看我。他也拄着手杖,步履蹒跚,还有一个人在照料他。三年前我在上海见到他,他的身体似乎比现在好些。一九八〇年我和

---

① 指春秋时吴公子季札聘晋过徐,在徐君坟前挂剑的事。季札把剑挂在徐君墓前树上后,从者问:"徐君已死,尚与谁乎?"季札答道:"始吾心已许之,岂以死背吾心哉!?"

冰心大姐访问日本，他还作为主人接待过我们，那时我就发现他比在"文革"前衰老多了。后来听人讲起他在"文革"期间受了极左思潮的影响，替我国"左派"作过宣传，在国内得不到人们的谅解，因此很感痛苦。这样的事我听说在一些欧洲朋友中间也发生过，因此我只当作"小道消息"听了进去，并不曾向那位朋友问个明白。说句实话，我早已习惯了这种事情，不以为奇了。

我们亲切地握了手，一次又一次。朋友S在客位上坐下来，我们短短地讲了彼此的情况。我忽然发觉他的面貌似乎年轻了些，原来他的发型变了：他剪了平头。我什么也没有问，只是听他讲他的一些事情。"我剪掉头发，为了惩罚自己，为了表示不原谅自己……"他的话使我大吃一惊，我没有想到他讲得这样认真，可以说我毫无思想准备。但是，我不能沉默，我得表态。我就老老实实地说出自己的想法："这不能怪您，您相信别人，受了骗，应当由别人负责。您何必为过去那些事情介意。"

朋友S似乎并不同意我的说法，不过他也不曾表示异议。我们换过话题谈了些令人比较愉快的事情，还谈到可能的下一次的会晤。分别的时候，我把他送到电梯口，带笑地说着："再见！"但在他的笑容中我还看到严肃的表情。于是我又坐在大玻璃窗前，静静地望着下面五颜六色的灯彩。我看到的却并不是车水马龙的夜景，只是一个匆匆赶回横滨去的孤寂的老人。他一直埋着头，好像什么沉重的东西压在他的背上。他走着，不停步，也不声不响，但是十分吃力。"停停吧，"我在心里要求道，"停停吧。"他站住了，忽然抬起头转过来。怎么？明明是我自己！

我仿佛挨了当头一棒。我想起来了：我也曾剪过平头。那是在一九六八年我被迫在"牛棚"内受尽折磨的日子里。我们十几个上海作家协会的"牛鬼"有一天给集中起来听监督组的负责人训话，这样的训话是经常发生的。这次讲话的是一个过去的勤杂人员，他骂了一通之后，"勒令"所有"牛鬼"一律改剪平头。他并不说明理由。那时造反派的"勒令"就是法律，没有人敢违抗，至少我们这些人不敢。我刚理过发才两三

讲真话的书　(1982—1985)

天，回家后同萧珊商量，她拿起普通剪刀在我的头上动了一阵，说："可以了。"我就这样应付了机关里的监督组。下个月我去理发店时还小心嘱咐理发师"剪平头"。这样过了几个月，我早晚上下班也不感到什么不方便，更没有领会到"惩罚"的意义，只是自己有时照照镜子觉得有点不顺眼罢了。可能造反派当时还有什么打算，不过没有成功，后来就放弃不提，我也忘记了这件事情。但是朋友S的来访好像用一根铁棍搅动水缸缸底，多年的沉渣泛到水面上来了。

旧日的沉渣给染上了新的颜色，像无数发亮的针聚在一起，不仅刺我的眼睛，也刺我的心。我觉得头越来越沉重，好像压在朋友S的肩头的那个包袱给搬到我的背上来了。我想忘掉的几十年的旧事一件一件地在大玻璃窗上重现，又是那样显目！我不能不"介意"了。我开始问自己：难道我欠的债就比朋友S欠下的少？！难道我不曾受骗上当自己又去欺骗别人？！难道我没有拜倒在巫婆脚下烧香念咒、往井里投掷石子？！还有，还有……可是我从来没有想到"惩罚自己"，更不曾打算怎样偿还欠债。事情一过，不论是做过的事，讲过的话，发表过的文章，一概忘得干干净净，什么都不用自己负责。我健忘，我周围的人也善忘。所以在"十年浩劫"之后大家都还可以很轻松地过日子，仿佛什么事情都不曾发生，谁也没有欠过谁的债。我甚至忘记自己剪过平头，而且是别人"勒令"我剪的。

然而朋友S的剪着平头的瘦脸又在我的眼前出现了。他严肃地、声音嘶哑地反复说："债是赖不掉的。"就是这一句话！

　　……整个夏天过去了，我仍然听见同样的一句话。我常常静下来，即使在藤躺椅上，我也有这样的感觉：沉重的包袱压得我抬不起头。我甚至想到理发店去，在大镜子前面坐下，说一声："给我剪平头。"

我真想再一次跟朋友S紧紧地握手，我也要做一个不赖债的人。

九月三日写完

给丁玲同志的信

丁玲同志：

　　信收到，谢谢您的鼓励和关心。我的健康至今尚未恢复，只是靠药物控制了疾病，比去年夏天您到我家探病时精神稍微好一些，每天的活动量也稍微大一些，例如读一个小时的书，谈半个小时的话，还可以勉强对付。但是写字、写文章就很感困难。访日归来将近四个月，连一篇两三千字的短文也写得非常吃力。手边更不会有"多余的"存稿。《北斗》杂志的主编创办《中国文学》①，这是一件好事，我应当支持你们。很抱歉，因为病不能给这座新的建筑物添砖加瓦，然而为你们的新刊物呐喊助威，我总是可以而且十分愿意的。我相信《中国文学》会得到成功！

　　我说"你们的新刊物"，并没有见外的意思，我一向认为文学事业是集体的事业，这里有集体的智慧，也有个人的苦心。事业不断发展，不断壮大，这是多少代人长期辛勤劳动的积累。人们从不同的道路接近文学，大家都有一个愿望，要为文学事业做出或多或少的贡献，对养我育我的祖国和人民献出自己微薄的力量，就这样把个人的命运和集体的前途连在一起了。每个人眼前都有那样一座灯火辉煌的高楼大厦，这是共同的目标，但道路却是崎岖险阻的，要走进大楼多点燃一盏灯更是十分困难。我常常想今天我还只是站在楼外仰望高层的灯光，可是我已经衰老，无力向

---

① 现改名《中国》。

讲真话的书 (1982—1985)

前了。不过我并不悲观，我明明看见那么多的人朝着大厦奔去，那么多的人为着大厦尽力。我不过小小的一滴水，在汪洋大海中巨浪奔腾，一滴水也不会干涸。我常说："做一个今天的中国作家我感到自豪。"就因为我相信这样一个集体事业。我会死亡，我的全部作品可能被读者忘记，然而我们的文学事业要前进，要大放光芒，对这个事业，每个作家，每个搞文学工作的人全都有份，只要他认真工作，不管他有过或大或小的成绩。即使是像我这样缺少才智的作家，我读到一部新的佳作，看到一份新的好刊物，遇到一位有才华的作者，我也觉得好像自己有了新的收获。

你们的刊物就要和读者见面了。这是你们勤奋工作的成果。它像新种植的花树，你们是栽培它的园丁，所以我说它是你们的新刊物。但是它的成功也会给我带来兴奋和鼓舞，因为我也是这个大海中的一小滴。对于集体事业中出现的任何新的力量，我都觉得和自己有密切的联系。我看您不用为新刊物担心，越来越多的刊物，越来越多的作品，越来越多的新人，这个景象多么壮丽！我们现在的形势就是这样，不愁刊物多，读者和作者都是最好的评判员。读者需要，作者支持，刊物就要存在下去，能团结作者，有益于读者，刊物就会发展，会得到越来越多的读者。您太谦虚，不论是"余热"，还是烈火，只要放光发热，都是我们文学事业需要的燃料。《中国文学》是有它的特色的。它容纳"各种不同的风格流派"，还给"在艺术上有所创新、在思想上有所创见的作品留出很大的篇幅"，它的创刊将受到读者和作者的欢迎，这两个"创"字提得很好。本来嘛，创作就少不了"创"字，创作就是作家通过认真的独立思考，反映自己熟悉的生活与深切的感受，总之作家在说自己想说的话。各有各的特点，各有各的写法。作家们从不同的角度反映生活，合在一起，可以表现整个时代。我们的文学宝库就是这样丰富起来的。只有靠各人献出自己心里的宝贝，文学大厦才会琳琅满目。只有向读者交出自己的心，作品才能打动读者。要是作家心里没有火，作品怎么能使读者的心燃烧？要实现两个"创"字，作家只有讲真话。过去有一个时期，讲真话很不容易，要"创新"更加困难。我有一个朋友因为一篇《创新》的文章在"文革"期间受尽折磨,终于没有能恢复健康。然而"浩劫"早已过去,情况完全不同,讲"创新",说"创见",让作者发挥自己的聪明才智,也已有了充分的条件,多数的读者头脑清醒、有判断力,是好是坏,是真是假,对作品他们心中有数,我们应当相信他们。

  我编过不少的丛书,可是我并没有做过文艺刊物的负责编辑。我有一位朋友靳以创办过好几种文艺期刊,我当过他的助手,这就是说在我比较空闲的时候帮他看看稿件,改改校样。他总是很忙,我却只能说是一个义务的临时工。对我印象最深的是:每期杂志印完装好,从装订所拿到样本,他总要捧着它看几遍,好像母亲对待子女一样。那么深的感情!我今天还不曾忘记。因为常常同他在一起,我也了解了编辑的一些甘苦,因此在三十年代中我对文艺刊物的编辑就满怀尊敬之情。今天我也可以想象到您拿起《中国文学》创刊号翻看时的喜悦心情,那么让我这个《北斗》的老读者向您表示衷心的祝贺吧。

巴金
九月二十一日

幸　福
——随想录一二二

一

　　我上月中旬带病去香港接受中文大学颁授的荣誉学位，受到中大师生的盛情接待，回沪后因写字困难，过了十多天才给一位香港朋友写了如下的信：

　　"……我二十多年未见'香港的夜'[①]，这次小住十八天，仍然是为了酬答友谊。……我多么希望自己能够年轻二十岁，那么我可以多写，写尽我心中积累的感情。

　　"……我常说，友情是照亮我一生的明灯。写作五十几年之后我重来香港，仍然是满目灯光。我结交了那么多的朋友！他们的友情温暖了我的心。我不能不想到他们，我不能不时时考虑怎样偿还友情的债。即使还不清，能还多少就还多少也好。我一生最高的目标就在于'付出'二字。我必须用行动表示我的感激。

　　"我今年八十。那天在宴会上您还为这个跟我碰杯。其实活到八十是一件可悲的事。我时时痛苦地想到自己'心有余而力不足'。我还应该

[①] 见散文《香港之夜》，收在《旅途随笔》内，一九三四年初版。

做那么多的事，却只有这么少的时间！我还想写那么多的文章，一天却只能写一两百个字，有时拿起笔手抖起来，一个字也写不好。我着急。然而我并不悲观。我写不好，会有写得好和写得更好的人。年轻人已经赶上来了。现在和未来都是属于他们的。活跃的应该是他们。当然我手中的笔也还是属于我的，我有权、也有责任写作到我生命的最后一息。

"动身返沪的那天，在机场上见到您，我没有讲什么。有些感情不是能用语言表达出来的。我只能说：'……我永远不会忘记你们。……'"

二

上面的信是写给某一个人的，话却是对许多人讲的，因为这是我心里的话。本来我应该给每一个朋友写信表达我的感谢之情，可是我没有充沛的精力，我甚至没保证每天工作三四个小时的健康，我只能向疾病和干扰夺回一分一秒。我面前有多少必须克服的困难，但困难吓不倒我，我耳边仍然有各式各样的吱吱喳喳，但任何噪音都不会使我昏迷。从香港回来又是十八天了，我坐在二楼太阳间的书桌前，只听见一片"知了"声，就是说我耳鸣相当厉害，可是我的头脑十分清醒，我拿着笔，一边在回忆前一个"十八天"的事情。我很激动，连我自己也没有想到，这次离开香港的时候，我会像几十年前那样感觉到我有够多的勇气和力量。

我想念风景如画的中文大学的校园，在那里我参加过几次同大学师生的座谈会。我始终忘不了某一位朋友提出的一个问题："你拿着高的稿费过着优裕的生活，不知你怎样看待你的读者？"可能是我弄错了，记错了，原来的问题也许不是这样。我的女儿小林那天也在场，她就说不是那个意思，而且当时我也不是照那个意思回答问题。但究竟是怎样回答的，散了会当天晚上我便说不清楚了。我记得的只是写在上面的那一句话，它一直折磨着我，我夜间因为翻身困难，睡不好觉，就常常考虑应当怎样解答这个问题。它已经变成我自己的问题了。我并没有拿高的稿酬，用不着

讲真话的书 (1982—1985)

解释。但我靠稿费过着比较优裕的生活，这却也是事实。我常说读者养活作家，总觉得自己欠了读者一笔债。怎样偿还这笔债？在香港的夜里我翻来覆去想解答这个问题，却始终找不到满意的答案。我把这个问题带回上海来了。难道在上海我就能找到答案吗？我深深体会到自己带回来一个包袱，不，不是包袱，是一根鞭子。又像在三十年代那样，我觉得一根鞭子在我的背上抽打。一个声音压倒了我的耳鸣："你写作，不是为了职位，不是为了荣誉……读者需要的是你的艺术的良心。"回顾过去了的八十年的岁月，我不能不出一身冷汗。我要责问自己：在那么长的日子里，你究竟做了什么值得自豪的事情？

三

我责备自己，我感觉到鞭子抽打我的背脊，我活到八十深感苦恼，并不是我灰心、丧气，这正是因为我还有力量和勇气。

参加典礼的那天，我从大礼堂回到大学宾馆，收到一位香港大学学生的信，是托一位中文大学的同学转来的。

这位署名"琴"的年轻读者为我复印了一篇用英文写的散文诗一样的文章《你就永远这样年轻》。我惭愧一向读书不多，孤陋寡闻，说不出这文章是谁的作品。里面有两三段话我觉得很有意思，就记在心里，常常念着它们。

"没有人因为多活几年几岁而变老：人老只是由于他抛弃了理想。岁月使皮肤起皱，而失去热情却让灵魂出现皱纹。"

"你像你的信仰那样年轻，像你的疑虑那样衰老；像你的自信那样年轻，像你的恐惧那样衰老；像你的希望那样年轻，像你的绝望那样衰老。"

"在你的心灵中央有一个无线电台。只要它从大地，从人们……收到美、希望、欢欣、勇敢、庄严和力量的信息，你就永远这样年轻。"

我的译文并不够标准，它们只是我的一点粗浅的理解。琴女士认为拿这文章来"形容"我"最适合不过"，这是她的过奖。我自己却感觉到那一条称为"衰老"的毒虫不断地在蚕食我的心，一直到今天，也将一直到最后。飞去了的时光不会回来，青春的活力也不可能长在。我在三四年前就说过我不会"焕发青春"。但是我更不愿意躺下来闭上眼睛等待死亡。我一直在挣扎，我从生活、从文学作品汲取养料，汲取力量。纯真的感情、光辉的理想和高尚的情操常常像明净的水那样洗去我心灵上的尘垢，让我的心里燃起热爱生活、热爱光明的火。人们习惯称作家为"人类灵魂工程师"，我的灵魂就是文学作品所塑造出来的，当然我不是受一个人的影响，我读过许多人写的书，到了八十我还在追求，也还继续不断地受各种各样的影响，例如上面提到的关于年轻、年老的文章，它使我想起许多事情。有些事我经常在想，有些我早已遗忘，但是现在又来到我的心头。我开始用"文章"里的话衡量自己：我是不是完全抛弃了理想？我的灵魂有没有出现皱纹？我必须承认：皱纹太多了！过了八十我还得从零开始。我感谢那位年轻的香港读者，不仅是为了她的鼓励，还是为了她推荐给我的那篇文章。我现在才懂得怎样从大地、从人们收听希望……的信息。我在香港的时间那么短，会见的人也不够多，特别是年轻人。但是同那些年轻人短短的交谈，我觉得我正是在收听希望、欢欣、勇敢……的信息。这都是我所需要的养料，而且我接触到了一颗一颗真诚热烈的心。

　　短短的十八天并不是白白地度过的。我忘不了我那些年轻的"老师"（我应当称他们为老师），他们给了我勇气和力量，想到他们我总有这样一种感觉：他们拿着鞭子在赶我前进。说实话，太吃力了，因此我感到苦恼。但是有这样一根鞭子在督促我，我又感到幸福。

十一月八日到二十九日

为旧作新版写序
——随想录一二三

天地图书公司打算在香港重新排印、发行我的"激流三部曲"和别的一些旧作,托人来征求我的同意,我愉快地答应了。

我知道在香港出过不少我的著作的盗印本,有的把一部长篇改名换姓分成几册印行;有的集子署我的名字,却收入别人的文章;还有些出版社则是租了国内书店的旧纸型重印,不过他们照付纸型费。

我一向是在版权得不到保障的条件下从事写作的,所以看见盗印本接连出现,我也毫不在乎,而且正是靠了这些盗印本和"租型本",海外的读者至今还不曾忘记我的名字,甚至在我给关进"牛棚"、押到工厂、农村、学校"游斗"的时候,香港书店还在发卖我的"邪书"。一九八〇年我访问日本,四月三日日本电视台安排水上勉先生和我在新大谷饭店的庭园里对谈,水上先生边翻书边向我提问,他翻看的就是绛色封面的十四卷港版文集。我知道有些日本朋友正是靠了这些"租型本"和盗印本听到我的声音的,因此我看见它们反而感到亲切。这次作为中文大学的客人到香港小住,有些读者就拿"租型本"甚至盗印本来找我签名(其中还有新买来的盗印本),我都高兴地在扉页上写了自己的名字。

然而我更希望读者们看到我自己修改过的新版本。我常说我写文章边写边学,边校边改。一本《家》我至少修改过八遍,到今天我才说我不再改动了,并不是我不想改动,只是我不能把时间完全花费在一本书上面,我不是在写"样板小说"。对生活的感受和认识是无止境的，我的追求也没有止境。我这一生也写不出一本毫无缺点的完美的作品，不可能！不过我一直希望在自己作品中少出现毛病。我绝不是害怕被什么领导在讲话中点名批判，我只是愿意让读者靠这些文字更准确地理解我的思想感情。但是我后来才明白，要做到这一点，单单纠缠在一本书上是不行的。最好还是多写。那么我的确可以不再修改旧作了，我已经没有多少时间了。

天地图书公司愿意照付版税，我说："还是捐赠给中国现代文学馆吧。"我只提出一个要求：新版一律根据作者最近的修改本重排。我并没有改变自己的看法，我仍然主张著作的版权归作者所有，他有权改动自己的作品，也有权决定自己作品的重印或停版。我一直认为修改过的《家》比初版本少一些毛病，最初发表的连载小说是随写随印的。我当时的想法和后来的不一定相同，以后我改了很多，文字和情节两方面都有变动。随便举一个例子，一九五七年我编《文集》却让婉儿活了下去，接着又在《春》里补写了婉儿回到高家给太太拜寿的一章，我以为这样处理更接近真实，冯乐山讨一个年轻的小老婆，并不单是为了虐待她，也是为了玩弄她，他高兴时还可能把婉儿当成宝贝。在补写的《春》的第六章里婉儿对淑英们揭露了冯乐山"欺负孤儿寡妇"的"伪君子、假善人"的行为，她最后说："我初到冯家的时候……挨骂又挨打，饭也吃不下……只怪自己命不好，情愿早死……我真想走鸣凤的路。现在我也变了。既然都是命，我何必怕他们！该死就死，不该死就活下去。他们欺负我，我也不在乎。我心想：我年轻，今年还不到二十岁，我总会死在你们后头。我会看到你们一个一个的结果。"今天重读改订后的"激流三部曲"，我仍然觉得这样写婉儿比较好。她的性格显著了，冯乐山的也更鲜明了。"三部曲"中像这样的例子是很多的。我绝不会删去补写的章节，让"三部曲"、让《家》恢复原来的面目。去年上海文艺出版社编印《新文学大系（第二个十年）》，在《小说专集》中收入我的《家》，他们一定要根据一九三三年开明书店的初版本排印，花了不少功夫居然找到了印数很少的初版本。

讲真话的书 （1982—1985）

他们这样做，大概是为了保存作品的最初的面目。但是我的情况不同，作品最初的印数不多，我又不断地修改，读者们得到的大多是各种各样的改订本，初版本倒并不为读者所熟悉，而且我自己也不愿意再拿初版的《家》同读者见面，我很想坚持一下不让初版本入选，但是后来我还是让了步。我想："不要给别人增加麻烦吧，它既然存在过，就让它留下去吧，用不着替自己遮丑，反正我是边写边学的，而且《新文学大系》又不是给一般读者阅读的普通读物。"作品给选进《新文学大系》，戴上"文学"的帽子，当然要受"体例"等框框的限制。

但是现在由自己编辑出版单行本，丢开"文学"的头衔，我便感到自由自在了。我希望有一天新的改订本会淘汰掉那些盗印本和"租型本"。

在改订本中最先印出来的不用说就是"激流三部曲"。关于它，我还想讲几句话。也许有人认为我已经讲得够多了，但话总是讲不完的。有人批评我"反封建不彻底"，有人断定《家》早已"过时"，可是我今天还看见各式各样的高老太爷在我四周"徘徊"。在我还是一个"懂事的"小孩的时候，我就对当时存在的种种等级抱有反感。我父亲是四川广元县的县官，他下面有各种小官，他上面有各样大官，级别划分十分清楚，谁的官大，就由谁说了算。我"旁听"过父亲审讯案件，老百姓糊里糊涂地挨了板子还要向"青天大老爷"叩头谢恩。这真是记忆犹新啊！

我当初写《家》，矛头就针对父母包办婚姻、干涉子女自由等封建流毒，绝没有想到《家》发表后五十三年，又轮到我来写批判"买卖婚姻"的随想。有一件事情我实在想不明白，近来常从新闻报道、广播宣传中听到关于"红娘"的消息，好像许多地方都有"红娘"在做好事。我们从小就熟悉"西厢"的故事：只知道"门当户对"的老夫人违背了自己的诺言，使有情人成不了眷属。小丫鬟红娘才挺身出来，传书带信，巧计安排，让这一对青年男女实现他们的心愿。红娘能够发挥她的作用，正因为她生活在"男女授受不亲"的时代，上面还有一位昏聩、专横的老夫人，"父母之命，媒妁之言"的封建毒素又深入人心，她"穿针引线"，不顾这一切，她是"反封建"的"战士"，绝不是一个媒人。倘使活到今天，她也不会听从老夫人的吩咐，给莺莺小姐介绍"门当户对"的对象。难道在我们这个社会里，男女青年间或者大年龄的男女青年间就没有正常的社交活动，就不能自由恋爱，不能依照婚姻法自由结合，必须求助于"父母"和"媒妁"吗？

不管相信不相信，今天还有不少的崔老夫人和高老太爷，"门当户对"至今还是他们决定子女婚姻的一个标准。听话的孩子总是好孩子。为了"婚姻自主"，多少青年还在进行斗争。

十载"文革"期间，有人批评《激流》毒害青年，说我的小说是杀人不见血的软刀子。多么大的罪名！今天我仍然要说我喜欢这个"三部曲"的主题。青春是无限的美丽。未来永远属于年轻人，青年是人类的希望，也是我们祖国的希望。这是我的牢固的信念，它绝不会"过时"。我相信一切封建的流毒都会给年轻人彻底反掉！

其他，我不想讲下去了。

十二月十一日

人道主义
——随想录一二四

一位在晚报社工作的朋友最近给我寄来邓朴方在中国残疾人福利基金会全体工作人员会议上的讲话。这篇讲话发表在《三月风》杂志上，我看到的是《人民日报》转载的全文。朋友在第二节的小标题上打了两个圈，他在信里写道："您大概不会把人道主义看作洪水猛兽吧。"原来这一节的小标题是《我们的事业是人道主义的事业》。讲话并不长，特别是第二节留给我深刻的印象：讲得好！

关于人道主义，我也有我的经验。一九七九年五月我访问巴黎回来，在北京作家协会朋友们的一次小型宴会上，闲谈间，我说："讲一点人道主义也有好处，至少不虐待俘虏嘛！在'文化大革命'期间有些人无缘无故把人打死，只是为了'打坏人'。现在知道打死了不少好人，可是已经晚了。"没有想到席上一位同志接口说："资产阶级也不讲人道主义，他们虐待黑人。美国××影片上不是揭露了他们的那种暴行吗？"这虽然不是原话，但大意不会错。影片我没有看过，因此连名字也忘记了，只记得那个时候正在上演这部影片。

这位同志板起面孔这样一说，我不愿意得罪他，就不再谈人道主义了。但他的话并没有动摇我的看法。我已经听惯了这种"官腔"。我知道在"文革"时期什么事都得跟资产阶级"对着干"。资产阶级曾经用"人道主义"反对宗教、封建的统治，用"人权"反对神权和王权，那么是不是我们也要反其道而行之，用兽道主义来反对人道主义呢？不！当然不会！在十载"文革"中我看够了兽性的大发作，我不能不经常思考造反派怎样成为"吃人"的"虎狼"。我深受其害，有权控诉，也有权探索，因为"文革"留下的后遗症今天还在蚕食我的生命。我要看清人兽转化的道路，不过是怕见这种超级大马戏的重演，换句话说，我不愿意再进"牛棚"。我一定要弄清楚这个问题，即使口里不说，心里也不会不想，有时半夜从噩梦中惊醒，眼前也会出现人吃人的可怕场面，使我不得不苦苦思索。

我终于从那位同志的话中找到一线亮光：问题大概就在于人道主义吧。为什么有的人那样害怕人道主义？……

我又想起了一件事情。一九六六年我作为审查对象在作家协会上海分会的厨房里劳动，一个从外面来的初中学生拿一根鞭子抽打我，要我把他带到我家里去。我知道要是我听他的话，全家就会大祸临头。他鞭打，我不能反抗（不准反抗！），只有拼命奔逃。他并不知道我是干什么的，只听人说我是"坏人"，就不把我当人看待。他追我逃，进进出出，的确是一场绝望的挣扎！我当时非常狼狈，只是盼望那个孩子对我讲点人道主义。幸而在这紧急关头作协分会的造反派出现了，他们来拉我到大厅去，那里有不少外地串联来的学生等待"牛鬼们"去"自报罪行"。那位拿鞭子的中学生只好另找别的"坏人"去了。我还记得他恶狠狠地对造反派说："对这些坏人就是不能讲人道！"

像这样的事我还遇见不少次，像这类的话我也听见不少次。因此在"十年浩劫"中我就保留着这样一个印象：只有拿鞭子的人才有权谈人道主义，对挨鞭子的人是"不能讲人道主义"的。我常常暗暗地问自己：那么对我们这些挨鞭子的人就只能讲兽道主义吗？我很想知道这兽道主义是从哪里来的。……

前些时候全国出现了一股"人道主义热"，我抱病跟着大家学习了一阵子，不过我是自学，而且怀着解决实际问题的目的去学。我的问题始终是：那些单纯的十四五岁的中学生和所谓的"革命左派"怎么一下子会变

讲真话的书 （1982—1985）

成嗜血的"虎狼"？那股热很快就过去了，可是答案还不知在什么地方。即使有人引经据典也涂抹不掉我耳闻目睹的事实。杨沫同志在日记里记录的"一九六六年八月二十三日"[①]，明明发生在我们伟大的民族中间，我虽然年迈体弱，记忆力衰退，可是我至今没有忘记那些在"浩劫"中被残害致死的友人的音容笑貌。那些杰出作家的名字将永远活在读者的心中。老舍、赵树理、杨朔、叶以群、海默……和别的许许多多。他们本来还可以为我国人民继续创造精神财富，但是都给不明不白地赶上了死路。多么大的损失！这是因为什么？

究竟是因为什么？……在邓朴方同志的讲话中我找到了回答："我们一些同志对资产阶级人道主义的批判，往往不是站在马克思列宁主义的立场、观点上，而是站在封建主义的立场上去批判的。即使口头不这样说，实际上也是受封建主义思想影响的。'文化大革命'搞的就是以'大民主'为先导的封建关系，是宗教狂热。大量的非人道的残酷行为就是在那时产生的。……"

他讲得非常明白，产生大量非人道的残酷行为的是什么？就是披着"左"的外衣的宗教狂热。那么人兽转化的道路也就是披上"革命"外衣的封建主义的道路了。所以时机一到，一声号令，一霎时满街都是"虎狼"，哪里还有人敢讲人道主义？哪里还肯让人讲人道主义？人兽转化的道路必须堵死！十年"文革"的血腥的回忆也应该使我们头脑清醒了。

十二月二十日

[①] 指老舍等人被斗、挨打的真实场面，这次反人道主义的批斗导致了伟大作家老舍的死亡。

"紧箍咒"
——随想录一二五

老友林放读了《我的噩梦》①以后也写了一篇杂感《"文革"还在揪人》。文章发表在《新民晚报》上。老友是出色的杂文家,文章短、含意深,他不像我那样爱说空话。他常常对准目标,弹无虚发。听说他去年发表过杂文,提醒大家不要让"四人帮"余党漏网,居然有人打电话恐吓他,可见他的文笔的锋利。事后我遇见他,对他谈起这件事,他只是微微一笑。我在这里用了"遇见"二字,其实并不恰当。那天上午是他来看我,当时我们两人都住在华东医院,他住南楼我住北楼,病人来往比较方便,他上午到我的病房来,不会有人干涉他。

他现在不那么健谈了。前几年我同他一起在北京开会,他总是有说有笑、无话不谈。可能是他也老了,虽然他比我还小几岁。不过一谈到写杂文,我就看出他心里还有一股火。他即使讲话不多,但拿起笔来,仍未失去当年的勇气。对于不合理的现象,对于不应当发生的事情,他还是有自己的看法,虽然三年前他写信给我说:"今后谁能保证自己不再写这类文章?(指发'违心之论')……我不敢开支票。"

我了解他,我知道他为了写杂文吃过不少苦头。他和我同样是全国人民代表大会四川省选出的代表,第一届一共开过五次大会,我们住在同一

---

① 《我的噩梦》:《随想录》第一一四,见《病中集》。

讲真话的书　(1982—1985)

个旅馆的相邻的房间里。他平日爱喝点白酒,见到熟人总是谈笑风生。他参加第二届人大可能是在上海代表组,那么我们就不住在同一层楼了。这些事我已经记不清楚,我看即使记错了,也无大关系,我要在这里提说的只是一九五七年的那次大会。时间大概是六月,我们都住在前门饭店,我住在他的斜对面,都是两人住一个房间,和他同住的是一位教育界的"民主人士",四川大学的教授或校长,都是"知识分子"。

在这一届的会上开始了对所谓"右派"的批判,不仅在我们的大会小会上,在会场以外,在各个单位,在整个社会中都掀起了"热火朝天"的"反右"运动。这情况是我们完全没有料想到的,前一段时期,到处都在举行座谈会,邀请大家"大鸣大放",我们都分别出席了有关的会,发表了意见,各人都写了文章。我到了北京,就感觉到风向改变,严冬逼近,坐卧不安,不知怎样才好。没有想到,我刚在前门饭店住下,上海《文汇报》驻京办事处的一位女记者就来找我,要我写一篇"反击右派"的短文。我当然一口答应,我正需要用这种表态文章来保护自己。她催得急,说是要用电报把文稿发到上海去。反正文章不长,可以摘抄大报上的言论,我当天就写成了,记者拿去,第二天见报,我的心也安定了些。我还记得短文的题目是《中国人民一定要走社会主义的路》。走社会主义道路是我多年的心愿,但文章里的句子则全是别人常用的空话。我当时还不知道反右究竟是怎么一回事。只是我看见来势凶猛,熟人一个个落网,一个个给点名示众;更奇怪的是那位来找我写反右文章的女记者,不久就给揪出来,作为右派受到了批判。

在会议期间我的心情十分复杂。我一方面感谢"领导"终于没有把我列为右派,让我参加各种反右活动,另一方面又觉得左右的界限并不分明,有些人成为反右对象实在冤枉,特别是几个平日跟我往来较多的朋友,他们的见解并不比我更"右",可是在批判会上我不敢出来替他们说一句公道话,而且时时担心怕让人当场揪出来。在北京我们在小组会上批判过本组的右派,回到上海我也主持过作协分会对右派分子的批判会。

一九八四年

我从小不善于言辞，常常因此感到遗憾，但是今天回忆一九五七年的往事，我倒庆幸自己缺乏口才不能慷慨激昂地大发违心之论。没有人找我谈过话，或者要我如何表态，虽然一直胆战心惊，我总算平稳地度过了一九五七年。私下同爱人萧珊谈起来，我还带苦笑地说自己是一个"福将"。其实我的麻烦还在后头。

杂文家当时的处境似乎更差一些。那几天他脸上不见笑容，我也替他担心，却又不便问他有什么情况，在北京我看不到上海的晚报，但是过两天我就听见了他的笑声。原来他得到暗示写了一篇自我检讨的文章，连夜打长途电话到上海，在晚报上发表了。检讨得到谅解，态度受到表扬，他也就放了心：过了关了。

今天我们的想法不会是当时那样的吧。过去有一个时期谈起"反右"他就流露出感激之情，我也一样。现在再回头去看二十七年前的事情，我觉得自己多么可笑又可悲。我看得清清楚楚，一九五七年下半年起我就给戴上了"金箍儿"。他也一样。我所认识的那些"知识分子"都是这样。从此我们就一直战战兢兢地过着日子，不知道什么时候会有人念起紧箍咒来叫我们痛得打滚，但我确实相信念咒语的人不会白白放过我们。

这以后我就有了一种恐惧，总疑心知识是罪恶，因为"知识分子"已经成为不光彩的名称了。我的思想感情越来越复杂，有时候我甚至无法了解自己。我越来越小心谨慎，人变得更加内向，不愿意让别人看到真心。我下定决心用个人崇拜来消除一切的杂念，这样的一座塔就是建筑在恐惧、疑惑与自我保护上面，我有时清夜自思，会轻视自己的愚蠢无知，不能用自己的脑子思考，哪里有什么"知识"？有时受到批判、遇到挫折，又埋怨自我改造成绩不大。总之，我给压在个人崇拜的宝塔底下一直喘不过气来。

"文革"前的十年我就是这样度过的。一个愿意改造自己的"知识分子"整天提心吊胆，没有主见，听从别人指点，一步一步穿过泥泞的道路，走向一盏远方的红灯，走一步，摔一步，滚了一身泥，好不容易爬起

讲真话的书 (1982—1985)

来，精疲力尽，继续向前，又觉得自己还是在原地起步，不管我如何虔诚地修行，始终摆脱不了头上的"金箍儿"。十年中间我就这样地走着，爬着，走着，爬着……一直到"文化大革命"，我给戴上了"资产阶级反动学术权威"的帽子，成为审查对象。

但我也不是一开始就给关进"牛棚"的。杂文家可能比我先走一步。我还在北京、汉口、上海三地相继出席亚非作家紧急会议，以副团长身份大宴宾客的时候，不少熟人都失去了自由、挨斗受辱，而且因为报上发表了《横扫一切牛鬼蛇神》的社论，一下子大家都变成了"牛鬼"。我和杂文家失去了联系，即使住在同一个城市，我也无法知道他的真实情况。会议结束，送走全部外宾，我也做了"阶下囚"。

十年"牛鬼"的生活开始了。我不再有恐惧，因为我已经给揪了出来，抄了家，失去自由，不可能再有任何"侥幸"心理。我被称为"黑老K"和"无产阶级专政的死敌"，认识到自己罪孽深重、不可救药。但我又不愿灭亡，在那两三年中我甘愿受辱，争取吃苦。有时甚至以为受苦可以使人净化，表现好可以得到从宽处理。在这一段时期我跟所有的朋友断绝了关系，只有从各地来"外调"的造反派的凶恶的审讯中猜到一点情况，我不得不把朋友们忘得干干净净，我真正被孤立起来了，即使在大街上遇见熟人，谁也不敢跟我打招呼。

我知道杂文家在上海，现在他的处境比我的好多了，我为此感到高兴，熟人中间有一个人得救，总比全体灭亡好。我去过干校，在那里住了两年半，日常的课程不过是劳动、学习和批斗。以后又回到机关，批斗总算结束了。最初是一个人自学，然后参加"革命群众"的学习，以后给分配到别的单位，始终戴着无形的帽子，即所谓"敌我矛盾作人民内部矛盾处理"，这是另一种"紧箍咒"，我想大概就是踏上一脚叫我永世不得翻身吧。到了出版单位，除了每周两次政治学习外，有时还参加大会听报告，这样我就有机会见到杂文家了。他已经解放，参加了工作，在另一个出版社。有一天我去开会，他在会场里看见我，过来打个招呼，要我散会后同他一道出去。我们，还有一位朋友，三个人步行到红房子，吃了一顿饭，我们交谈起来，还是很亲切，只是不常发出笑声。我当然忘记不了头上那顶无形帽，他呢，虽然当了第四届全国人大的代表，但过去的"紧箍咒"不会轻易地放过他。不过在这种时候主动地请我在饭馆里吃饭，也需要大的勇气。他的脾气没有大改变，只是收敛了些。在他身上我找到了旧日的友情，经过两次大火还不曾给烧成灰烬的友情。即使在那样的环境里，我们也还提起两个我们共同的好友的名字，金仲华和陈同生，都是在"文革"初期死去的，一个上吊自杀，另一个据说死在煤气灶上。他们为什么死去，我至今还不明白，可是我们一直怀念他们。

十年中间我们见面交谈大概就只有这一次。还有一次，也是在会场里，他坐在台上发言，拿着稿子在念，讲的就是一九五七年经人指点检讨"脱险"的经过，还是他以前讲过的那些内容，还是那种充满感激的腔调。当时"四人帮"刚刚下台，我仍然戴着那顶无形帽子，不过连我自己也看得出来那些横行了十年的歪理就要破产。有些关心我的亲友替我着急，劝我到处写信，想法早日摘下帽子，我觉得一动不如一静，仍然安心等待。又过了两三个月，我那三间给上锁又加封、关了整整十年的书房和寝室终于打开了，再过一些时候，《文汇报》的文艺编辑来找我写文章。编辑同志是我的熟人，他一再要求，我只好交给他我的《一封信》，就这样地结束了我十年的沉默。

我和杂文家又在一起出席全国人大，参加各种大小会议了，一直到一天晚上我在家中摔断左腿的时候。……

这以后我的情况大都记录在《病中集》里了。他呢，除了他生病住过两三次医院外，我经常在新闻报道上读到他的名字，在荧光屏上看到他的面容，他还是各种会议主席台上少不了的人物，也常常给请出来发言表态。一切照常。他的晚报给造反派砸烂以后过了十多年也复刊了。于是我又读到了他那些匕首似的杂文。可能因为他身体不好，文章写得少些，也可能我读晚报的机会不多，读不到他的杂文，好像跟他渐渐地疏远了。我

讲真话的书 (1982—1985)

总觉得把时间耗费在主席台上太可惜了，我很想找他谈谈，劝他多写文章，劝他多讲心里的话。

就在这个时候朋友把《"文革"还在揪人》这篇杂文给我寄来了，我的高兴是可以想象到的。原来杂文家还在继续使用他的武器。即使坐在主席台上他也并未闭目养神，他还睁着双眼注视四周的大小事情。

我读他的文章，他引用我的词句，我们之间有一个共同的东西，那就是十年"文革"的积累——"人吃人"的噩梦。我们两人都感觉到"'文革'还在揪人"，这绝不是开玩笑，前年十月底我第二次住进医院的时候，噩梦就做得最多，而且最可怕。我当时的确害怕这些梦景会成为现实，所以我主张多写这些噩梦，不但要写泪，而且要写血，因为那些年我们流的血、淌的泪实在太多了。我一再劝人不要忘记"文革"的教训，唯一的原因就是担心"造反派"卷土重来。杂文家关心知识分子的遭遇，因为知识分子政策长期不能落实而感到苦恼。落实政策已经宣传了好几年了，为什么还这样困难？他说得好："'文革'这个母大虫好像已是死老虎了，但是死而未僵，它还在揪住一些人不放。"有人想，死了总会僵的，就耐心等一等吧。有人想，上面吩咐了，下面总得照办，就再呼吁一下吧，为什么没有人出来干脆地砍掉未僵死虎的爪子呢？为什么没有人想到死而未僵的幽灵会复活呢？我总觉得什么地方有一双猛兽的眼睛在草丛中偷偷地望着我们，什么地方有一个响亮的声音在说："人啊，你们要警惕！"

关于知识分子我不想讲什么，我只想问问杂文家：我们头上还有没有"金箍儿"？为什么我们总是要求别人做这做那，等待别人做这做那呢？想想我们自己这二三十年的亲身经历吧。"紧箍咒"不就是对我们的迷信的惩罚？想起《西游记》里唐僧对孙悟空讲的那句话，我就恍然大悟了。唐僧说："当时只为你难管，故以此法制之。"

我多年苦心修建的宝塔已经倒掉，我举手摸头，果然头上什么也没有了。

十二月二十五日

一九八五年

"创作自由"
——随想录一二六

今天收到一位朋友从纽约寄来的信，信上有这样一段话："这次北京'作协'大会，海外反应很强烈，虽然大家说话有些不好听，但几乎都感到兴奋与欣慰。我们只盼望能真正的实行下去。您那颗一直年轻的心，也许能分外地理解我们。"她是《美洲华侨日报》副刊的编辑，还附寄了两期副刊的剪报。副刊的大标题是：《海外的回响，对中国作协第四次代表大会的观感》，执笔的有二十四位海外作家。

这次大会的确是一次盛会，我虽然因病没有能出席，只是托人在会上念了我的开幕词，但是会后常有人来找我谈开会的情况，我还读过大会的一部分文件和简报。我对这次大会怀有大的期望，我有一个想法：这次大会一定和以前的任何一次会议不同。根据什么做出这样的判断，我自己也说不清楚。大会结束了，反应的确很强烈，我指的并不是"海外"，是国内，反应来自跟这次大会有切身关系的全国作家。反应强烈，说明这次大会开得不寻常；会后听说在这里好些单位都主动地请人传达，可见这次大会受到普遍的注意。对于大会可能各人有各人的看法，但有一点则是共同的：大家都欢迎它。当然也有例外，有人不满意这样的会，不过即使有，为数也极少，这些人只好躺在角落里发出一些噪音。大会闭幕后新华社记者从北京来电话要我发表意见，我正在病中，没有能讲什么，只说："会开得好。我同意王蒙那句话：'中国文学的黄金时代真的到来了。'"今

讲真话的书　（1982—1985）

天我读了海外华人作家对大会的"观感",意外地发现他们的想法和我的相差并不远,他们的话我听起来并非"不好听",而是很入耳。这里不存在理解不理解的问题。说实话我的心已经很不年轻了,但是我和他们同样地热爱我们伟大的中华民族,同样地热爱我们善良的中国人民,所以我们走到一起了。我随便举一个例子。一位海外同行说这次大会"最值得注意的有两件事:第一是胡启立代表中共中央提出给作家以创作自由的保证;第二件是王蒙等革新派作家的高票当选"。第一件事在所有海外同行的观感中都曾经谈到,或深或浅,或明或暗,大家一致认为"创作自由"是创作繁荣不可少的条件。第二件事提到的人不多,不过刘宾雁、王蒙的作品在海外受到普遍的重视,有人甚至认为他们的当选是"革新派的凯歌"。这样的意见有什么"不好听"呢?我们自己不是也有类似的意见吗?

最近我还在家里养病。晚上,咳得厉害,在硬板床上不停地向左右两面翻身,总觉得不舒服,有时睡了一个多小时,又会在梦中被自己的叫声惊醒。睡不着我就东想西想。我常常想起刚刚开过的第四次作家代表大会,于是对大会我也有了自己的"观感"了。可是很奇怪,我想到的恰恰也就是那两样事情:祝词和选举。这是大会的两大"收获",也是两大"突破"。代表们出席大会,并不是"为开会而开会",而是为了解决繁荣创作的问题。作家们用自己的脑子思考问题,对他们"创作自由"和"艺术民主"不再是空话了。不用说党中央对"创作自由"的保证受到热烈的欢迎,这是对作家们很大的鼓舞。说到选举,有人说,这次不是照别人的意思画圈圈,我们可以根据自己的想法挑选"领导人"。这两件事都只是一个开端。但是一开了头就会有人接着朝前走。走了第一步就容易走第二步。有人带了头,跟上来的人不会少。有了路,走的人会更多。全国的眼睛都在注视这次大会上发生的事情,大家都在想:你们走出了路,我们为什么不可以跟着走上去?你们可以按照自己的主张挑选人,哪怕只有一个两个,也总算给我们树立了榜样。我们也可以用打叉叉代替画圈圈,表示自己的意见。既然好不容易向前迈出了一大步,谁还肯退回原地或者更往后退？！

　　关于选举，我不想多说了。只要大家不讲空话，在创作实践中踏着坚定的步子，即使走得再慢，也不会陷在泥坑里拔不起脚。从"创作自由"起步，会走到百花盛开的园林。"创作自由"不是空洞的口号，只有在创作实践中人们才懂得什么是"创作自由"。也只有出现更多、更好的作品，才能说明什么是"创作自由"。我还记得一个故事，十九世纪著名的俄罗斯诗人涅克拉索夫临死前在病床上诉苦，说他开始发表作品就让检查官任意删削，现在他躺在床上快要死了，他的诗文仍然遭受刀斧，他很不甘心……原话我记不清楚了，但《俄罗斯女人》的作者抱怨没有"创作自由"这事实给我留下极其深刻的印象。在沙皇统治下的俄罗斯，是没有自由的，更不用说"创作自由"了。但十九世纪的俄罗斯文学至今还是世界文学的一个高峰。包括涅克拉索夫在内的许许多多光辉的名字都是从荆棘丛中、羊肠小道升上天空的明星。托尔斯泰的三大长篇的最后一部（《复活》）就是在没有自由的条件下写作、发表和出版的。托尔斯泰活着的时候在他的国家里就没有出过一种未经删节的本子。他和涅克拉索夫一样，都为"创作自由"奋斗了一生。作家们用自己的脑子考虑问题，根据自己的生活感受，写出自己想说的话，这就是争取"创作自由"。前辈们的经验告诉我们，"创作自由"不是天赐的，是争取来的。严肃认真的作家即使得不到自由也能写出垂光百世的杰作，虽然事后遭受迫害，他们的作品却长久活在人民的心中。"创作自由"的保证不过是对作家们的一种鼓励，对文学事业发展的一种推动力量。保证代替不了创作，真正的黄金时代的到来还得依靠大量的好作品引路。黄金时代，就是出人、出作品的时代。这样的时代绝不是用盼望、用等待可以迎接来的。关于作协大会的新闻报道说："许多作家特别是一些老同志眼圈红了，哭了，说他们盼了一辈子才盼到这一天。"我没有亲眼看见作家们的泪水，不能凭猜想作任何解释；但是我可以说，倘使我出席了大会，倘使我也流了眼泪，那一定是在悲惜白白浪费掉的二三十年的大好时光。我常说自己写了五六十年的文

讲真话的书 （1982—1985）

章，可是有位朋友笑我写字不如小学生。他讲的是真话。我从小就很少花功夫练字，不喜欢在红格纸上填字，也不喜欢老师手把手地教我写，因此毫无成绩，这是咎由自取。后来走上文学道路，我也不习惯讨好编辑、迎合读者，更不习惯顺着别人的思路动自己的笔，我写过不少不成样子的废品，但是我并不为它们感到遗憾。我感到可悲的倒是像流水一样逝去的那些日子。那么多的议论！那么多的空谈！离开了创作实践，怎么会多出作品？！若说"老作家盼了一辈子才盼到"使他们流泪的这一天，那么读者们盼了一辈子的难道也是作家们的眼泪？当然不是。读者们盼的是作家们的创作实践和辛勤劳动，是作品，是大量的好作品。没有它们，一切都是空话，连"中国文学的黄金时代"也是空话。应当把希望放在作家们的身上，特别是中青年作家的身上——我一直是这样想的。

二月八日

"再认识托尔斯泰"？

——随想录一二七

在今年一月出版的《读者良友》（二卷一期）上我看到题作《再认识托尔斯泰》的文章。"再认识"托尔斯泰，谈何容易！世界上有多少人崇拜托尔斯泰，有多少人咒骂托尔斯泰，有多少人研究托尔斯泰，但谁能说自己"认识"托尔斯泰？抓一把污泥抹在伟大死者的脸上，这不是什么"私生活揭秘"，关于托尔斯泰的私生活已经有了那么多的资料，本人的、家属的、亲友的、医生的日记、书信、回忆等等，还有警察的报告和政府的秘密文件，更不必说数不清的用各种文字编写的托尔斯泰的传记了。在他的晚年，这位隐居在雅斯纳雅·波良纳的老人成了政府和东正教教会迫害的对象，各种反动势力进行阴谋，威逼托尔斯泰承认错误，收回对教会的攻击，老人始终不曾屈服。他八十二岁离家出走，病死在阿斯达波沃车站上，据说"在他与世长辞的那所屋子周围，拥满了警察、间谍、新闻记者与电影摄影师……"[①]这说明一直到死，他没有得到安宁，对他的诬蔑和诽谤也始终不曾停止。他活着就没有能保持什么私生活的秘密，他也不想保持这样的秘密。他是世界上最真诚的人。他从未隐瞒自己的过去。他出身显贵，又当过军官，年轻时候确实过着放荡的贵族生活。但是作为作家，他严肃地探索人生、追求真理，不休止地跟自己的各种欲念做

---

① 借用傅雷的译文，见《托尔斯泰传》（罗曼·罗兰著）。

讲真话的书 (1982—1985)

斗争。他找到了基督教福音书,他宣传他所理解的教义。他力求做到言行一致,照他所宣传的去行动,按照他的主张生活。为了这个目标,他奋斗了几十年,这是有目共睹的事实。他的一生充满了矛盾,为了消除矛盾,他甚至否定艺术,相信"艺术是一种罪恶"。他离开书斋把精力花费在种地、修炉灶、做木工、做皮靴等上面。他捐赠稿费,让遭受政府迫害的他的信徒"灵魂战士"们移民去加拿大。他还放弃自己著作的版权……这一切都是他的妻子所不理解的,因此他们夫妇间的隔膜越来越深,分歧越来越大。老人又受到各式各样自称为"托尔斯泰主义者"的"寄生虫"[①]的包围,他们对他过分的要求[②]促使他的偏执越来越厉害,他竟然写了一本书证明莎士比亚"不是一个艺术家"。在逝世前最后几天里他还写过这样的话:"我深深感觉到写作的诱惑与罪恶……"他走到这样的极端,并不能消除自己思想上的矛盾,减轻精神上的痛苦,也不能使他的"弟子和信徒们"完全满意,却增加了索菲雅夫人的误解和担心。那个替丈夫抄写《战争与和平》多到七遍的女人,当然不愿意他走上否定艺术的道路,因此对那些她认为是把托尔斯泰引上或者促使他走上这条道路的所谓"托尔斯泰主义者"有很大的反感,她同他们的斗争越来越激烈。她热爱艺术家的托尔斯泰,维护他的荣誉,做他的忠实的妻子,为他献出她一生的精力;她却不能忍受作为人生教师的托尔斯泰,也就是"说教人"的托尔斯泰,她这种不断的歇斯底里的争吵,反而给老人增加精神上的痛苦,把老人推向他那些"门徒",促使老人终于离家出走。他留给妻子的告别信还是一八九七年写好的,一直锁在他的抽屉里面。这说明十三年前他就有离家的心思,他的内心战斗继续了这么久。只有小女儿亚历山德拉知道他出走的计划,她陪他坐火车,中途他病倒在阿斯达波沃车站,就死在那里。

---

① 寄生虫:引用高尔基的话,见《文学写照》。
② 他们责怪他不能按照自己的信仰生活,即言行不一致。

亚历山德拉后来写过一本回忆录①，书中有这样的话："我父亲死后，母亲大大地改变了。……她常常在一张大的扶手椅上迷迷糊糊地睡几个钟头，只有在别人提起父亲的名字时，她才醒过来。她叹息，并且说她多么后悔曾经使他痛苦过。'我真以为我那个时候疯了'，她这样说。……一九一九年她患肺炎去世。姐姐达尼亚和我看护了她十一天……到了她明白自己快要死的时候，她把我姐姐和我叫到床前。她说'我要告诉你们'，她呼吸困难，讲话常常被咳嗽打断，'我知道我是你父亲的死亡的原因。我非常后悔。可是我爱他，整整爱了他一辈子，我始终是他的忠实的妻子。'我姐姐和我说不出一句话。我们两个都哭着，我们知道母亲对我们讲的是真话。"

这就是托尔斯泰的家庭纠纷，这就是他的生活的悲剧。亚历山德拉是他最喜欢的女儿，曾被称为"他的亲切的合作者"，难道她不是最可靠的见证人？！

谁也想不到几十年后的今天会有人根据什么"有充分的可靠性值得信赖"的"研究材料"撰写文章，说托尔斯泰是"俄罗斯的西门庆"，说他的"道德""文章""应该身首异处、一分为二"，甚至说他"一向就是个酒色财气三及第的浪子……他这样的生活作风，由于家庭出身与社会沾染形成，变为了他牢不可改的性格本质"②。这哪里是研究？这样的腔调，这样的论断，有一个时期我很熟悉，那就是"十年浩劫"中我给关进"牛棚"的时候。我奇怪，难道又在开托尔斯泰的批斗会吗？

当然每个人都有权喜欢或者讨厌托尔斯泰，称赞他或者批判他，但是他们总应该多少了解他，总应该根据一点点事实讲话。托尔斯泰的生活经历是那么丰富，有那么多的材料，而这些材料又是不难找到的，我也用不着在这里引经据典来证明托尔斯泰是一个什么样的人。我只从一本传记中

---

① 即《托尔斯泰的悲剧》。

② 见《再认识托尔斯泰》，《读者良友》一月号。

讲真话的书 (1982—1985)

引用一节话说明我的看法：

> 每件细小事情似乎都加深托尔斯泰由于他的生活环境和他所愿望过的生活两者之间的差异而感到的痛苦不满。有一天他喝茶的时候，皱着眉头抱怨生活是一种负担。
>
> 索菲雅问他："生活怎么会是你的负担？人人都爱你！"他答道："是，它是负担，为什么不是呢？只是因为这儿的饮食好吗？""为什么不是呢？我不过说大家都爱你。""我以为每个人都在想：那个该死的老家伙说的是一回事，做的是另一回事；现在你应该死掉，免得做一个完全的伪君子！这很对。我经常收到这样的信，连我的朋友也写这类的话。他们说得不错。我每天出去，路上总看见五个衣服破烂的叫花子，我呢，骑着马，后面跟着一个马车夫。"
>
> 在一九一〇年头几个月的日记里，经常记着托尔斯泰因为这个问题所感受到的敏锐的精神上痛苦和羞愧。四月十二日他写道："我没有用餐，我痛苦地意识到我过的是罪恶的生活，我四周的劳动人民和他们的家人都是饥寒交迫，朝不保夕。……我很难过，十分不好意思，……"[①]

够了，这些话就可以说明伟大作家最后几十年的内心斗争和家庭悲剧的实质了。托尔斯泰所追求的就是言行的一致。在他，要达到这个目标是多么困难，为了它他甚至献出了自己的生命。他最后在病榻上不愿意见他的妻子，一是决心不返回家中；二是想平静地离开人世。一个八十二岁的老人，跟什么"小白脸男妾"、什么"大男人主义"怎么能拉扯在一起？！传播这种流言蜚语的人难道自己不感到恶心？

[①] 引自埃·西蒙斯的《托尔斯泰》（一九四六年）。

我不是托尔斯泰的信徒，也不赞成他的无抵抗主义，更没有按照基督教福音书的教义生活下去的打算。他是十九世纪世界文学的高峰。他是十九世纪全世界的良心。他和我有天渊之隔，然而我也在追求他后半生全力追求的目标：说真话，做到言行一致。我知道即使在今天这也还是一条荆棘丛生的羊肠小道。但路总是人走出来的，有人走了，就有了路。托尔斯泰虽然走得很苦，而且付出那样高昂的代价，他却实现了自己多年的心愿。我觉得好像他在路旁树枝上挂起了一盏灯，给我照路，鼓励我向前走，一直走下去。

　　我想，人不能靠说大话、说空话、说假话、说套话过一辈子。还是把托尔斯泰当作一面镜子来照照自己吧。

三月三十日

洛蒂先生摄影集《中国》①序

乔尔吉·洛蒂先生从米兰写信给袁华清先生，希望我为他的新的影集《中国》写序。据说这是一本介绍人民中国的彩色影集，所收照片都是洛蒂先生一九七三年到一九八四年多次访华时拍摄的。作为意大利一位著名的摄影家，他到过我国的首都北京和上海、广州、桂林、西安，以及内蒙古、新疆的一些城市。

我并不是适当的作序的人，我对摄影艺术一无所知，而且我又未见过他拍摄的那些照片，写什么好呢？我对袁先生说出我的想法。袁先生说洛蒂先生热切希望你写几句话，不要使他失望吧。袁先生这样鼓励我动笔，因为他曾经陪同洛蒂先生到我家做客，洛蒂先生同我交谈就由他担任译员。那是一九八二年春天的事，当时我已经得了帕金森氏症，虽然去医院找过医生，但自己并不重视，总以为不过是老年人免不了的衰老现象，在家休养一年半载我便可以恢复健康。谁知刚过半年，一天晚上我在二楼书房的廊上取书，一转身便摔倒在地上，左腿给摔断了。我的健康至今未能完全恢复，但洛蒂先生在我家拍照的情景还历历在目。

他进过我的书房，在后来我摔断腿的廊上停留过。他在客厅里拍过照，也在院子里草地上拍摄过不少的镜头。我还记得我家对面的十二层大楼正在兴建，建筑工人看见外国朋友来照相，都感兴趣地站在未完成的屋

---

① 《中国》：一九八六年意大利马西木·巴尔狄尼书社出版。

顶上看望。我也记得洛蒂先生对我说他很高兴在中国作家的家中拍照，他还讲起他在意大利诗人家中做客的情况。分别时他留下一样珍贵的礼物，那就是在我国传遍千家万户的周恩来总理的遗照。我早已有了这照片的复制品。十年"文革"结束之后，我离开"地狱"重见天日，却永远失去了再见到周总理的机会，在怀念伟大死者的时候，我先后收到两位朋友寄来的洛蒂先生的杰作，即使是复制品，它们也给我留下极深刻的印象，我把其中的一幅配上镜框挂在前厅的壁上。那两三年中间，我摆脱繁忙的工作静下来，哪怕在遗像前站立片刻，我也会听见那个熟悉的声音："鞠躬尽瘁！"周恩来总理坐在沙发上，面容安静而严肃，他不是在休息，他在思索我们国家和人民的光明的未来，他望着前方，眼光是那样坚定，我好像跟着他看到了未来的美景，我有了更多的信心。整个影集里我见过的就只有这一幅照片。不过从这一幅照片我也就认识了摄影家乔尔吉·洛蒂本人和他那颗对中国人民友好的心，我这样说大概是可以的吧。照片是一九七三年拍摄的，六年后他再度访问我国，听说在上海遇见一位演员紧紧握着他的手，含着热泪对他说："中国人民永远感谢你！"是的，我也感谢他真实地表达了中国人民的爱憎。我有的也只是一个普通中国人的感情。我们不习惯用语言表达我们内心贮藏的深情厚谊。我们倒喜欢用无言的行动表示自己的喜怒哀乐。我们好客，愿意同外人友好相处，让客人分享我们的一切。我们不太敏感，也不热情外露，不是一次见面就向人掏出自己的心，只有在我们的心灵深处给触动的时候，我们才无保留地敞开胸怀。我们并不白白地接受真挚的友情；对任何友好的表示，我们的感谢都会长留在心上。我们容易相信别人，也很少怀疑自己。我们不怕艰苦，不怕困难，在任何条件下没有怨言默默地劳动，日出而作，日入而息，献出全部的精力和智慧建设自己的文明，世世代代地繁殖下去。虽然脚步缓慢，我们却一直在前进，向着光明的未来。

这就是我们的人民，我所爱的正直、善良、勤劳的人民。在他们的身上有多少发光的东西，只有在较长的时间里同他们接近，才理解他们。我

讲真话的书　(1982—1985)

们现代文学中有不少表现他们心灵美的优秀篇章,可是西方的读者很少有机会接触它们。因此我非常欢迎乔尔吉·洛蒂先生的新的影集的问世,希望通过我们这位朋友的作品,意大利的广大读者可以看到我国人民闪闪发光的心。

四月二十五日

再说端端
——随想录一二八

一

我还想谈谈外孙女小端端的事情。前一篇关于她的文章是三年前发表的,现在端端不再是"我们家庭最小的成员"了(我儿子结了婚,家里添了一个一岁的小孙女)。但她仍然是全家最忙的人。她在小学读到了五年级,每天还是带了不少的课外作业回家,到家后休息不过半小时,就埋头用功,常常坐到晚上八九点钟,中间只除去吃一顿晚饭的时间。她在家做功课,常常借用我的写字台。我算了一算她一天伏案的时间比我多。我是作家嘛,却没有想到连一个小学生也比我写得更勤奋。"有这样的必要吗?"我不止一次地问自己。我总觉得:儿童嘛,应当让她有时间活动活动,多跑跑,多笑笑,多动动脑筋。整天坐着看书写字,就不像小孩了。我自己也有过童年,我并不曾忘记我是怎样过来的。虽然生活在封建或半封建的社会里,我也还是一个跳跳蹦蹦的孩子,常常用自己的脑筋想主意,我有时背书背不出来挨板子,但也有痛痛快快和同伴们游戏的时候。我始终不曾感觉到读书像一种沉重的负担,是一件苦事。所以有一天我听见端端一个人自言自语发牢骚:"活下去真没劲!"不觉大吃一惊,我对孩子的父母谈起这件事,我看得比较严重,让一个十岁多的孩子感觉到活

讲真话的书 （1982—1985）

下去没有意思，没有趣味，这种小学教育值得好好考虑。孩子的父母并不完全同意我的看法，特别是做母亲的总以为孩子不肯多动脑筋，做作业做得太慢，自己又没有工夫辅导孩子，有时看见到了九点孩子还在用功，就动了气，放连珠炮似的大骂一顿，逼着孩子上床睡觉。孩子只得第二天提早起床做功课。孩子的父亲偶尔和我同声说一句："孩子睡眠不足。"但是他也不得不警告孩子：将来念中学，考重点学校，功课更多，老师抓得更紧，现在不练就一些本领，以后怎样过日子？

端端并不理解这个警告的严重性。她也不知道如何练就应付那些功课的本领。她母亲责备她"窍开得慢"，似乎也有道理。我的两篇文章写成相隔三年，这就说明三年中她的情况并未改善，可见进步很小。她的学习成绩始终不稳定，而且常常不大好。但孩子既爱面子，又怕挨骂，每逢考试成绩在九十分以上，她回到家，就马上告诉大人（姑婆、太孃或者她的父母），要是成绩在八十分以下，她便支支吾吾，设法拖延一两天，终于给妈妈知道，还是挨一顿痛骂。说也奇怪，我女儿思想很开放，但是要她抓孩子的功课，或者她发现了孩子的毛病，就缺乏耐心，不由分说，迎头来一阵倾盆大雨，有时甚至上纲上线，吓得孩子无话可说。我不同意这种教育方法，我心里想：她不开窍，你帮忙她开窍嘛。可是我女儿、女婿都在为自己的"事业"忙碌着，抽不出时间来照顾孩子的学习。我在旁边冷静地观察，也看得出来：孩子挨骂的时候，起初有些紧张，后来挨骂的次数多了，她也就不大在乎了。所以发生过的事情又继续不断地发生。做母亲的却从未想过：为什么孩子会有"活下去真没劲"的思想。她大概以为"不要紧，大家都是这样地教育成人的"。

当然，谁也不必把孩子的话看得太认真。的确大家都是这样过来的。孩子不会因为功课重就"看破红尘"，也不会因为挨骂多就起来"造反"。一切会照常进行，不必紧张。孩子虽爱面子，但也不会去考"重点学校"，她父母也不会强迫她考"重点学校"，我更不鼓励她念"重点学校"，因为做"重点"学生，要付出更大的代价。她还不够条件。

我三年前就曾指出，现在的教学方法好像和我做孩子时候的差不太多，我称它为"填鸭式"，一样是灌输，只是填塞进去的东西不同罢了。过去把教育看得很简单，认为教师人人可做，今天也一样，无非是照课本宣讲，"我替你思考，只要你听话，照我说的办"。崇高理想，豪言壮语，遍地皆是；人们相信，拿起课本反复解释，逐句背诵，就可以终生为四化献身，向共产主义理想迈进了。

我是受过"填鸭式"教育的，我脑子里给填满了所谓孔孟之道，可是我并没有相信过那些圣贤书，人们从来不教我开动脑筋思考，到了我自己"开窍"的时候，我首先就丢开那些背得烂熟的封建糟粕或者封建精华。我总是顺着自己的思路想问题。也只能顺着自己的思路想问题，那些填进去的东西总不会在我的脑子里起作用，因为我是人，不是鸭子。

今天的孩子当然也不是鸭子，即使我们有十分伟大、极其崇高的理想也不能当作"饲料"使用吧。要是作为"饲料"，再伟大的东西也会走样的。何况用"饲料"填鸭只是为了让鸭子快快长肥给人吃掉。我们给孩子受教育却是为了让他们做有用的人，为建设祖国长期尽力，这是"百年大计"，绝不是单单把他们"养肥"就解决问题。

为孩子们着想，培养他们最好是"引导""启发"，使他们信服，让他们善于开动脑筋，学会自己思考问题。真正懂得什么是伟大，什么是崇高，什么是好，什么是美，他们才有可能向伟大、崇高、好和美的方面追求。听话的孩子不一定就是好学生，肯动脑筋的孩子总比不动脑筋的好。人总是不停地前进的，人类社会总是不断地发展的。不论是人，不论是社会，都不可能照一个模式世世代代不变地传下去。依赖父母的子女是没有出息的。下一代不会让我们牵着鼻子走，他们一定会把我们抛在后面，因为我们常说：孩子是我们的未来，我们的希望。是希望，是未来，就得跟"填鸭式教育"决裂。未来绝不会跟过去和现在一模一样。

最近人们又在谈论教育改革，这是好事。改革教育，人人有份，它不只是少数专家的事情。大家都希望这一次能改出一点成绩来。我看，单单

讲真话的书　(1982—1985)

伸起颈项等待是没有用的，有意见就讲出来。不能再走几千年、几百年、几十年前的老路了。多考虑，多议论，多征求意见，一切认真对待。总之，千万不要忘记认真二字。

二

我的前一篇关于端端的短文是一口气写下去的。这一段"随想"则写得很吃力，还删改了三次。为什么会这样困难？我找出一个原因：我把自己同端端混了在一起，我写端端，却想到自己。我的书橱里有二三十册笔记本或者更多一些，都是"文革"期间给造反派抄走后来落实政策又退了回来的。本子上记录着"老师们"的"讲课"，全是我的字迹。在那段漫长的时间里我经常像小学生那样战战兢兢地应付没完没了的作业，背诵、死记"老师们"的教诲；我强迫自己顺着别人的思路想事情，我把一连串的指示当作精饲料一股脑儿吞在肚里。是的，这全是为我准备而我消化不了的精饲料。为了讨好"老师"，争取分数，我发奋，我虔诚，埋头苦学到夜深，只换来连夜的噩梦：到处寻找失去的东西，却一样也找不回来。应该说，有一个时候我也是"全家最忙的人"。我也是一个"没有开窍"的小学生，永远记不牢"老师们"的教导和批评，花费了那么多的学习时间，我得到的却常常是迎头的倾盆大雨。头发在灌输和责骂中变成了银丝，拿笔的手指颤抖得不由自己控制，写作成为惩罚的苦刑，生活好似长期的挣扎。"没劲！没劲！"甚至在梦里我也常常哀求："放学吧！"我真想做一个逃学的"小学生"。说老实话，我同情端端，我也怜悯过去的自己。

三

关于端端我还得讲几句公道话。固然在学习方面她有缺点，成绩也属于中等，但正如她自己所说"不能把人看死"，她还是一个"在发展中的"十一岁的小姑娘。她也是要变的。

我妹妹批评我"偏爱"端端，我不否认，生活把我和这孩子拴在一起了。我常常想起狄更斯的《老古玩店》。我和端端都看过根据这小说改编的电视连续剧。老外公和小外孙女的形象常常在我的眼前出现。我摔伤后从医院回家，生活不能自理，我和孩子的两张床放在一个房间里，每天清早她六点起身后就过来给我穿好袜子，轻轻地说声"再见"，然后一个人走下楼去。晚上她上楼睡觉，总是先给我铺好床。星期天我比她早起，就叫她过来给我穿好袜子，让她再上床睡一会，我笑着说："这是包给你的。"她得意地回答："我承包下来了。"似乎她为这种没有报酬的"承包"感到自豪。

她不会想到每天早晨那一声"再见"让我的心感到多么暖和。

五月二十五日

"寻找理想"
——随想录一二九

一　来信

江苏某县某乡中心小学十位同学四月十八日写信给我：

敬爱的巴金爷爷：

　　我们是十个小学五年级的学生，平均年龄不到十一周岁，在学校里都获得了"三好"或"品学兼优"的奖励。但是近年来，我们被一些新的现象迷惑了。爸爸妈妈说话三句不离钞票，社会上常以收入多作为自己的骄傲。有位每月工资是三十多元的老师，当我们问她工资多少时，她脸红了。我们有位同学数学考了九十四分，她呜咽起来，原来爸爸答应她，考了九十五分可得五元奖金。许多家长都用金钱、新衣、旅游来鼓励我们取得好成绩。有些同学在谈到将来时，往往把单位好、工资高、奖金多作为自己最好的向往。一句话，为金钱工作、为金钱学习，已经成为理所当然的事。这难道就是我们八十年代的少年应该追求的理想吗？作为三好学生，我们可以攻克学习上的重重难关，但是在这里，在理想问题上我们成了十只迷途的羔羊。但是我们不

一九八五年

甘沉沦，我们决心探索、寻求，我们十个朋友决定开展一个"寻求理想"的活动。巴金爷爷，我们读过您写的很多书。现在您已上了年纪，可是我们还常常在报纸上、电视里看到您在忙碌地工作。我们想您那里一定有一种神奇的力量，有打开我们心灵窗户的神秘钥匙，因此，我们想向您请教。当您伏案写作的时候，您想的是什么？您写了那么多的书，您追求的是什么？巴金爷爷，我们知道您很忙，您有很重要的工作，您还需要休息，我们实在不愿意打搅您，但是我们十分需要您的帮助。十只迷途的羔羊向您呼救，请您以最快的速度给我们指点。

祝您长寿。

十个寻找理想的孩子

写信人的名字给我删掉了。

二 我的回答

亲爱的同学们：

你们的信使我感到为难。我是一个有病的老人，最近虽然去北京开过会，可是回到上海就仿佛生了一场大病似的，一点力气也没有，讲话上气不接下气，写字手指不听指挥，因此要"以最快的速度"给你们一个回答，我很难办到。我只能跟在你们背后慢慢地前进，即使远远地落在后面，我还可以努力追赶。但要带着你们朝前飞奔，不是我不愿意，而是力不能及了。这就说明我不但并无"神奇的力量"，而且连你们有的那种朝气我也没有，更不用说什么"神秘钥匙"了。

不过我看你们也不必这样急，"寻求理想"不是一天、两天的事。理想是存在的，可是有的人追求了一生只得到幻灭；有

257

讲真话的书 （1982—1985）

的人找到了它一直坚持到生命的最后一息。各人有各人的目标，对理想当然也有不同的理解。我听广播、看报纸，仿佛人们随时随地都在谈论"理想"，仿佛理想在前面等待人，只要你一伸手就可以把它抓住。那么你们为什么还那样着急地向我"呼救"呢？你们不是都有了理想吗？你们在"向钱看"的社会风气中感觉到窒息，不正是说明你们的理想起了作用吗？我不能不问，你们是不是感到了孤独，因此才把自己比作"迷途的羔羊"？可是照我看，你们并没有"迷途"，"迷途"的倒是你们四周的一些人。

　　我常常想，我们生活在其中的社会有时会是十分古怪，叫人难以理解。人们喜欢说，形势大好，我也这样说过。这种说法不是没有道理，我也有自己的经验：根据我耳闻目睹，舍身救人、一心为公的英雄事迹和一人有难八方支援的好人好事，每天都在远近发生。从好的方面看当然一切都好；但要是专找不好的方面看，人就觉得好像被坏的东西包围了。尽管形势大好，总是困难很多；尽管遍地理想，偏偏有人唯利是图。你们说这是"新的现象"，我看风并不是一天两天刮起来的。面对着这种现象，有人毫不在乎，他们说这是支流，支流敌不过主流，正如邪不胜正。即使出现这样的情况，譬如说钞票变成了发光的"明珠"，大家追求一个目标：发财，人人争当"能赚会花"的英雄；又譬如说从喜欢空话、爱听假话，发展到贩卖假药、推销劣货，发展到以权谋私、见利忘义……也不要紧，因为邪不胜正。还有人说："你不要看风越刮越厉害，不久就会过去的。我们有定风珠嘛！"同他们交谈，我也感到放心，我也是相信邪不胜正的人，我始终乐观。

　　同学们，请原谅，我不是在这里讲空话。束手等待是盼不到美好的明天的，我说邪不胜正，因为在任何社会里都存在着是与非、光明与阴暗的斗争。最后的胜利当然属于正义、属于光明。但是在某一个时期甚至在较长的一段时期，是也会败于非，光明也会被阴暗掩盖，支流也会超过主流，在这里斗争双方力量的强弱会起大的作用。在这一场理想与金钱的斗争中我们绝不是旁观者，斗争的胜败关系到我们每个人的命运。我们是这个社会的成员，是这个国家的公民。要是我们大家不献出自己的汗水和才智，那么社会的发展和国家的腾飞，也不过是一句空话。我常常想为什么宣传了几十年的崇高理想和大好形势，却无法防止黄金瘟疫的传播？为什么用理想教育人们几十年，那么多的课本，那么多的学习资料，那么多的报刊，那么多的文章！到今天年轻的学生还彷徨无主、四处寻求呢？

　　小朋友们，不瞒你们说，对着眼前五光十色的景象，就连我有时也感到迷惑不解了。我要问，理想究竟是什么？难道它是虚无缥缈的东西？难道它是没有具体内容的空话？这几十年来我们哪一天中断过关于理想的宣传？那么传播黄金疫的病毒究竟来自何处、哪方？今天到处在揭发有人贩卖霉烂的食品，推销冒牌的假货，办无聊小报，印盗版书，做各种空头生意，为了带头致富，不惜损公肥私、祸国害人。这些人，他们也谈理想，也讲豪言壮语，他们说一套，做另外一套。对他们，理想不过是招牌、是装饰、是工具。他们口里越是讲得天花乱坠，做的事情越是见不得人。"向前看"一下子就变为"向钱看"，定风珠也会变成风信鸡。在所谓"不正之风"刮得最厉害、是非难分、真假难辨的时候，我也曾几次疑惑地问自己：理想究竟在什么地方？它是不是已经被狂风巨浪吹打得无踪无影？我仿佛看见支流压倒了主流，它气势汹汹地滚滚向前。然而即使在这个时候我也没有理由灰心绝望，因为理想明明还在我前面闪光。

　　理想，是的，我又看见了理想。我指的不是化妆品，不是

讲真话的书 （1982—1985）

空谈，也不是挂在人们嘴上的口头禅。理想是那么鲜明，看得见，而且同我们血肉相连。它是海洋，我好比一小滴水；它是大山，我不过一粒泥沙。不管我多么渺小，从它那里我可以吸取无穷无尽的力量。拜金主义的"洪流"不论如何泛滥，如何冲击，始终毁灭不了我的理想。问题在于我们一定要顶得住。我们要为自己的理想献身。

我在二十年代写作生活的初期就说过："把个人的生命联系在群体的生命上面，在人类繁荣的时候，我们只看见生命的连续，哪里还有个人的灭亡？"在三十年代中我又说："我们每个人都有更多的同情，更多的爱，更多的欢乐，更多的眼泪；比我们维持自己的生存所需要的多得多，我们必须把它们分给别人，不这样做，我们就会感到内部干枯。"你们问我：伏案写作的时候想的是什么？我追求什么？我可以坦率地回答：我想的就是上面那些话。我追求集体的幸福和繁荣。

五十几年来我走了很多的弯路，我写过不少错误的文章，我浪费了多少宝贵的光阴，我经常感受到"内部干枯"的折磨。但是理想从未在我的眼前隐去，它有时离我很远，有时仿佛近在身边；有时我以为自己抓住了它，有时又觉得两手空空。有时我竭尽全力，向它奔去，有时我停止追求，失去一切。但任何时候在我的前面或远或近，或明或暗，总有一道亮光。不管它是一团火，一盏灯，只要我一心向前，它会永远给我指路。我的工作时间剩下不多，我拿着笔已经不能挥动自如了。我常常谈老谈死，虽然只是一篇短短的"随想"，字里行间也流露出我对人生无限的留恋。我不需要从生活里捞取什么，也不想用空话打扮自己，趁现在还能够勉强动笔，我再一次向读者，向你们掏出我的心：

一九八五年

光辉的理想像明净的水一样洗去我心灵上的尘垢，我的心里又燃起了热爱生活，热爱光明的火。火不灭，我也不会感到"内部干枯"……

亲爱的同学们，我多么羡慕你们。青春是无限的美丽，青年是人类的希望，也是我们祖国和人民的希望，这样一个信念，贯串着我的全部作品。理想就在你们面前，未来属于你们。千万要珍惜你们宝贵的时间。只要你们把个人的命运同集体的命运连在一起，把人民和国家的位置放在个人之上，你们就永远不会"迷途"。理想不抛弃苦心追求的人，只要不停止追求，你们会沐浴在理想的光辉之中。不用害怕，不要看轻自己，你们绝不是孤独的！昂起头来，风再大，浪再高，只要你们站得稳，顶得住，就不会给黄金潮冲倒。

这就是一个八十一岁老人的来迟了的回答。

六月二十五日

"从心所欲"

——随想录一三〇

一

我总算闯过了八十的大关。人生八十并不是容易的事。未到八十的时候我常常想，过了八十总可以"从心所欲"吧。照我的解释，"从心所欲"也不过是做一两件自己想做的事，或者退一步说不再做自己不想做的事，对一个老人来说，这样的愿望大概不会是过分的要求吧。

可是连这个愿望也实现不了。人不断地找上门来，有熟人，也有陌生的读者，他们为了接连出现的各种"红白喜事"拉我去充当吹鼓手；他们要我给各式各样的报纸、书刊题词、题字，求我担任这样那样的名誉职务。我曾经多次解释：作家应当通过作品跟读者见面，不能脱离创作对读者指手画脚。我又说自己没有权利教训读者，也不敢命令别人照我的话办事。我从小不练书法，长大又不用功，我写字连自己也看不顺眼，说是"鬼画桃符"。要我题字，无非让我当众出丑，这是我不愿意做的事。有些人却偏偏逼着我做，我再三推辞，可是我的话不起作用。人家已经给我做了结论：我不过是一个只有名字的空壳，除了拿名字骗人或者吓唬人外，再无别的用处。找上门来求这求那的客人认定："这个空壳"行将入土，你不利用，就白白丧失最后的机会，所以总要揪住我不放。我呢，只好向他们哀求："还是让我老老实实再写两篇文章吧。"倘使只是为了名字而活下去，那真没有意思，我实在不想这样地过日子。可是哀求、推辞、躲避有时也没有用，我还是不得不让步，这里挂一个名，那里应付一下。有人笑我"不甘寂寞"，他却不知道我正因为太不寂寞感到苦恼。有人怪我"管事太多"，其实除了写《随想录》，我什么事都没有管，而且也不会管。

当然我也不甘心任人摆布。我虽然又老又病，缺乏战斗意志，但还能独立思考，为什么不利用失败的经验，保护自己？付了学费嘛，总要学到一点东西。过了八十，为什么还要唯唯诺诺，讨好别人，看人脸色，委屈自己？既然不能"从心所欲"，不妨带着微笑闭户养神。这是我的"持久战"。我就是这样地争取到一点时间来写《随想录》的，我还想写一点别的东西，有时候真是想得如饥似渴。究竟为着什么？我自己分析，眼睛一闭一切都完了，我还有什么可以留恋的？有！那就是我的祖国，我的同胞，真想把心掏出来给他们。

我活了这么几十年，并不是白吃干饭，我写了那么一大堆书，不管好坏，究竟把我的见闻和感受写出多少，自己也说不清。既然别人给我做了"结论"，为什么我自己不也来一个总结？我大概再没有机会参加批斗会了，没有人逼着我写检查，我自己也不会再写它。本来一笔糊涂账嘛，扔掉、忘掉，就算完事，这最痛快。可是想到将来会出现的评论、批判、研究、考察以及种种流言蜚语，我再也不能沉默。说实话，我前两天还在做可怕的怪梦，几张凶神恶煞的面孔最近常常在我眼前"徘徊"。我知道当时有一些人变成猛兽，后来又还原为"人"，而且以革命者的姿态出现。这可能是好事。但在我的怪梦里那些还原为人的"人"在"不正之风"越刮越厉害的时候却又变成了猛兽。我们当然不能相信梦境。不过回忆过去，把一些经验写下去，即使做了一个不像样的总结，对后人也不会没有用处。我牢牢记住这样一句名言："人啊，你们要警惕！"

我正是为了这个才活下去、写下去的。

二

　　我想起另一件事情。去年十月我在香港接受了中文大学授予的荣誉学位，典礼后几天在当地一家日报上我读到一篇"写真话"的文章。作者对中文大学对我的"赞词"有不同的意见，他引用我自己的话来批判我，挖苦我，证明我并不"坚强"，证明我没有"道德勇气"。这些话听起来并不悦耳，特别是在长篇赞词之后，它们好像当头一盆雪水使我感到很不舒服，但是一阵不舒服之后，我却觉得一度发热的头脑清醒多了。这文章里讲的正是我永远忘不了的一些"文革"中的事情。本来我就这样想：过去是抹杀不了的，未来却可以由我们塑造。不坚强可以变为"坚强"，没有"勇气"的人也会找到"勇气"。总之，事在人为。我欠了债并不想赖掉，有债就还，还清了债岂不很轻松！我提倡讲真话，争取讲真话，正是为了有错就认、认了就改，也是为了有病就治、治了就好。不错，世界上也有所谓"一贯正确"的人，他们生了疮还说是身上开花，要人家讲好话。我不会向他们学习。这些年我的惨痛的教训实在太多了。在"牛棚"里那些漫长的日子，总觉得有人把我的心放在油锅里反复熬煎。我想起小时候我父亲去世家中设灵堂请和尚诵经的情景。我仿佛又看见大厅上十殿阎罗的挂图。根据过去民间传说，人死后要给带去十座阎罗殿过堂，受审，甚至要走"奈何桥"、上刀山、下油锅接受种种残酷刑罚。

　　亡灵还要在这些地方重复自己一生的经历，不是为了"重温旧梦"，而是经受一次严格的审查，弄清是非，结束恩怨，然后喝"迷魂汤"忘记一切，从"转轮殿"出去，重新做人。我相信过这一套鬼话。不过，时间很短，阎罗图是和尚从庙里带来的，它们给收起以后我也就忘记了。不知道因为什么，过了五十年我又想起了它们。而且这一次和从前不同，我不得不把自己摆了进去，从我进"牛棚"开始，领导也好，"革命群众"也好，我自己也好，整天都把"重新做人"挂在嘴上，他们把我变成了"牛"，把所有和我类似的人都变成了"牛"，现在需要他们来执行阎王的职务，执行牛头马面的职务了。

　　"十年浩劫"中的头几年特别可怕，我真像一个游魂给带去见十殿阎王，过去的经历一桩桩一件件全给揭发出来，让我在油锅里接受审查、脱胎换骨。十幅阎罗殿过堂受审的图画阴风惨惨、鲜血淋淋，我不知道自己是人是鬼，是兽是魂，是在阴司还是在地狱。当时萧珊尚在人世，每天我睁开眼睛听见她的声音，就唤她的名字，我说："日子难过啊！"倘使要我讲出自己的真实思想，那就是：没有希望，没有前途，我忍受不了阎罗殿长时期的折磨。我不曾走上绝路，只是因为我不愿意同萧珊分别。除了我对萧珊的那份感情外，我的一切都让"个人崇拜"榨取光了，那些年中间我哪里还有信心和理想？哪里还有什么"道德勇气"？一纸"勒令"就使我甘心变牛，哪里有这样的"坚强战士"？说谎没有用，人无法改变自己的本来面目，我也一样，我不想在自己脸上擦粉，也用不着给它抹黑。"骂自己不脸红"，并非可耻的事，问题在于我是不是在讲真话。

　　然而那是非不分、人鬼难辨的十年终于过去了，在血和火的"浩劫"中我的每一根骨头都给扔在滚滚油锅里煎了千百遍，我的确没有"倒下去"，而且也不会倒下去了，这一点"信心"我倒是有的。我并不讳言我多次给"造反派"揪到台上表演过"坐喷气式飞机"、低头认罪的种种丑剧。还有一次我和一些老年作家跪在作协分会大厅里地板上接受进驻机关的所谓"狂妄分子"、"革命"学生的批判，朋友西彦的牙齿就在这个下午给打掉了两颗，当时的情景还是那么鲜明，好像就发生在昨天一样，我并不曾脸红，也不觉得可耻。我只想：这奇耻大辱大概就是对我那些年的"个人崇拜"的一种惩罚或者一种酬劳吧。我给剥夺了做"人"的权利，这是自作自受，我无话可说。但是从此我就在想一个问题：不能让这奇耻大辱再落到我的身上。今天我也还没有忘记这个问题。究竟我有没有"勇气"，是不是"坚强"，要看我有没有"不让'文革'的悲剧再发生"的决心。我绝不会再跪在地板上接受批判了。我想把那篇所谓"写真话"的文章当作镜子照照自己，可是我什么也看不清楚。作者把在"文革"中受

讲真话的书　　(1982—1985)

尽屈辱、迫害的人，和在"个人迷信"大骗局中受骗的人作为攻击和批判的对象，像隔岸观火似的对自己国家、民族的大悲剧毫不关心，他即使没有进过"牛棚"、没有坐过"喷气式"，也不是什么光彩的事。他的文章不过是向下一代人勾画出自己的嘴脸罢了。

七月十四日

卖真货
——随想录一三一

一

偶尔翻阅近几年出版的《随想录》，原来我写过五篇提倡讲真话的文章。可能有人认为我讲得太多了，为什么老是揪住真话不放呢？其实，谁都明白，我开的支票至今没有兑现。

我编印了一本《真话集》，只能说我扯起了真话的大旗，并不是我已经讲了真话，而且一直在讲真话。这几年我生病，讲话、写文章不多，要是给自己算一笔账，收获当然更少。经过这些年的实践，我懂得讲真话并不容易，而弄清楚真假之分更加困难。

此外，我还忽略了讲话和听话的密切关系。人们习惯于听好听的话，也习惯于讲别人爱听的话。不少的人善于看别人的脸色讲话：你喜欢听什么，他就给你讲什么，包你满意。更多的人听到不"满意"的话马上板起面孔。对他们，话并无真假之分，只有"入耳"与"不入耳"之别。他们说话，总是出口成章，滔滔不绝，说过就忘记，别人要是提起，自己也不会承认。在他们，讲话不过是一种装饰，一种游戏，一种消遣，或者一种手段。总之不论讲话听话，都只是为了满足一时的需要，所以他们常常今天讲一套话，明天又讲另一套，变化无穷，简直叫人没法跟上。他们永远

讲真话的书　（1982—1985）

正确，而你却只好不断承认错误，有时认了错就算完事，有时你转不过弯，或者黑字留在白纸上，你不能不认账，就会叫你背一辈子的黑锅。即使你完全贩卖别人的话，并未走样，原来讲话的人也可以打你的棍子，给你戴帽子，因为他们的级别高，你的级别低，或者他们是官，你是民，同样的话由他们讲就正确，你讲出来会犯错误。有时需要一个靶子，你也会给抛出来，揪出来，即使你只讲了三言两语。

　　以上的话并不新鲜，现在说来，好像在替自己推卸责任，说明我开出的支票不兑现，情有可原。其实真有这个意思。前一个时候不是有人笑我没有"道德勇气"吗？几年前我开始叫嚷"讲真话"，接连发表《随想录》的时候，有人以为我放暗箭伤人，有人疑心我在骂他，总之，不大满意。我吞吞吐吐，讲得含糊不清，便于他们争取对号入座，因为我虽然写作多年，"驾驭文字的功夫"至今还"很低下"，无法使某些读者明白我作文的本意：我的箭垛首先是自己，我揪出来示众的也首先是自己。这里用了"首先"二字也有原因，自己解决之后才有可能想到别人，对自己要求应当比对别人更严格。但是我自己要过关就十分困难。前不久我写过一篇"再认识"托尔斯泰的文章，有人说我替托尔斯泰"辩护"。伟大的作家并不需要我这样的"辩护"。我只是从那些泼向老人的污泥浊水，看出《战争与和平》的作者后半生所走的那么艰难的道路。他给后人树立了一个榜样。他要讲真话，照自己说的做，却引起那么多的纠纷，招来那么大的痛苦，最后不得不离家出走，病死在路上，他始终没有能做到自己想做的事，但是他交出了生命，再也不怕谁把别人的意志强加给他了。写完"再认识"的文章，我才明白：讲真话需要多么高昂的代价，要有献身的精神，要有放弃一切的决心。这精神，这决心，试问我自己有没有？我讲不了真话，就不如索性闭口！

二

  听别人讲真话也是好事。好些年来我养成了一种习惯：沉默地观察人。我听人讲话，常常看他的动作，揣摩他的心思，回忆他以前讲过的话，再把它们同他现在讲的连起来，我便得出了结论：假话多于真话。老实说，从人们的嘴里，从电台的播音，从报刊的报道，从到处的广告，还有，还有……我一直在怀疑究竟有多少真话！不知是不是我的脑子有毛病，根据我的经验，越是好听的话，越是漂亮的话，越不可信，所以话讲得越漂亮，就越是需要有事实来做证，即使只是一些普通的事情。

  于是我又回到了自己身上，观察了别人以后应当解剖自己。我这一生讲过太多的话，有些连自己也早已忘记，但可能别人还记在心上，图书馆里也还留存着印在书刊上面的字句。它们是真是假，固然别人可以判断，但自己总不能不作个交代吧。我经常想起它们，仿佛在查一笔一笔的旧账。这不是愉快的事。午夜梦回我在木板床上翻来覆去，往往为一件事情或几句假话弄得汗流浃背。我看所谓良心的责备的确是最痛苦的，即使别人忘记了你，不算旧账，你躲在一边隐姓埋名，隔岸观火，也无法得到安宁。首先你得不到自己的宽恕。

  人不能用假话欺骗自己。即使脸皮再厚的人，假话说多了也要红脸。在十年"文革"期间我确实见过一些人大言不惭地颠倒是非、指鹿为马，后来他们又把那些话赖得干干净净，在人前也不脸红。但甚至这种人，他们背着人的时候，在没有灯光什么也看不见的时候，想起过去的事，知道自己说了谎骗了人，他们是不是也会受到良心的谴责，是不是也会红脸？我常常想这个问题，却始终想不出什么道理来。近二三十年中发生了数不清的"冤假错案"，那许多办案的人难道对蒙冤者就毫无歉意，一点也不感到良心的谴责？据说还有不少人斤斤计较地坚持要给受害人身上留一点尾巴。"怎么可能呢？"我常常向熟人发出这样的疑问。朋友们笑笑或者叹口气说："这种事情太多了。"的确有这样一种人，他们不但说了假话，而且企图使所有那些假话都变成真理。我自己就花费过许多宝贵的时间去学习那些由假变真的东西，而且我当时总相信我是在拥抱真理。我还以为火在心里燃烧，一觉醒来才发现是许多毒蛇在噬自己的心。一阵烟，一阵雾，真理不知消失在什么地方。我自己倒变作了一个贩卖假药的人。卖过些什么假药，又卖了给什么人，我一笔一笔地记在账本上，又好像一刀一划地刻在自己心上，刀痕时时在作痛，即使痛得不厉害，有时也会妨碍我平稳地睡眠。一连几年我到处求医，想治好这个心病，才写了那么几篇关于真话的文章，我也不过干嚷了几声。

三

几年过去了，我的确只是干嚷了几声。可是我得到什么样的回答呢？仍然是报刊的报道，电台的播音，它们告诉人们：这里在制造假酒，那里在推销假药；这个商店卖致病的点心，那个企业制造冒牌的劣货……可怕的不再是讲好听的话骗人，而是卖有毒的食品骗钱。不小心，我们每个人都会中毒受害。为了保全大家的性命，应当要求：卖真货。

单单讲真话已经不够了，太不够了。

八月

再说知识分子
——随想录一三二

一

近年来到处都在议论"知识分子",好像人们意外地发现了什么新奇的东西似的。不少人替知识分子讲好话,也有人对他们仍然不满,但总的说来,过去所谓的"臭老九"似乎一下子又吃香了。总之,一片"尊重知识"声。不过向来瞧不起知识分子的人多数还是坚持己见,"翘尾巴"论就是从他们嘴里嚷出来的。"知识分子政策"到今天还不能完全"落实",也就是由于这类人从中作梗。他们说:"为什么要这样尊重知识分子?我想不通。"但我看道理也很简单,"要使用知识分子嘛"。我要你替我卖命,就得对你客气点,做个笑脸,说两句好话,让你心甘情愿,鞠躬尽瘁,死而后已。不是有好些先进的知识分子、优秀的科学家在困难条件下辛勤工作,患了病不休息,反而加倍努力,宁愿早日献出生命,成为我们大家学习的榜样吗?这样的知识分子在别的国家中也很少见,你要他们出力卖命,为什么不该尊重他们?但是"翘尾巴"论者却又有不同的看法:"要他们卖命还不容易!拿根鞭子在背后抽嘛!""四人帮"就是这样做过的。结果呢,肯卖命的人都给折磨死了。不要知识,不要科学,大家只好在苦中作乐,以穷为光荣。自己不懂,也不让别人懂,指手画脚,

讲真话的书 (1982—1985)

乱发指示，坚持外行领导内行，无非要大家都变成外行。威风凛凛，杀气腾腾，整了别人，也整到自己。这样一来，知识真的成了罪恶。运动一个接着一个，矛头都是对准知识分子。"文革"期间批斗难熬，我感到前途茫茫的时候，也曾多次想起秦始皇的焚书坑儒，清朝皇帝的文字大狱，希特勒"元首"的个人迷信，等等，等等。这不都是拿知识分子作枪靶子吗？那些人就是害怕知识分子的这一点点"知识"，担心他们不听话，唯恐他们兴妖作怪，总是挖空心思对付他们，而且一代比一代厉害。奇怪的是到了我的身上，我还把知识当作原上的草一样想用野火烧尽它们。人们这样说，我也这样相信，哪怕只有那么一点点"知识"，我也必须把属于知识分子的这些"毒草"烧尽铲绝，才能得到改造，做一个有用的人。几十年中间，我的时间和精力完全消耗在血和火的考验上，最后差一点死于"四人帮"的毒手。当时我真愿意早一天脱胎换骨，完成改造的大业，摘去知识分子的小帽。我本来"知识"有限，一身瘦骨在一次又一次的运动大油锅里熬来熬去，什么"知识"都熬光了，可是却给我换上一顶"反革命"的大帽，让我做了整整十年的"人下人"、任人随意打骂的"人下人"。罪名仍然是：我有那么一点点"知识"。

我还在痴心妄想通过苦行改造自己，我还在等待从一个大运动中受到"洗心革面"的再教育。我有时甚至希望做一个不会醒来的大梦。但是我终于明白，把那么一大段时间花费在戴帽、摘帽上面，实在是很可悲的事情。光阴似箭，我绕了数不清的大弯，然后又好像回到了原处。可是我也用不着再为这顶知识分子的帽子麻烦了。我就只有在油锅里熬剩下来的那一点点油渣，你用鞭子抽也好，开会批判也好，用大道理指引也好，用好听的话鼓励也好，我总要交出它们，我总要走完我的路。我生长在中国，我的一切都属于中国的人民。为自己，这样生活下去，我已经心安理得了。

一九八五年

二

我长期生活在知识分子中间，我写过不少作品替知识分子讲话，为他们鸣冤叫屈，写他们的艰苦生活，写他们的善良心灵，写他们的悲惨命运。我不是写一本书，写一篇文章，我写了几十年，我写"斯文扫地"的社会，在其中知识分子受罪，知识受到践踏，金钱是唯一发光的宝物。在那个社会里，"秦始皇"、"清朝皇帝"、"希特勒"一类的鬼魂经常出现，知识分子是给踏在他们脚下的贱民。谁不曾胆战心惊地度过那些漫长的、可怕的"寒夜"！黑暗过去，新中国成立，知识分子用多么欢快的心情迎接灿烂的黎明，这是可以想象到的。新的生活开始了。三十几年来他们的欢乐和愁苦也是有目共睹的。大家都知道现在有了好的政策，更盼望认真落实，痛痛快快，不打折扣，也不拖泥带水，更不必留下什么尾巴，不让人有使用鞭子的机会。拿鞭子抽人不是新社会的现象，我们的社会也不会有甘愿挨打的"人下人"了。

知识分子也是新中国的公民，把他们当作平等的公民看待，这才是公平合理。国家属于全体公民，有知识或者没有知识，同样有一份义务和一份权利，谁也不能把别人当作待价而沽的货物，谁也不是命运给捏在别人手里的奴隶。我读过屠格涅夫的《猎人笔记》，我也读过《汤姆叔叔的小屋》。倘使有人把某一个时期我们知识分子的生活如实地写出来，一定会引起无数读者同情的眼泪，唤起他们愤怒的抗议吧。但是这样的时期早已一去不复返了。根据知识划分公民的等级，并不是聪明的事。用恩赐的优惠待遇也收买不了人心。我们说肝胆相照，应该是互相尊重，平等相待。我为你创造并保证工作和生活的条件，你毫无保留地献出自己的聪明才智，都是为了我们的国家和人民，大家同样地心情舒畅，什么事都好办了。谁也用不着再为香臭的问题操心了。

九月十日病中

再说"创作自由"
——随想录一三三

　　三个多月没有写"随想",原因仍然是写字困难,杂事不少,既无精力,又无时间。几位老朋友看见我这么久不发表文章,以为我要搁笔,担心我心上那点余烬已经冷却。有一位在晚报社工作的朋友来信问我是不是"找不到题目"。他的用意我很理解,倘使要我说真话,那么根据我目前的健康情况,我似乎应当"搁笔"了。我从来不"找题目"做文章,只是有话才说,但我也有避开摆在面前的题目不声不响的时候。因为有病,经常心烦意乱、思想不易集中,抓住题目讲不清楚,不如不写,沉默对养病的确有好处。不过为了报答朋友们的关心,表示火种犹在,我又带病执笔,无论如何我总要完成一百五十篇"随想"的计划。

　　前些时候大家兴奋地谈论"创作自由",确实热闹了一阵子。大半年过去了,现在人们又在议论怎样加强作家的社会责任感。可能还要谈一年半载吧。能够谈出一个名堂来,倒也是好事。免得像小道消息传播的那样,一提到"创作自由",有人就想起这一段时期发生的大大小小的坏事,担心又出现了什么"自由化"的问题。有位朋友开玩笑说,"创作自由"好像一把悬挂在达摩克利斯头上的宝剑,你想着它拿起笔就有千万斤重。我劝他不必提心吊胆,我说:"不会有人打小板子了。"我从小看惯了大老爷升堂打大小板子,因此在我的脑子里小板子比外国的宝剑更具体,更可怕。

　　我这一生和"创作"的关系不能说不密切。根据几十年的经验,我写任何作品,譬如我在巴黎拉丁区外国穷学生住的公寓小房间里写头一本小说《灭亡》，或者在贵阳和北碚的小客栈中写《憩园》，或者在重庆和上海两地断断续续地写《寒夜》，并没有人来看我如何下笔，或者指导我怎样写作，我自己也从未想到我有没有这样或那样写下去的权利或自由。我只顾照自己的想法写下去，写了又改，改了又写。我就这样写出了一部又一部的作品，其中有好有坏，我把它们全交给读者去评判。读者愿意花钱买我的书，我才能够靠稿费生活下去。我通过长期的创作实践，懂得一些写作的甘苦，可是我并没有花费时间考虑过"创作自由"。"创作自由"就在我的脑子里，我用不着乞求别人的恩赐，也不怕有人将它夺走（后来我在自己的脑子里设置了不少框框条条，到处堆放石子，弄得举步艰难，那又当别论了）。我下笔之前从来不曾想好完整的、不会变更的小说情节，我是边写边想的，因此我没有对任何人讲过我的写作计划（腹稿），也没有人告诉过我应当写什么或者不写什么。我始终相信那一句老话：生活是创作的唯一的源泉，我写我熟悉的生活。我执笔的时候从来不问自己：为什么写作？我活着总是希望对我生活在其中的社会有所作为，有所贡献，换句话说就是要尽我作为一个公民的责任，我不能"白吃干饭"，而且别人也不让我"白吃干饭"。这就是所谓的社会责任感吧，不过这责任是我自己感觉到的，并不是别人强迫地放在我肩头的。作家要是不能完成自己的职责，他的作品对社会起不了好的作用，读者就会抛弃他。那才是可悲的事情。

总之，自由也罢，责任感也罢，问题还得在创作实践中解决。我一生不曾遇到"创作自由"的问题（除去"文革"的十年，那个时期我连做人的"自由"也给剥夺了），但是在旧社会中因为没有"发表自由"和"出版自由"，虽然也曾绞尽脑汁想方设法保护自己，我却吃了不少苦头。一九三三年我的小说《萌芽》被国民党政府查禁，第二年当时在上海的图书杂志审查会又不让我的中篇《电》在《文学》杂志上发表。但是这些不成熟的作品并不曾因此消亡，它们还留在人间。当然它们终于会消失，因为读者需要新的作品。

有人说作家是"灵魂的工程师"，未免把我们抬得太高了，一个作家、一部作品能够起多大的作用？一部作品给送到读者的手中，总要经过社会教育、学校教育和家庭教育三道关口。而且任何书刊都不会自己走到

讲真话的书 　(1982—1985)

读者面前，它们必须经过出版机构和发行机构的挑选，发行机构不订购，作品就见不了天日，哪里谈得到产生影响？！作家并不是高高在上，像捏面人似的把读者的灵魂随意捏来捏去。他也不是俄罗斯作家笔下的末等文官，在上司面前唯唯诺诺，低头哈腰。我当了几十年的作家，我看不如说作家是一种职业，他的笔是工具，他的作品是产品。作家用作品为读者服务，他至少不应该贩卖假货、贩卖劣货。要是读者不需要他的作品，他就无法存在。作家并无呼风唤雨、点石成金的法术，单靠作家的一支笔，不会促成国家的繁荣富强，文学事业的发展离不开物质文明的建设。我们有句古话："衣食足，而后礼义兴。"崇高的理想不会脱离现实世界而存在。责任再重大，也得有个界限。坐在达摩克利斯的宝剑底下，或者看见人在旁边高举小板子，胆战心惊地度日如年，这样是产生不了伟大的作品的。

　　前一个时期人们谈到文学的黄金时代，我也讲过几句。其实关于"黄金时代"，关于"我们文学的春天"，我在作家们的集会上已经谈过多次了。我不是预言家，我的"豪言壮语"不过是我个人长期的愿望。有人问我这个黄金时代什么时候到来，我只能说：等待了三十几年，今天我终于明白黄金时代绝不会自己向人们走来，它等着作家们去迎接它，拥抱它。要迎来一个文学的黄金时代，必须付出高昂的代价，其中包含着作家们的辛勤劳动，空谈起不了多大的作用，即使开一百次会，人人表态，也解决不了问题。还是多创造条件鼓励作家们勤奋地写作，让大家团结起来，脚踏实地在创作实践上比个高低吧。

十二月二十五日病中